演员的诞生

THE BIRTH OF AN ACTOR

宗昊 —— 著

上海文艺出版社

自序

2018年年底,《演员的诞生》完稿。从2008年开始写小说,到这个故事完结,过去了十年。十年,完成了十个作品,其中九个是长篇小说。从写作的历程上看,我个人是幸运的。第一部作品《小儿难养》被改编成电视剧,在湖南卫视播出,随后的几部作品都获得了影视制作方的青睐:《婚姻症候群》改编的电视剧《读心》正在热播;《调解》入选了2017年"国家精品出版工程";眼下的《演员的诞生》入选了"北京市文联文学艺术创作扶持项目"。

写作于我,不是本行。虽然在这条路上行走了十年,但是我觉得自己始终徘徊在文学的门外。我从来不敢说自己是个"作家",这两个字对我而言一直是高大上的存在,我觉得自己就是个"文字搬运工"——把点滴的生活、碎片的现实搬运到文字中来。

可搬运而来的故事,哪里有原生的精彩!

十年了,年龄长了,经历多了,笔下写了将近两百万字,可是对于现实世界,我却越来越惶恐。真实的生活不断在翻新我的认知和想象力,如果说十年前是"无知者无畏",现在我写下每一个字时内心却都在自我怀疑。我是谁?我在写什么?我要表达什么?

一个合格的写作者,不仅能记录和刻画时代,还能通过笔下的故事与人物表达人性。伟大的作家更是能够以作品传世。每个时代、每个地区的人性都有不同，我们这些个体无一例外地都会被时间和地域所局限，但是我们都拥有生而为人的共性，或者说，我们都应该具备是非善恶的共同标准。这些标准应该能逾越时代的鸿沟，能和不同国别的人共同遵守。只不过，这些标准在时下变得脆弱飘忽。人类不可能不犯错误，但不能总是给自己犯下的错误找理由，仿佛找到了理由就不用弥补错误、就可以逃避责任。我至今也不敢说自己在写作上是合格的，但是我努力在作品中去弘扬人性的光辉。每一个故事中，都有可气可叹的人物，他们不断地犯错，犯了错误又不敢承认，遇到"责任"两个字，首先想到的是逃脱……但我也会充满私心地去描画"主角光环"，尽可能地展现他们身上的可爱之处。文学作品不可避免地要触及人性的弱点，但我更想寻找、放大人性的优点。

写作的十年，正好是我人生的转折点，从青年步入中年。这十年中，我的世界仿佛是一本书，从薄到厚、又从厚到薄。写《小儿难养》，完全是出于作为母亲本能的焦虑。原本简单的生活因为孩子的到来而变得复杂、不确定。家庭中增加了一个有亲密关系的成员，肩上的担子陡然重了一倍。做了母亲之后，我的世界不断缩小，诗和远方都悄然离去，我的眼里只有那个小小的生命。世界小了，心胸却不得不大起来。曾经给自己定下的所有"不可以"都在动摇，我必须去接受孩子在成长中所经历的一切，接受他所有的优点和缺点，宽容他犯的错，在他还不能承担的时候去替他承担。

有了孩子，世界观会发生变化，看待问题也会有不同的角度。我渐渐不轻易地下结论，当面对孩子的疑问时，我不敢随意地说"对"与"错"。我也在学习着重新审视这个世界，不同的立场看待同一个问题会有不同的理解，我重新认识社会的切入口就是家庭。在《婚姻症候群》中我写了十个婚姻的困局。很多读者问我,这都是真实的吗?因为我有长时间的记者从业经历,还有读者问我,这是采访过的真实样本吗?

我只能说,如有雷同、纯属巧合。故事能让读者引发共鸣,是因为有人有过类似的经历。在婚姻中我们每个人都无处躲藏,优点缺点都尽情暴露,婚姻考验我们解决困难的能力,考验我们隐忍的毅力。家庭比婚姻更为复杂,它是利益共同体。个人的利益和家庭的利益,有一致也有矛盾,利他还是利己、付出还是索取?生活每天都在给我们出难题。我在《男人34》中写到了一个中年男人的焦灼,他在这些难题上节节溃败,被生活捶打得不堪一击。有个读者读完这个故事对我说,好想给你鞠一躬,因为太真实了,虐心啊……

这句话提醒了我,我开始思考写作的意义。读者为什么要读这个故事?他需要满足感。满足感从哪里来?把血淋淋的生活还原,让人从文字中感受阵痛,不是我的本意。生活需要希望,文学作品中需要英雄、大侠,现实的文学作品中需要阳光的人物。他们一定不完美,有弱点、有缺失、有遗憾,但是他们有信念、有坚持。

只要静下心来观察,生活中这样的"平民英雄"一直都有,只是我们不肯为他们鼓掌喝彩。我写作的这十年,我所处的社会的评价体系变得莫测。人们不甘于平凡,不愿意当"小人物",看不到普通人、普通岗位的光辉。"不想当将军的士兵不是好士兵",本来应该是多元化的社会突然变得价值取向很单一,拥有光环的人少之又少,职场竞争残酷,成长的征途上充满戾气。我试图用写作作为出口,塑造一个个小人物,书写一个个故事来表达我的内心。我喜欢有理想、有朝气的年轻人,当他们确定了目标之后会勇往直前、不计得失;我欣赏纯美的友情和爱情，不掺杂利益，彼此付出、相守；我敬重有担当、不逃避的个体，无论经历多少风雨，他们总是能昂首挺胸去面对明天的太阳……

《演员的诞生》在动笔之初，我就想写一个关于"责任与担当"的故事。在"袁岳"和"聂星"这两个人物和他们的故事具备雏形时，我很荣幸地得到了北京市作协、北京市文联的肯定。完稿后，上海文艺出版社又给予了它认可。看过这个故事的编辑、老师说，它充满了正能量。我很清醒地知道自己在写作上的局限、不足和瓶颈，在日后的路上，我会尽可能地逃离自己的舒适区，但是我越来越清楚自己想要表达的东西。

"真实的生活"和"理想的生活"之间，也许只有一个故事的距离。

01

穿着黑色一步裙、米白色棉布衬衫的潘莹莹在拥挤的电梯里闭着眼睛,心里面暗暗地数着数字。日复一日地在这个大楼里打卡,三十岁的潘莹莹早已经熟悉了电梯在每一层需要停靠的时间。她心里对自己说:"还有十秒。"

潘莹莹心里的倒计时很准,在默念完"三、二、一"的一刹那,电梯门准时打开。刚才拥挤在轿厢里的煎饼、包子、鸡蛋灌饼、饭团、豆浆的味道瞬间从一团迷雾变成了四射的火花,即将要飘散而去。潘莹莹的心跳陡然加速,眼睛睁开还是闭着,忽然成了一个问题。

她还来不及纠结,轿厢里的人群突然整齐又夸张地"哇哦!"了一声。那个声音里有男有女,当然,一直站在潘莹莹身后、三十秒钟之前还在不断炫耀自己多金男友的林小乐的声音也在其中。虽然"哇哦"的声音戛然而止,但是,毕竟那声音来自她,而且大家都听到了。

潘莹莹在集体的惊呼中睁开眼睛。华侨大厦,26层,这个时间挤上这趟电梯来到这个楼层的人毫无例外地都是潘莹莹的同事。他们同属一家公司，其中的大多数人都和潘莹莹年纪相仿，要说有什么不同，那就是，潘莹莹可能、大约，不，肯定是这家公司里唯一一个没有男朋友或是丈夫的三十岁女人。

"这能怨我吗？"每一次不得不面对这个话题的时候，潘莹莹总是愤愤地自言自语。大学毕业，会计专业，小康家庭，父母都是本分人。潘莹莹自认上得厅堂下得厨房。现在的女人，有几个会下厨烧菜？可是在这个相亲市场上，潘莹莹这个可贵的品质还来不及在自我介绍中说出口，就被堂而皇之地忽略掉了。

潘莹莹长着一张适合穿列宁服的脸。大学的男同学，不失歹毒地评价她的长相：看到潘莹莹就想起了文革。潘莹莹听说这个评价后，在心里用自己所能想到的最恶毒的语言咒骂了这个男生三生三世。但是，看见镜子里的自己，她的怒火顿时又变成了委屈。

潘莹莹长得并不难看，但是表情、神态的确比她的年龄看上去要年长十岁。十七八的时候会被人误会是二十七八，到了二十七八，会被误会已人到中年。更加让潘莹莹无法抵抗的是自己的人中上有明显的一个胎记，暗黑色，无法去除。其实这个胎记并不大，也就是小拇指指甲盖儿的一半儿，可是这个东西成了潘莹莹心头一个巨石般的烙印。从高中开始，潘莹莹就尝试用各种办法弄掉它，可总是无效。工作之后，她甚至节衣缩食揣着一年攒下的钱去了韩国，生产出了那么多网红美女脸蛋的名医们居然在一颗小小的胎记面前败下阵来。认栽了。

潘莹莹在"前轱辘不转后轱辘转"的国家里盘桓月余,拼出来的年假和携带的资金都见了底儿,心不甘情不愿地回到祖国。在马不停蹄地上班之后,潘莹莹利用十几个不眠之夜读了上千篇公众号里的鸡汤文章,终于学会了一个时髦的短语:"和自己和解"。

这几个字说起来容易,其实做起来又有多难呢?无非是跟自己说,都是命,认了吧!认命之后的潘莹莹并不会觉得天一下子变蓝了,只是对自己更加放纵和懈怠了。一千多块钱的雅诗兰黛?算了吧!怎么抹嘴唇上边不还是黑的?璀璨耀眼的卡地亚项链?拉倒吧!链子越亮鼻子下面就黑得越明显……日子总是要过下去。一个人挣钱一个人花的生活也蛮舒适。不用费心思在穿着打扮上,不用琢磨着怎么跟异性说话博取好感,潘莹莹在小吃街、夜市、街头各个苍蝇小馆中找到了人生的乐趣。于是,"与自己和解"的结果就是自己长胖了。潘莹莹对待美食的态度带着丝丝的报复心理,是占有、是虐待、是贪婪……美食对待她却是毫无怨言的回馈。她吃下去的每一卡热量都在身上得以显现。从韩国回来之后,潘莹莹在短短的半年里,把自己的体重飙升了四十斤。

心理学上把潘莹莹这种做法叫做"自暴自弃"。但是潘莹莹并不这么想,至少截止在今年前半年还没这么想。她称这种生活方式为"自慰"。不是那种不可描述的动作,而是"自我抚慰"——用增长的脂肪抚慰着孤独的心灵。

如果不是林小乐的横空出世，潘莹莹的自我抚慰还会持续下去。但是，一张显而易见的整容脸就那么从天而降，通过一个在菜市场的大棚里举办的招聘会就加入了公司，这个姑娘的来路既诡异又张扬。诡异的是，那个一年一度的招聘会是企业不得不去的，那是公司和街道办事处、区里劳动局、社保局维系良好关系的一次场面上的活动。谁都知道，去是为了捧场，这样的捧场是不必有实质性结果的。所以，企业的人力部门连续多年都带着洋溢的笑脸在菜市场的大棚里摆摊儿，但是并不会真的带回一个人来，哪怕是安排一次面试走走过场。可是林小乐就那么张扬地出现了，被人力资源部的头头亲自带回来，亲自面试，亲自送上岗……这也就罢了，一个来了不到半年的新人，居然还堂而皇之地挤占了潘莹莹为之努力了好几年的上升通道。林小乐高调升职。潘莹莹在得到了领导几句不疼不痒的表扬之后，继续等待。

这是为什么？潘莹莹死活不明白。自己的脸、体重和胎记，跟升职有什么关系？直到潘莹莹在订阅的公众号里读到"美丽也是生产力"才搞明白了一点。她暗暗观察身边的男性，似乎都愿意给林小乐提供帮助，而且很多都是无偿的、心甘情愿的，所以在林小乐身上，领导看到了"凝聚力"和"号召力"。还有还有，林小乐卖萌的功夫还真是一流呢！她的裙子比潘莹莹短一寸，腿比潘莹莹长两寸，胸比潘莹莹大一个码，脸却比潘莹莹小两号。眼角开过，鼻子垫过，嘴唇丰过……最最关键的是她的人中，粉粉嫩嫩，无瑕。

更可气的是，入职一年，来向林小乐表白的男人可以从公司门口排到电梯口。没有十个也有八个。林小乐每天都在潘莹莹的工位前端着一杯速溶咖啡，蹙着眉，幽幽地跟潘莹莹诉苦："我怎么跟他们就说不清呢！我刚在事业上有点起色，还不想考虑感情的事。这些男人啊，急什么呢……莹莹姐，你说是不是？"

林小乐说这些话的时候，一只手总是要划过自己的长发。潘莹莹听着，只能摸摸自己短发的发梢，默默地"嗯"一声。

这也就可以了，还要让潘莹莹做什么反应呢？林小乐在异性面前的高情商到了潘莹莹这里总是打折扣。潘莹莹给不出她理想的反馈，她就一定会喋喋不休地叙述下去。哪一个男人不过是工作饭局上的初次相识，就把林小乐的客套当作了机会。加微信、要QQ，穷追猛打还要送花献殷勤。林小乐用反感的语气诉说着一个个哀婉痴情的故事，听的潘莹莹几乎失去了吃午饭的胃口。潘莹莹不明白林小乐说这些给自己听的目的是什么，但是心里对这个女人的腻歪却是与日俱增。终于有一天，潘莹莹悟到了这里的玄机，你林小乐不就是在笑话我没有男人追求吗？

林小乐是不是这个初衷并不重要，重要的是潘莹莹得出这个结论后就无法逆转。她愤愤不平地在心里把林小乐的"恶行"列出了清单。她甚至给林小乐描绘了一出"前史"。怎么去的招聘会、怎么在人力资源的男性头头面前卖弄风骚、怎么用低劣的手段搞定了领导……抢了我的职位还要打击我的自尊？这样的女人我岂能容你！

潘莹莹越想越气，但是越生气越没有办法。她在小小的格子间里根本找不出对策，她发现面对这么一个洋溢着骚味的同性自己却连招架的能力都没有。

潘莹莹在办公室里被挤压得几乎窒息，好几次差一点就和林小乐起了冲突。但是内心的善良和懦弱又让她独自跑开，一个人躲在洗手间对着马桶干呕。

这样的日子过了一个多月之后，潘莹莹决定辞职。她对着电脑删删改改，想写一封饱含情怀的辞职信。但是林小乐的脸总是在她的眼前挥之不去。所以，在最后一版，她只写了一行字"老娘不干了"。

这五个字敲击在文档里用尽了潘莹莹这三十年的勇气。她不敢在办公室里把它打印出来，更不敢把它扔在领导的桌上。她不断鼓励着自己，最后决定到外面找个打印社把文档变成白纸黑字。

从办公室到大街上，潘莹莹每天用来行走这段距离的时间不过是几分钟，但是这一次潘莹莹走了很久。公司的大厦在城市里最繁华的街区，这里有她喜爱的美食，有她爱逛的小店，有她熟悉的煎饼和豆浆，还有挤掉过她很多次高跟鞋的地铁、公交车。

这封辞职信一旦递上去，潘莹莹的职场生涯就清零了。这个道理她懂。但是她在深深的挫败感中无法自救，这也是她对自己感到愤怒和委屈的原因。她盲目地在街上走着，途经了好几个打印社、复印店却都没有进去。她当然知道自己没有足够的勇气，但是又找不到救命的稻草。

就是在那么一天，她和袁岳撞了一个满怀。袁岳穿着单薄的牛仔夹克在街头发着传单。那天，他们共同的城市北京遭遇了突发降温，白天的最高气温从摄氏十度降到了零度。袁岳从来不看天气预报，他正在上一次颓败的创业经历中艰难地重拾信心。开健身房失败，欠了一屁股债，除了二十九岁的年纪、一米八的身高、健硕的肌肉，袁岳好像已经不剩什么了。虽然是几个人合伙投资，但是健身房倒闭之后，袁岳面对的仍然有几十万的负债——自己拉的那么多会员、办下的会员卡，靠卖身都还不上卡里的欠费。

袁岳走投无路，已经到了只能卖自己的地步。可就算他卖，谁买啊？有哥们在剧组里当"群头儿"，好心介绍他当群众演员，可这一天才能给几个钱？袁岳当然不想去，不过，自诩脑筋比谁都聪明的他迅速琢磨出了另外一条道道儿……

碰到潘莹莹的那天，正是他决定重新开始的一天。他拿着自己设计印刷的宣传页在热闹的大街上分发，想的挺美，可是陡然下降的温度让户外街上的人流变得稀稀拉拉。西北风吹的人透心凉，袁岳吸溜着鼻涕往过往行人怀里塞小广告。那天冷的啊，连城管都不上街了。

潘莹莹却没觉得冷，因为心里拔凉的比外面还冷。潘莹莹只顾低着头行走，袁岳只顾自说自话，两个人撞在一起之后，袁岳一边忙不迭地道歉，一边还不忘给潘莹莹臂弯里也塞上一张宣传页。潘莹莹胳膊里突然就多了一张纸，她还听到了"帮您排忧解难"的字眼。袁岳的脸长得不错，身材当然也好，一看就是在健身房里泡出来的，要哪有哪。这样的男性在大街上，即使被西北风吹得鼻涕横飞，也会招人多看几眼。潘莹莹就多看了几眼，两个人眼神就在那一瞬间对上了，各自的心里都产生了物理反应，好像电流撞击。潘莹莹心里突然亮堂了一下，袁岳心里索性就说："生意来了！"

02

电梯门打开,袁岳西装笔挺,左手一捧红玫瑰,不多不少的九十九朵。右手一只蒂芙尼蓝的丝绒锦盒,里面却是一只仿施华洛世奇的水晶戒指。当然,标签早撕了,盒子也是淘宝上买来的。潘莹莹曾经想过要一只金戒指或者真的钻石戒指,被袁岳一口否定,说花费太高没必要。水晶戒指就很好,重点是要大,而且一定要闪!袁岳信誓旦旦地对潘莹莹说:"相信我!我一定能让你成为当天的焦点!没有人会注意戒指!"

袁岳捧着这两样东西,见到潘莹莹一出电梯,就饱含深情地单膝跪下去。电梯门开启的时候,公司里潘莹莹的所有同事,包括林小乐都看到了袁岳。这么一个大帅哥,拿着这两样东西,想不让人注意都难!大家的惊呼在袁岳下跪前就开始了,当袁岳准确地拦住了潘莹莹的去路之后,全公司拿着豆浆、煎饼、油条的准备去上岗和已经到岗的人都跑了出来,无论男女,连打卡都顾不上了,每个人的脸上都挂着难以置信的表情,齐刷刷地看着潘莹莹和袁岳。

袁岳心里一笑,但是脸上仍然装着羞涩和深沉。他深情款款地对眼前的潘莹莹说:"莹莹,我知道,你事业心强,你工作能力强,你责任感强,但是,我还是想用我们五年的感情来恳求你,求你不要总是对我的请求视而不见,求你给我一个机会,让我用一辈子来守护你、照顾你!我知道,上天让我能遇到你这么优秀的女孩子就已经是对我的眷顾,但是,我仍然想对你说,嫁给我吧!我的一切都是你的!我一定给你最温暖的未来!"

袁岳的话说得用情至深。这是他的第一笔生意,他必须做到完美无缺。他一边说,一边回忆在表演课上学过的所有技巧。他眼前站的是潘莹莹,脑子里想的是斯嘉丽约翰逊。不这么做,他的词儿说不出口。

袁岳的造型为他青涩的表演加了分。人帅就是硬道理,就是加分项。虽然这一次表演带着舞台腔,可架不住潘莹莹配合啊!这几句话是潘莹莹从来没听过的,长这么大,从没有男人对她讲过这样的话。之前两个人对词的时候,潘莹莹想听听袁岳会怎么说,但是被袁岳一口拒绝。他用自己有限的那点表演知识说服了潘莹莹,提前剧透就会失去效果。你只要信任我就足够了。

潘莹莹并不傻,她看见袁岳,并不会马上信任他,但是,她信任袁岳的外表。美丽就是生产力,这话没错。即使什么都不说,长成这样的男人来公司找她一趟就能说明问题吧!袁岳给自己的表演打八十分,潘莹莹激动真实的眼泪又给他加了二十分。完美!

看见潘莹莹流出了晶莹泪水的一瞬间,袁岳有点担心,他不经意地挑了一下眉毛,用他自己的方式给潘莹莹提醒。潘莹莹当然也看到了,虽然自己已经是泪眼婆娑,但是,还是咬着牙把自己的词儿说完:"对不起……小袁,我,我不能答应你……"

这一句话说出口,在现场观摩的全体观众都不干了。连林小乐都惊呼:"莹莹姐,你再想想!"

潘莹莹心里狠狠地冷笑了一下,继续看着袁岳的眼睛说她的词:"小袁,不是我不爱你,而是,我们之前说好的,你还记得吗?"

袁岳的脸上顿时配合地呈现出痛苦的纠结表情。他继续深情款款地说:"当然!你说的每一句话我都记得!你说,让我们努力奋斗,让我能够独自打拼出自己的事业。我知道,我今天的一切都是父母给的,但是莹莹,我一直在努力!为了我们两个人的幸福我会继续下去。父母的成功不是我的错,你要相信我,我绝不是躺在花房里的富二代,我这么多年的努力你也看到了!我不要爱慕虚荣的女人,我不要空有其表的花瓶,我只要你呀莹莹!"

楼道的空气已经凝滞,每个看客都不由自主地屏住了呼吸。公司的老总不知道什么时候出现了,也讶异地看着这一幕。袁岳沉浸在自己的情绪里,继续说道:"我投资的企业已经准备上新三板,莹莹,我不求你现在就答应,但是我希望你接受我的告白!公司上市的那一天就做我的新娘,好吗?"说着,袁岳打开了丝绒盒子,硕大的假水晶戒指像是从水晶吊灯上卸下来的大吊坠,可在气氛的渲染下以假乱真,熠熠生辉,镇住了全场。

潘莹莹强忍着自己要跳出来的心脏,暗暗做了一组深呼吸,看着袁岳,坚定地说:"那就到那一天你再来找我!"

说罢,潘莹莹做出了头一天晚上练习了很久的动作,带着平静又坚毅的眼神,抑制住发抖的小腿,迈出步子,头也不回地对袁岳说:"我们要上班了,你也回去吧。有什么话,我们晚上再说……"

袁岳带着失望、沮丧、伤感的表情抱着一大捧花站起身来,慢慢地、静静地走到电梯前落寞地按下按钮,对周围所有人熟视无睹。一众看客张大了嘴巴,直到袁岳走进了电梯,大家才回过神来。有几个从来没有正眼看过潘莹莹的男同事惊讶地跑过来问:"莹莹,你男朋友,他,干什么的?你干吗不答应啊?"

林小乐像抢答一样过来撵几个男人走,脸上带着复杂的表情娇憨地嗔怪几个男同事:"哎呀,你们啊!真是八卦!你们看不出吗?莹莹姐对男朋友要求高,你们就不要问了呀……"

袁岳走后,潘莹莹过了一个充满了阳光的上午。所有同事看她的眼神都是羡慕和敬畏,有男同事干脆就大大咧咧地说:

"真没想到啊小潘!你有这么厉害的男朋友怎么从来没听你说过?"还有人煞有介事地过来好心提醒,提醒潘莹莹见好就收,不要放跑了这个钻石王老五。在窄小的茶水间,还有女同事在窃窃私语,三三两两用特殊的语气表达着羡慕嫉妒恨:"真看不出来,潘莹莹还有两把刷子!"

"可不是吗?这小伙儿也太帅了吧?听着还有钱……"

"谁知道是真有钱假有钱?保不齐是个吃软饭的!"

"哟!要真是吃软饭的也行啊!我要是潘莹莹,这么好看的小鲜肉,吃就吃吧!我乐意喂他……"

连公司老总都有一搭无一搭地打听,这位富二代是做什么的?有没有兴趣和咱们公司合作点项目?

童话般的一天就这么过去了。下班之后,潘莹莹借故在工位上磨蹭着,大家走的时候还在跟她开玩笑,问她是不是在等男朋友的宝马香车。潘莹莹笑笑,等到所有人离开后,独自走出大厦,在街角的牛肉拉面小店里与袁岳会面。

袁岳把一碗热气腾腾的毛细拉面吃得见了底儿,抹抹嘴巴,乐呵呵地问潘莹莹:"您还满意吗?"

潘莹莹笑笑,拿出一个信封递给袁岳。里面是两个人谈好的,袁岳这场表演的尾款,也是潘莹莹半个月的薪水。

袁岳笑着接过来,说:"谢谢啊!您这也算是帮我开张了。"

潘莹莹看看信封,笑着问:"不点点吗?"

袁岳找不着纸巾,用手背擦擦嘴角,乐着说:"您这么信任我,我也得信任您。不用点了。以后您多照顾我生意就成了。身边要是还有这样的活儿,您多替我想着。什么过年租个男朋友啊,扮演个儿子孙子啊……只要不犯法,我都行。我跟您说,我学过表演,虽说是业余时间学的,可是肯定用得上。怎么样,今天早上这几句词儿还行吧?镇住他们没有?"

潘莹莹眼眶又有点湿。今天早上的一幕,在她的脑海里已经回放了几十遍。每一遍都让她情动不能自已。袁岳的表演好吗?很难说。可能还有些浮夸。这段表演要是放在央视的春晚舞台上,作为观众的潘莹莹铁定是不会被感动的。一边嗑着瓜子一边看袁岳的表演,潘莹莹一定会觉得好假!太假了!

但是这不重要,重要的是他让也在舞台上参演的潘莹莹相信了他说的每一个字。就算是假的,又怎么样呢?好听,爱听!世间那么多男女,男人对自己女人说的就都是真话吗?夸自己老婆漂亮、贤惠,有几句是发自肺腑?女人都爱听假话,不怕假,就怕连假的都听不到。潘莹莹原以为自己一辈子都听不到这样的话了,今天,算是花钱给自己圆了一个梦吧。

潘莹莹很真诚地说:"你演得特好。我差点都信了,挺感动我的。"

袁岳不好意思地笑笑,说:"其实吧,肯定还有要提高和改正的地方。没事,以后您有需要就说话,您照顾我生意,我呢,回头做几张会员卡,您再需要的时候我给您打八折。"

潘莹莹苦笑了一下,说:"不用了。我这是第一次在大庭广众之下骗人，应该也是最后一次吧……"

袁岳不爱听了，打断她说："这怎么是骗人呢？这顶多算是演戏。我们不过是把舞台上的小品拿到生活中演了一遍，我们又没碍着谁的事！我不骗人钱不骗人感情，我这是帮您重建信心，帮助您稳固岗位。对不对？对了，您说之前老是跟您较劲的那女的，今天在场吗？看见了吗？"

潘莹莹点点头。

袁岳一副大功告成的表情，说："那就太好了！我跟您保证，那女的，在短时间内肯定对您客客气气的。您呢，也抓把劲儿，找一个真男朋友，到时候您就说，看不上我这个富二代，把我踹了。多解气！也堵上他们的嘴！"

潘莹莹回想了一下白天林小乐看自己的眼神和表情，笑笑没说话。

袁岳起身告辞，站起来又不免啰嗦几句："我也知道，这么做只能帮您一下，也就这么一下，以后的事啊，还得您自己努力。不过呢，要我说您也别灰心……这话怎么说呢，就是，每个姑娘都能找着爱自己的那个男人。您别着急，其实您特优秀，就是……对了，我之前是开健身房的，您要是想塑形也可以找我，保证三个月之内让您看见效果！"

这回轮到潘莹莹打断袁岳了，她礼貌地笑着说："谢谢你的鼓励。我开始找你只是为了出一口气，真的出完了，我也想明白了。你也不用安慰我，我知道以后的路该怎么走。只是，你可能再也不能在这条街上发小广告了。"说罢,潘莹莹将那天袁岳塞在她手里的那张宣传单放到了桌子上。

袁岳没想到这件事,但是潘莹莹眼神坚定,袁岳没有迟疑,点头答应:"明白"。一边说,袁岳一边信手将宣传页折成了小时候手工做的"东西南北"。

两个人告辞在冬日的夜色里。潘莹莹住在哪里、明天还会不会出现在这栋大厦,袁岳并不知道,也不关心。他看看手里的信封,哆嗦着从包里掏出一个软皮的黑色小本,就着路灯昏黄的光线,又摸出一只签字笔,在本子的第一页上写下了:扮演求婚富二代。成功。

袁岳哈了哈手,把笔和本塞回包里。就这么几十秒钟,双手已经冻得冰凉。他迫不及待地把手揣回羽绒服的口袋,右手摸到了冰冰凉的手机。他拿出来看了一眼,有三条未读的微信。袁岳吸溜着鼻子,看看不远处就要进站的公交车,小跑了几步窜上车。冬夜里的公交车空空荡荡,袁岳犹豫了再三打开手机。对连发三条微信的头像回了一句:"忘了我吧。"

袁岳的眼角有点湿热。他用刚抹完鼻涕的手背又蹭了蹭眼角,果断地把发微信的人拉黑了。

03

林毅第一次来袁岳租的老旧居民小区，差点迷了路。袁岳给他发的位置并不能定位到某一栋楼。林毅一边打着电话一边在小区里拐着弯。他的越野车不断地和小区里凌乱的自行车、垃圾桶、老年代步车擦肩而过。小区里的路是红砖漫的，咯咯楞楞，碎玻璃碴子、垃圾时不时就冒出来。林毅提心吊胆地担心地上会有钉子，一想起自己这车的四条新车胎他就忍不住骂袁岳，新换的固特异呀，要是扎了跟他没完！

林毅在电话里埋怨袁岳："你这孙子住的是什么地方？你早说这么个破地方我就不开车了。再给我剐了！"

袁岳含着一口方便面笑话他："就你那七手奇骏？算了吧。身上都喷几层漆了？还怕剐蹭？你到哪了？对，车头冲西一直走，看见一排绿色垃圾桶往右拐靠边停，第二个单元门，六层顶楼，左手这间就是……"

林毅气喘吁吁地爬上六楼，袁岳已经吃完了泡面，手脚利落地收拾完了碗筷，小青瓷壶里沏好了绿茶。袁岳租住的房子只有三十平米，老楼房不怎么隔音。林毅肉大身沉，将近两百斤的体重,刚一上二楼,袁岳就听见动静了。他打开自己的房门,左手举着哑铃,屏住气息训练肱二头肌;右手拿着手机,坏坏地看着秒表计时器。

上到四层楼的时候,林毅开始喘粗气。到五楼,林毅的双手,一只扶墙,一只扶着栏杆。到了顶楼,林毅脑门上吧嗒吧嗒地掉地上两滴汗珠。袁岳做完了一组二十个哑铃抬举,看着林毅"嘿嘿"乐。

林毅一抬头看见袁岳这张坏笑的脸,想骂两句都出不来气。他一鼓作气迈上最后两级台阶,像入水一样一猛子扎进袁岳打开的房门。窄小局促的客厅里摆着一张懒人沙发,又叫随型豆豆椅。林毅一屁股陷在里面,瘫倒。

袁岳笑的腹肌都在颤抖,看着满脸痛苦表情的林毅,踢了踢他的胖腿,嘲笑他:"三年前我就让你跟我健身。不听啊!你看你现在胖的……上个楼用了三分多钟。"

林毅一脸鄙夷地说:"跟你健身?人倒是瘦下来了,可还得被你拉下水。我这点钱不够帮你还亏空的。你看看你现在混的……"

袁岳自嘲地一笑,说:"人嘛,有起就有落。我这不是重新崛起呢吗!"

林毅好不容易把气息喘匀了,环顾四周看看,脸上的表情在同情和不屑中切换。他摸摸掉灰的墙皮,问袁岳:"就说健身房开不下去了,你也不至于混成这样吧?这是什么地方?我刚才看着这楼,比我爷爷岁数还大吧?你从哪找的这么一片筒子楼?危房吧!就这破楼道,我一个人过都嫌窄,你看那楼道里乱七八糟的,回头再着火……我说,你搬我那去吧。好歹是一个两居,你住小屋,房租我都交完了,你也不用给,什么时候找着正经工作了你再出去找房子。"

袁岳看看自家狭窄的小屋,说:"我这儿怎么了?我觉得挺好。搬你那儿住?回头你们家丽丽来了,我去哪儿啊?我可不给你们当电灯泡。再说了,你不是一直想跟丽丽住一起吗?你要嫌闷得慌也得找她啊,我又不是姑娘,你找我能干吗?"袁岳一脸坏笑,林毅一巴掌甩过去,身子连探都没探,袁岳都不带躲的,反正也碰不着。

袁岳见林毅一时半会也不打算从沙发里站起来,便进屋里拿出一个信封,一张纸,一支笔递给林毅,说:"胖子,你数数,这里是五千块钱。"

林毅一脸蒙圈的样子,问袁岳:"干嘛?我又没催你?"

袁岳认真地递过去,说:"你不催我是你仗义,我不还你是我不仗义。这个月我刚开张,又跑了几趟剧组,手里就这么多。当初我借钱的时候咱们不说好了吗?每个月我都还,有多少还多少。你别嫌少就行了。"

林毅一脸不以为然,把信封又扔在袁岳吃饭用的小简易桌上,跟袁岳说:"你先拿着吧。你工作也没搞定,着什么急还我钱?再说了,你要是有点钱,能不能换个住的地方啊?你想想当初，你那健身房红火的时候，你吃的是什么？住的是哪里？你现在这落差也太大了吧？你受得了吗？哎，你心理没事吧？要不要我跟丽丽说说，她们医院有心理科，带你看看去？"

袁岳给林毅倒一杯茶，说："就说你老婆是护士，也不至于看谁都像有病啊！我挺好的，这都开始挣钱了，你就别瞎操心了。我这人心重，不把欠你们的钱都还上，我睡不着觉。那时候就真该去精神病医院了。"

林毅还是不接信封，说："你不是还借了别人的吗？你要还先紧着别人。咱俩他妈谁跟谁啊？穿开裆裤时候就一块儿，别跟我客气！再说了，我敢借给你就知道你小子也跑不了，你们家老太太跟我们家老太太处得跟亲姐妹似的，你跑得了和尚跑不了庙，我怕什么！"

袁岳点头，连声说："是是是！我化成灰都能让你攥手上。那我也得先还你。还借了一个哥们的，那是我们合伙人，他有别的公司，人家挣着钱呢，不差我一时半刻。你别嘴硬了，你不着急我也得替你想着。你和丽丽什么时候办啊？人家也不小了，不着急啊？"

一句话点到了林毅的软肋，挠挠头说："我这不是正做工作呢吗？我妈想着明年开春就让我们俩领证，赶在五一前后办事。可是我这首付不是老差着吗……哎你别多心啊！不差给你那几万块钱。我差得有点多！丽丽就看上我现在租的这房了。我这水平你知道啊，租着住一点问题没有，可你别提买房，我跟中介打听了,就我现在租那房子,要是买,首付要三百多个,我这找谁要去啊?所以啊,你说借十万块钱,我当时就能拿给你。你要说借一百个,对不住,没有。有也不借,要有一百万我还买房呢!"

袁岳叹口气,拱了一下林毅的身子,愣从他的大屁股边上给自己蹭出一块儿地方来。俩人挤在一个沙发椅上坐着,都忍不住地长出气。袁岳问:"那丽丽怎么说?"

林毅脸上的表情有点复杂,皱着眉毛说:"还能怎么说?当然是想要自己的房子了。不过她也不敢跟我太较劲。你想想,我三十她二十八,她敢跟我说分手?我就不信了……"

袁岳打断林毅:"行行行!你就别在我面前吹牛逼了。跟我说得天花乱坠有屁用?一看见媳妇不立马怂了吗?人家姑娘跟你谈了好几年,结婚要个房子也不过分。这也不能赖她,身边的姐妹都有,你让她结了婚租房住,她面子上也下不来啊。"

林毅一脸委屈,说:"不赖她还赖我?就跟我不上进似的!这房价跟吹气球一样,我卖血也买不起啊。"

袁岳把信封塞到林毅手里,特认真地跟他说:"丽丽人不错。你说借给我钱,人家磕巴都没打,我这钱是还你,那也是给丽丽看呢。别让人小瞧了咱们是不是?你给我写个条,证明我这月还你五千。你拿给丽丽看,剩下的……"

林毅一伸手,直接拦住话头,说:"得得得!我收了。不过我还是那句话,你呢,要么找个工作,别跟那帮创业狗学,什么只能给自己当老板,我就不信了,都是普通人家的孩子,怎么那么矫情?打个工怎么了?自己就看不起自己了是不?"

袁岳解释:"我还真不是!我也不是没找工作,我这不是找不着吗?再说了,我干着活呢,我不是告诉你了吗?"

林毅一脸不屑,说:"就你那活儿算是什么工作!你当个群众演员,干好了也能签个公司。你现在这算什么?"

袁岳把自己的屁股从懒人沙发上挪下来,一屁股坐在水泥地上,双眼看着林毅,一本正经地说:"林毅同志你这思想不对啊!工作分高低吗?人分高端低端吗?我又不犯法,自食其力,自己干自己的,怎么就不行啊?"

林毅这回把身子探出来了,喝了一口茶,说:"我不是这意思。我是说,你这工作它不稳定啊!还有,你怎么收费?哪就挣够了能还债的钱了?你再想想,要不还是跟我卖车去吧。卖一辆是一辆,有提成,每个月还有保底,至少公司给你上保险啊。"

袁岳一摆手,说:"停!你那活儿我来不了!真心不喜欢车。我就喜欢跟人打交道……不过你说的对,我得开辟渠道,做平台,这第一单生意纯属误打误撞,你没见我那客户呢,那家伙,一个姑娘,这身板,快赶上你了……"

林毅打断他,说:"行了,我看那姑娘也是病得不轻。找你演一出假求婚,解决什么问题啊?花钱显摆一下,不还是嫁不出去吗?"

袁岳撇撇嘴："也不能这么说。我那天演的吧，还是没经验，估计呢，词儿有点硬，也不太像富二代、成功人士！不过啊，那姑娘感动得稀里哗啦的。你想啊，长成那样，跟车祸现场似的。我打赌她这一辈子都不会再有人跟她跪地求婚了。你说现在这公司也真是不厚道，人家长的是磕碜点儿，可是能干活不就得了吗？升职又不是选美。"

林毅撇撇嘴，说："这办公室里的黑政治，你又不懂。好看的姑娘就是招领导喜欢。"

袁岳附和："是啊，要不人家干吗雇我演这么一出啊。我这算是曲线救国，虽说不直接解决问题，但是我能帮人家抚慰心灵啊，你说是不是？"

林毅一拍脑门，又一拍袁岳大腿，说："我想起来了！这不年底了吗？丽丽有个姐们儿，元旦她父母要过来看她。说之前啊，这姑娘一直被父母逼婚，老让她辞职回老家，相亲嫁人。这姑娘啊被逼得没辙了，就蒙她爹妈说自己有男朋友了。爹妈多老谋深算啊，元旦要从老家过来，说是要跟姑娘一块儿过个新年，那不就是搞突击检查吗？丽丽昨天还问我，有没有适龄的小伙子赶紧给介绍一个，先处着，哪怕不行再说……"

袁岳"蹭"一下站起来，说："那还介绍什么呀？找我呀！不过你跟人家直接说清楚啊！我是收费的，保证让她爹妈满意。你现在介绍哪来得及啊？那得多一见钟情才能让人家跟你见家长去呀！"

林毅想想,说:"你说的对。我这就跟丽丽商量去。"

袁岳凑过来问:"那姑娘,干什么的?好看吗?"

林毅一脸迷茫,说:"不知道啊!丽丽是前一阵子非要打什么拳击,说练那玩意儿减肥。好像是她一个拳击班的,听丽丽说有点 man……"

04

袁岳提前十分钟到了肯德基。肯德基是肯德基,可约的时间是晚上十一点半。大半夜的,就说肯德基现在改二十四小时店了,可这会儿谁来啊?看着店里空空荡荡的桌椅,袁岳脑子里顿时冒出来一个词:"无家可归"。

店里紧挨着洗手间的角落里一个黑棉袄趴在桌子上打盹。桌上只有一个饮料杯。饮料杯一看就是空的,无处不在的射灯把纸杯子照得通透,里面没有一点水。袁岳瞟了一眼那只纸杯,猜它是被捡来、放在那张桌子上的。快餐店的服务员一副见怪不怪的样子,对把快餐店当硬卧的黑棉袄不撵也不赶,就由着他那么趴着。袁岳摸了摸身上的钱,又看看黑棉袄,也找了一个角落坐下来。好歹自己就坐一会儿,就不点餐了吧。一份饮料能换好几包方便面了。

好在袁岳独坐的时间没多久,快餐店的门就再次被推开。一个板寸男大步流星地走进来,穿着皮夹克,脚上蹬着高帮马丁靴,一只耳朵上并排挂着好几个银圈儿。袁岳看了一眼,心说:"社会哥也吃炸鸡呀!"

社会哥快速去点餐台买了一个汉堡和一包薯条。他环顾店里，这里面只有三个顾客。他看了一眼昏睡的黑棉袄，又看了一眼袁岳，最后看了一眼手机，便义无反顾地朝着袁岳走过来。袁岳顿时浑身不自在了。

汉堡和薯条放在桌子上，社会哥礼貌地朝袁岳伸出右手："你是袁先生吧，我刘芳。"

袁岳这才发现，"社会哥"是女儿身啊！

袁岳赶紧站起身，客气地伸出手握住刘芳的手，点头致歉："不好意思，刚才真是没看见您。我是袁岳，您多指教。"

刘芳把手一挥，开门见山地说："没什么可指教的。丽丽都跟你说了吧？我的要求很简单。下礼拜我爸妈过来，陪我过新年……"

袁岳重新打量这位，迟疑地接过话茬说："我来扮演您男朋友是吧？"

刘芳又一挥手，说："这是第一步。还有第二步。袁先生，你怎么收费？"

刘芳是袁岳的第二个客户，行动言语都不像之前的潘莹莹，直接干脆，一点不遮掩。袁岳说："那得看工作时长和工作难度……可以按天收费，也可以按小时。不过您是丽丽的好朋友，都是朋友介绍，我可以给您优惠。"

刘芳仔细打量了一番袁岳，抬起右手说："麻烦你站起来一下。"

袁岳不明所以，带着疑惑的表情，但还是乖乖地站了起来。刘芳坐在椅子上，上半身都靠在椅背里，咬了一口手里的汉堡，一边嚼一边说："麻烦你转个身。"

袁岳心里不免嘀咕，但还是照做了。刘芳上上下下左左右右审视了两圈，对袁岳点点头，问他："你超过一米八了吧？"

袁岳老实回答："不穿鞋差一点儿，穿上鞋一米八一。"

刘芳又问："体重？"

袁岳回答："七十五公斤。"

刘芳再问："介意让我看看胸吗？"

袁岳下意识地看看点餐台，几个夜班大姐都在低头玩手机，没人搭理他们。袁岳迟疑地问刘芳："在这儿？"

刘芳的半个汉堡已经下肚了，用纸巾擦擦手，说："也不用都脱。你把羽绒服解开就成。"

袁岳心说："这是要劫色吗？我也真是人穷志短啊！"一边想着，心里一横，一边拉开了羽绒服的拉链。刘芳站起来，探过上半身，隔着桌子凑到袁岳的前胸，不仅看了，还上手捏了捏。袁岳顿时觉得鸡皮疙瘩起了一身。

刘芳点点头，坐回自己的椅子上，看着袁岳问："练过？"

袁岳的不自在已经到了极致，脸上的表情也不那么自然了，见她这么问，便绷着脸说："是。我以前是开健身房的。"

刘芳看上去挺满意，看着袁岳，嘴里念叨："行。皮肤挺好的，没豆豆，没褶子，看着挺健康。眼睛虽然小点儿……也行吧,鼻梁不矮,不难看。身高……肯定是够了,肌肉也不错,就是再黑点就好了……"

刘芳自顾自点评,也不知道要说给谁听。袁岳的心里已经翻江倒海,开始琢磨着怎么跟哥们儿林毅说,这单生意老子不接了!

刘芳对袁岳脸上的不快神情视而不见,继续说:"我爸是中学体育老师,特别注重身体。我要是找一个弱不禁风的吧,他肯定也不信。你酒量怎么样?"

这可问到了死穴上。袁岳沉吟了片刻,说:"滴酒不沾。"

刘芳一皱眉头,说:"不对啊!我听丽丽说过,说你挺能喝的。你不是跟丽丽她老公是发小吗?她说你们俩经常在一块喝啊。"

袁岳站起身来准备走了。刘芳说了一句:"你别误会!我不是逼你喝酒。我是想说,无论我爸怎么对你威逼利诱你都别喝。丽丽说你特别符合我要求,我也觉得是,但是千万别喝酒。现在的男的几乎都爱喝两口,但是我一定不能找一个能喝的。"

袁岳又坐下了,看着刘芳,问她:"为什么啊?"

刘芳一耸肩,说:"我妈忍了我爸一辈子。我爸什么都好,就是爱喝酒,年轻时候还老喝多了。一喝多了就撒酒疯,打完我妈又打我,酒醒了又后悔,跟我妈道歉、跪在地上哭得又跟孙子似的。你说让他戒酒,他又戒不了。后来岁数大了好多了,喝得克制了,也不打人了……"

袁岳一挑眉毛，撇撇嘴说："那是他打不动了。"

刘芳也不反驳，反而咂了一下嘴，说："可能是吧。反正两人现在感情比年轻时候好了，要不怎么又都琢磨起对付我来？我爸妈要在我这儿住三天，我一个人就租了一个一居室。我不知道他们会突然来查岗，之前一直跟他们说的是，我有男朋友，都快结婚了，就是住一块儿那种。所以，你能在我家住几天吗？"

袁岳"啊"了一声，没控制住。

刘芳接着说："你也别多想。我肯定跟你是秋毫无犯。就是你要有女朋友呢，就得麻烦你跟人家解释一下。那两天我也想好了，我让我爸妈睡卧室，咱俩在客厅。有沙发还能打地铺，委屈你两天，行不行？白天好办，你陪着他们到处去逛逛，公园商场博物馆什么的。"

说到女朋友，袁岳心里疼了一下，但是没表现在脸上。

刘芳接着说："一天两千，三天我付你六千，你看行不行？"看袁岳有点迟疑，刘芳又说："噢对了。这几天产生的一切费用都是我的。你带他们吃饭、买东西、门票，实报实销。每天晚上回来我就报给你。"

袁岳抿了一下嘴唇，问："那您有什么具体要求？是不是我就把男朋友这事演好了就行了？"

刘芳隔着桌子把身体又探过来，咬着薯条对袁岳说："完成这个表演，就是六千。不过，你要是能让我爸我妈觉得咱俩不合适,恨不能回去就让我跟你分手,我再给你四千,凑一个整数。行不行?"

刘芳举着一根薯条在袁岳眼前晃了一下。一个整数,一万块。

袁岳当时就笑了,说:"这不简单吗?我表现得不好不就成了?好吃懒做、吃软饭、什么都不干、没教养没礼貌……"

刘芳一撩袖子,喊:"那不行!"

袁岳当即闭嘴,诧异地看着刘芳。刘芳用没有攥着薯条的手胡噜了一下自己的脖颈子,皱着眉毛说:"要是这样还要什么演技啊?丽丽说你是演员我才找的你。我的意思是,既要在我爸我妈面前表现得很得体,但是!又要让他们觉得就是不行、咱俩就是不合适!你懂吗?"

袁岳迷茫地摇摇头。

刘芳把薯条扔在桌子上,提高了声音说:"这么说吧!如果!如果你按照刚才你说的人设那么演,你把我当什么了?我又不是白痴,我为什么要找你啊?你凭什么就当了我男朋友了?我爸我妈最了解我,长这么大我就不是能受气的那种人。你那样,我早把你打出去了!噢忘了告诉你了,我业余是玩搏击的。不仅能给你打出去,牙都给你敲碎了你信不信?所以,你演成那样,谁信啊?我爹妈一眼就能识破你是假冒伪劣。所以我跟你说,这三天是很考验演技的。雇个男的冒充男朋友,上门套套近乎,我随便在网上就找了,用不了这么多钱。但是他一定不符合我要求。丽丽说了,你是什么集'编剧、导演、演员为一体的复合型人才',那你倒是复合一个给我看看啊?"

袁岳觉得自己脖子里的动脉突然跳了一下。每次遇到这种情况,都是带着创作欲望的兴奋点突然来袭。袁岳抬起双手,手心朝下,冲着面前的刘芳做了一个"稍安勿躁"的手势,用坚定的口气跟刘芳说:"款项日结。前三天,每天下午六点,结清当日两千。你父母回家前结清剩下的四千。"

刘芳双手环抱着自己的胳膊,看着袁岳:"你就这么有信心?我可告诉你啊,不能漏破绽、不能使阴招、不能把我爹妈气出个好歹来!"

袁岳一拍桌子:"一言为定!"声音挺大,埋头酣睡的黑棉袄一个激灵,睡眼惺忪地抹了一把嘴角的哈喇子,被吓醒了。

05

刘芳带着袁岳去火车站接她爸妈的时候,一切都还很正常。袁岳穿得朴素,还是他俩第一次见面时候穿的黑色运动款羽绒服。下边是牛仔裤、运动鞋。袁岳还特意做了头发。说是做,其实就是自己在家里打了点发蜡,抓了几下。原来在健身房的时候,天天都得捯饬,捯饬好了能不用费力忽悠,就有女会员买卡入会。

袁岳不认识老两口,只在刘芳的手机里见过照片,样子普通,没什么特点。袁岳倒是仔细地看了看刘芳她爸,一脸褶子的干瘪老头,笑模笑样的,怎么看都不像是酗酒打老婆的男人。

老两口推着行李箱走出站,刘芳眼尖,推了袁岳一下,说:"来了。"

袁岳顺着刘芳举起手摇晃的方向看过去,一个穿着红色厚棉服的中年妇女、一个身形消瘦、戴着棒球帽的老头,拉着行李箱朝着他们走过来。袁岳一转身和刘芳对视,突然说:"一秒钟入戏,你擎好儿吧!"

刘芳还没回过神来,袁岳已经快步跑过去,接过老头儿手里的拉杆箱,陪着笑、甜甜地叫了一声:"叔叔阿姨好!"老两口一怔,刘芳听见打了一个寒颤。这是袁岳的声儿吗?这是有谁踩着他脖子了?

看见老两口有点发懵的表情,袁岳越发来了表演的兴致。他把步子改成了小碎步。上表演课的时候,他最烦的就是学习戏曲的台步。可是教表演的老师又很有虐待倾向,愣是让班里的大小伙子一字排开在练功房里扭捏着身子走碎步。袁岳在练功镜里见过自己的样子,端着胳膊、举着兰花指、耍着身段……要多恶心有多恶心。可是老师却丝毫不松懈,在教授者的眼里,眼前的学生们不是扭捏作态,而是在进行艺术的深造。老师一本正经地对袁岳说过:"你想想张国荣。想想他演的虞姬,是恶心还是高雅?"

袁岳就是用老师的话不断给自己做心理建设。在他粗浅的表演知识里,他只悟到了一点,无论扮演什么样的角色,都必须要相信,相信这个角色的真实性,相信他言行的合理性。"好吧,我相信。"袁岳在"一秒钟入戏"之后,就是这么对自己说的。

刘芳的爸妈来自东北,带着浓重的二人转似的口音。尤其是刘芳她妈,看上去身材健硕,膀大腰圆,一张嘴声如洪钟。袁岳想不明白,这样一个女人在年轻的时候怎么会甘于被丈夫拳打脚踢?

刘芳她爸虽然干瘪但是筋骨不错，老头教了一辈子体育，退休之后冬天滑冰、夏天游泳，身子骨儿很硬朗。看见袁岳，一巴掌拍在了他肩膀上。袁岳顿时觉得自己穿越到了武侠小说描写的场景里：华山之下，一个身怀绝技、内功深厚的道长在不经意间把手搭在一个无名小辈的肩头，暗暗运气，试探小辈的功力。袁岳偷偷一笑，绷住了肩膀、后背和前胸的肌肉，明显感觉到了老头的手指头没按下去。袁岳脸上堆着灿烂的、懵懂的笑容，嘴上仍旧用甜腻腻的语调对刘芳她爸说："叔叔你力气真大！比我的教练力气还大！"老头开始还用力道暗中与袁岳的肩膀胶着，听见袁岳这句话，一下子气泄了，当时就把手缩回去了。

刘芳先是跟爹妈寒暄，之后暗暗拽了拽袁岳的袖子，低声吼他："你搞什么？"

袁岳脸上的笑容没收回，也用低声回她："挣你那一个整数啊！你说搞什么？"

刘芳气不打一处来，更加压低了声音说："我又没让你这么恶心……"

袁岳一把攥住了刘芳的手，低声说："你信我就对了，包在我身上。"

四个人打车回刘芳的住处。袁岳对路不熟，乘车安排座位的时候耍了一个小聪明。他迅速将刘芳推进副驾驶，体贴地表示："芳芳啊后面有点挤的，你坐在前面好了。"

刘芳无法接话，只好顺从地坐在司机旁边。袁岳呢，拉开车门先把老头扶进去，再把老太太扶进去，然后自己强驽着也钻进车里。出租车的车身一下子下陷了好几厘米。

从火车站到刘芳租住的小区并不远，袁岳一路上都在没话找话。他像导游一样介绍着沿路的建筑、单位、景点，连快餐店都要点评一番。刘芳在副驾驶听的已经出现了晕车的反应，但是袁岳毫无察觉，唾沫星子乱溅，说高兴了还编故事。

"叔叔阿姨你们看见这家麦当劳了吗？我和芳芳就是在这里认识的。那个时候啊我总是来这座大厦健身。对对对，就是有跑步机、可以练瑜伽的健身会所。芳芳有一次来我们这里玩搏击，我刚下课，就跑去看。哎呀！我一看就被迷住了。你们知道吗？女孩子运动起来超级美的！那个线条、那个肌肉！哎呀我当时就决定，一定追求这个姑娘！我等芳芳下了课，跟着她一起到了麦当劳。那天呢，芳芳正在点汉堡，我就过去跟她讲'锻炼完不可以吃垃圾食品哦'……"

前面的刘芳实在受不了了，转过头来吼袁岳："你有完没完？"

车上的空气凝滞了，过了几秒钟，刘芳她妈缓和气氛说自己家姑娘："芳啊，你的暴脾气咋改不了呢！"

袁岳马上换了一副撒娇脸，双手扣在刘芳她妈的胳膊上，晃悠着说道："就是就是！阿姨你要说说芳芳，她老是这样子，嫌我话多、嫌我烦。您给评评理，我关心她错了吗？让她多喝开水、多吃青菜有没有错？冬天这么干燥，我提醒她多敷面膜有没有错？"

刘芳他妈不知道该咋说，只好哄袁岳："没错没错。我姑娘让我们惯坏了，孩子你多担待她啊。"

一直到了家，袁岳的手都没离开过刘芳她妈的胳膊。老太太像被孙猴子念了咒语，定在车里，上半身僵硬得不敢动。好不容易车停稳了，老两口这才同时缓了一口气。

一居室，六十多平方米，一室一厅，厨房和客厅的隔断被打开。家里只有两道门，一道大门，一道卧室的门。洗手间没有门，拉了一个灰黑色的布帘子。整个屋子都是冷色调，金属灰的墙漆，墙上挂着的东西全是朋克风：冷冰冰的金属链子，不知道从哪里淘换来的旧车牌子，沙发旁边的墙上还挂着两副手铐子。

袁岳和老两口一样，头一回进来；袁岳的反应也跟老两口差不多，很不适应。

刘芳支使袁岳："愣着干嘛？赶紧把箱子放屋里去。"

袁岳屁颠屁颠地进去，老头也跟进去，老太太拉着刘芳，一脸的忧患意识，絮絮叨叨问闺女："你这是什么房子啊？这能住人吗？"

刘芳一挥手，说："妈！这装修挺贵的呢！我一设计师朋友帮忙设计的，你不懂别瞎操心。我这不是住得挺好吗？"

老太太看看卧室，门开着，袁岳正在热心地给收拾床。刘芳早上出来没叠被子,屋里一片狼藉。老太太皱着眉说:"你们俩啊,这日子咋过得这么埋汰?你不是说都要结婚了吗?这屋子这么小,咋结啊?回头有了孩子咋弄啊?"

刘芳有点不耐烦,说:"妈!我啥时候说要孩子了?咋不能结啊?这是大城市,我们这岁数的买不起房,有个地方住不错了,你别挑三拣四的。"

老太太悄悄指着袁岳问:"他有房吗?"

刘芳答的干脆:"没有!"

老太太坐在沙发上,想了想,说:"你要是想好了结婚,我跟你爸给你出点,你让他们家也出点,你们买一个好点儿的大房。"

刘芳坐在老太太身边,说:"你们呀别操那么多心。我们怎么都能住。今天晚上你们俩早点休息,明天我上班,小袁陪你们逛逛。"

袁岳在卧室里听见了,赶紧跑出来,从兜里拿出一张纸,开心地说:"对对对!叔叔阿姨,我把明天后天的计划都列好了,你们今天就好好休息,明天从早上开始,我就是你们的全陪!"

老太太还要再说什么,老头拉着老太太进里屋了。卧室门刚一关上,刘芳瞪圆了眼睛看着袁岳,刚要发作。袁岳把食指竖在自己嘴唇上:"嘘……"

他蹑手蹑脚地走到卧室门前,悄悄听了听,又踮着脚尖走回来，在刘芳耳朵边低声说："你别着急，相信我……"话没说完，被刘芳一把推开，低声怒吼："你离我远点！"

不成想，就在这时候卧室门忽然打开，穿着秋裤的老头出来要上洗手间。袁岳一个翻身旋转，直接趴在地上，不喘气地做起俯卧撑来。一边做一边跟刘芳说："芳芳我先做三十个，一会儿是你做啊。"

刘芳看着袁岳运气，可自己老爹在厕所布帘子后面的动静又着实让人尴尬。袁岳善解人意地把手机里的音乐打开，放在地上，耍宝一样做起了单手俯卧撑，还笑着招呼刘芳："来啊……"

刘芳怼了一句："谁怕谁啊！"脱下外套，趴在地上跟着袁岳节奏一起做上了俯卧撑。刘芳她爸从洗手间出来，站着看了这两人做了二十多个，幽幽地跟闺女说："你对象做得比你标准。你跟他好好练练。"

老头一进屋，袁岳立马趴在了地上，扭着脖子看着刘芳："今天的账麻烦你结一下。现金、微信、支付宝都行。"

06

刘芳下了班,还以为走错了地方。

房间里整洁得像是刚刚做完客房服务的酒店。地上一尘不染,茶几上的零食袋子、包装盒一扫而空。书桌上的杯子被清洗过了,露出了青绿色的本来面目。笔记本电脑被擦拭过了,银色的面板在灯光的照射下几乎闪耀着光芒。地板是亮的,洗漱台是亮的,连灶台都是亮的。

老头坐在沙发上看电视,厨房里是袁岳和老太太在忙活。更准确地说,是袁岳在掌勺,老太太在一旁尴尬地看着,想打下手又插不上手。

刘芳把包往地板上一扔,冲着她妈叫:"我之前不是跟你们说过吗?我的房间不用你们打扫!怎么就不听呢?"

老头看了闺女一眼,慢悠悠地一努嘴,说:"你对象扫的。那家伙,跪在地上擦你家地板,老勤快了。"

袁岳的耳朵被油烟机的庞大噪声包围着,根本听不见刘芳在说什么。他熟练地掂着勺,扒拉着锅里的鸡肉丁,三两下之后关火,盛出来摆盘。脑门上细碎的汗珠就那么挂着,脸上可是开开心心的样子。老太太赶忙把菜端出来。袁岳看见刘芳，笑得更甜了，带着点谄媚迎上来，说："芳芳你回来啦！快吃饭吧！我做了你最爱吃的宫保鸡丁。你看你真是的，咱们俩在一起生活这么长时间了，你怎么都不告诉我你爱吃鸡丁呢？要不是阿姨今天说的，我还不知道呢。你早一点跟我说，我早就做给你吃了。"

刘芳看着她妈，老太太有点手足无措，只能跟闺女解释："我不知道你没说过，小袁问我的……"老头忍不住地咳了一声，嘀咕道："大老爷们干什么不好，尽盯着这些婆婆妈妈的事……"

刘芳看了老头一眼，忍不住怼了他一句："老爷们咋了？还不兴给我做个饭啦？"

老头还嘴说："那老爷们家家的，就得主外。这围着灶台的事，就该女人干。"

刘芳更来气了，说老头："我妈伺候你一辈子，还想让我也伺候男人一辈子？门儿也没有！"

老太太赶紧拉扯老头，说："你少说两句吧。他俩的日子让他俩自己过。他们年轻人不用咱们的老黄历了。"

老头这才不言语了。四个人围在一张小桌子上吃饭，袁岳热情过度，给老两口布菜，又上赶着对刘芳嘘寒问暖。刘芳受不了这个，就岔开话题问袁岳："你们今天都去哪儿了？玩的怎么样？"

不问还好，这一问，老头把筷子放下了，耷拉着脸回卧室了。

刘芳一脸诧异地看着老太太和袁岳，不明就里。老太太脸上带着尴尬的表情，看看袁岳又看看闺女，跟他俩说："你爸就这脾气，姑娘，你俩赶紧吃饭，我进去瞧瞧。"

老太太也进屋了，饭桌上就剩下袁岳和刘芳。刘芳忍住了没发作，低着声音跟袁岳说："不是说了不许惹他们不高兴吗？你干什么了？"

袁岳把一口宫保鸡丁塞进嘴里，又是肉又是花生米，嚼得特别香。他一脸不在乎地对刘芳说："没啥。我就带他们去游乐园逛了逛。我寻思他俩玩不了那些刺激的项目，就带他们去坐个摩天轮呗，瞅瞅你生活工作的大都市……"

刘芳不依不饶地追问："那怎么我爸这副表情？你跟他说啥了？"

袁岳笑笑，说："我啥也没说。摩天轮转到高处的时候，我就说'哎呀妈呀我忘了我晕高！不行了不行了不行……'"

刘芳的眼前顿时出现了这幅画面。袁岳一边说一边给她情景再现，蹲在地上，抱着椅子腿，给她学："就这样，我就、就这么抱着你爸的腿，可怂了，一直坐地上不起来。到地方还是他俩给我搀下来的。"

看着袁岳那副得意的德行，刘芳差点没踹他！刘芳不明白，袁岳这是在搞什么，袁岳好像也没打算为自己辩解。自顾自地吃完饭，看刘芳一口没动，他又自顾自地去厨房收拾，削好了苹果、沏好了茶，毕恭毕敬敲卧室的门，给老两口端进去。

刘芳在客厅里拽住他，有点忍无可忍，追问他："你葫芦里卖的什么药？"

袁岳摆出一张无辜脸，说："没有啊！我啥都没卖。我就是按照你要求的，执行计划啊！"

刘芳不由分说，从包里拍出一个信封，甩到袁岳跟前，说："这是今天的钱。你拿了赶紧走！就算我请了一个小时工，给我收拾屋子加做饭。我也不欠你的钱，后面的事你也别管了，咱俩两清。"

袁岳看看信封，一点要拿的意思都没有，而是一本正经地看着刘芳，说："你这是什么意思啊？对我的表演哪点不满意？"

刘芳气的胸口发闷又找不到合适的词来对付袁岳，声音又不能大，只好咬着牙说："你让我肉麻！行了吗？"

袁岳抱着胳膊坐在沙发上，死死盯着刘芳的眼睛，说："是啊！我让你肉麻了。你跟我之前怎么说的？让我既要表现好，还要让你爸妈看不上我。我这戏还没演完，效果也没显现呢，你现在就要炒我鱿鱼。这结果怎么算？你这样算毁约，我不干。宁可这钱我不挣了，我也不能坏了规矩。"

刘芳气得不知道该说什么好，反问他："你还有规矩？什么规矩？"

袁岳说："戏比天大！我入戏了，就得让我演完。我得给自己一个交代。要不，你给我一个奥斯卡小金人儿！"

刘芳的火气也上来了，激袁岳说："我让你演完，要是效果没达到呢？"

袁岳一拍胸脯："我把钱都退你。"

刘芳一伸手指头，说："还有一天。你说吧，你演成什么样叫成功？"

袁岳从沙发上站起来，做了两组下蹲，又直接趴在地板上练平板。他想了一下，说："你爸上火车前肯定得给你一句痛快话儿。到时候你别藏着掖着就行。"

刘芳拿起包就要出门，袁岳叫她："你干嘛去啊？这深更半夜的你把我扔在你家里你放心吗？"

刘芳站在门口，看着坐在地上的袁岳说："我这屋没什么值钱东西，你也跑不了，我有什么不放心的。我不管你这人是演的还是真的，反正我受不了。我住朋友家了，明天早上六点我回来。要是我爸晚上起夜发现我不在，你不是演技好吗？你跟他编去吧。"

袁岳一个起身横挡在刘芳面前。刘芳扒拉他："干吗？还带挡道的？"

袁岳的表情恢复了正常，诚恳严肃地对刘芳说："你不想找男朋友，为什么不跟他们直接说？"

刘芳脸上呈现出了怒色，低声吼道："我的事你管得着吗？"

袁岳一耸肩，说："我当然管不着。可你没看出来你爸你妈多操心吗？我反正是看出来了，你们家这老两口使劲想表现出接受我、想着试着喜欢我的样子，我都觉得挺难为他们的。你要是不想让我继续演，你就跟他们说实话。不过丑话在前啊，这两天的钱我可不退。这是我劳动所得。"刘芳瞥了一眼茶几，桌上的信封不知道什么时候已经被袁岳拿走了。

刘芳返回来坐在沙发上，不说话。袁岳去冰箱里拿出一罐冰镇啤酒，递给刘芳。刘芳"啪"地一下拉开拉环，一扬脖子，"咚咚咚"地灌了几口。袁岳站在旁边，又特别有眼色地递上一张纸巾。

刘芳连着灌了几大口，一罐啤酒下肚。刘芳手里一较劲，易拉罐被攥成了一团。刘芳像把玩一块手绢似的揉捏着这团金属皮，嘎啦嘎啦作响。袁岳善意提醒："小心割破了手……"

易拉罐被揉捏了几分钟，像投篮一样被准确地扔进了垃圾桶。袁岳看看刘芳，在地上铺上了毯子，说："不想说就算了，没关系，谁对父母还没有点小秘密呢。有些事情，也确实是不让他们知道更好。知道了也是瞎操心。"

刘芳看着袁岳，说："你想说什么？"

袁岳躺在自己的地铺上，说："没什么。我混成现在这样，也没敢让我爸妈知道，一直跟他们说我被公司派到国外了，挺好。其实呢，身边的哥们都知道我欠了一屁股债，要不，也不能在你这儿混饭吃。我就是感慨，可怜天下父母心。你爹妈都挺好，有些事，也不是不能说，反正……你自己掂量吧。我就拿三天的钱，多的心也操不了。"

刘芳一觉醒来，发现桌子上摆好了早点。应该是袁岳一大早就出去买的，油条豆浆茶叶蛋。刘芳刚要进屋叫爹妈出来吃饭，却看见老两口拎着箱子走出来。刘芳还没睡醒，问老太太："你们这是要去哪？"

老头说话了："那什么，我跟你妈寻思了，明天就是元旦，回去的车上人肯定多。你妈嫌弃车上那味儿，我们今天就奔车站，把票改了，这就回去。过不了几天就春节了，你呢，过节给我回家。知道不？"

刘芳环顾家里，不见袁岳。老太太说："你别找了，你爸支使他出去给叫个出租车，你上班去吧，别送我们了，我们自己走。"

刘芳有些莫名其妙，问："你们这是咋了？怪我没请假陪你们啊？还是我这儿吃住都不好？"

老头忍不住来了两句："这么个屁大的地方，能住得好吗？我还是回家睡我那土炕舒坦。你这屋子都接不着地气……"老太太拽老头衣袖，老头又改口："是。你们小年轻离开家都不容易，多锻炼也好。不过我说头里，你这对象我不同意。你要么吹了回老家找，要么……"

刘芳赌气，说："我不回家找！"

老太太接茬说："不回家找也行。可这个真不行。你说哪不好？我们也说不上来。小伙子热情，长得精神，对我们照顾的也体贴，又疼你，还爱干活……"

老头一挥手："这就是都不好！咱东北的姑娘得找那杠杠硬的小伙子。你找这么个怂包，做饭好有个屁用？那一点儿老爷们样都没有。"

刘芳差点就乐出来了，还逗她爸，说："那他对你们不好吗？对我也百依百顺啊。"

老太太皱着眉说："再怎么好，那比姑娘还那啥……闺女啊，你再想想。我们当爹妈的都是为你好，这回去也不催你了，你想找个啥样的你自己掂量。看见小袁我也知道，你们现在这姑娘啊动不动就得看脸，就得找那精神的。可这男人啊，长得好看当然好，长得不好看的也不是啥缺点，关键还是要有个男人的劲头子你说是不？这说话得敞亮、走道儿得利落，你跟了他我们才放心。这个小袁啊对你对我们都挺好，可这一会儿翘着手指头指指点点，一会儿又给吓得呀，你可没见他抱着你爸腿肚子哆嗦……"

老头插嘴："就那一次，可真让我开眼了。要是杀人不犯法，我都有心给他踹下去！这是啥老爷们啊？比娘们还娘们……"

老太太说他："你小点声！"又对着刘芳苦口婆心："姑娘啊，你爸也是话糙理不糙。你信我，妈是过来人，这个样式的，真不能跟你过一块去。你要是就喜欢长得这样的，咱再找找，就说现在咱们那旮沓的小伙子你看不上吧，你也找个东北大城市的、敞亮的，别像小袁这样的……"

07

袁岳把自己最后一张谄媚的笑脸,还是送给了刘芳她爸。尽管老头儿看了一激灵,老太太还是客气地拉着老头儿匆匆忙忙走进了火车站。等袁岳转过身来,刘芳看到的那张脸已经恢复了常态。

刘芳一时语塞,在人流如织的火车站广场,她再一次重新打量袁岳,终于说了一句:"对不起……也谢谢你。"

袁岳嘴角一扬,眼睛弯了一下,笑得有些自嘲,说:"你既不用对我抱歉,也不用对我感谢。我就是挣钱糊口。"

刘芳抿着嘴点点头,从裤兜里摸出一盒烟,刚要点,袁岳拉着她胳膊往外走,说:"这儿禁烟。忍一会儿,出去再抽吧。"

刘芳惊讶于自己的感觉。袁岳和她保持着距离,但是又拉着她,这种略显暧昧的动作并没有让刘芳像前几天那样反感。刘芳突然说了一句:"你干这行,牺牲挺大的吧。"

袁岳听了并没有什么感触,只是说:"干什么不都需要委屈自己吗?打工要看老板脸色,创业看的是金主的脸色。我觉得没什么啊,不过就是我的老板多了点儿。明天就不知道该给谁打工了。"

刘芳突然站住了，对袁岳说："我把尾款给你结了吧。微信转账行吗？"

袁岳一听这话当即站住，带着点玩世不恭的笑容，说："我还以为就没有了呢。"

刘芳打开手机，说："你说到做到了，我也不能赖账。不然以后怎么混啊，我跟丽丽那么熟，以后还得见呢。"说着把手机打开，对袁岳说："咱俩先加个好友吧？"

袁岳笑而不语，把自己手机的二维码打开，说："我自带支付扫码。不用麻烦你还得加我。"

刘芳斜着眼看他一眼："就不打算再见了呗？"

袁岳自顾自地把二维码贴过去，笑着说："我要是以后动不动就在微信上撩你一下，是不是也不太好？我这人吧，意志不坚定，你就别考验我了。"

刘芳一撇嘴："你是怕我骚扰你吧？"

两个人正有一搭没一搭地耍着贫嘴，袁岳突然觉得不远处有一双眼睛注视着他们。隔着很远，袁岳却感觉到了丝丝寒意。这份寒意来得唐突，但是袁岳又并不感到陌生。直觉很清楚地给他指明了这双眼睛的位置，袁岳本能地避开了。他转过身，用自己的后背抵挡住寒光，对刘芳说："我先走了。"

刘芳真诚地表示着："我请你吃个饭吧。"

袁岳迅速地说了一句："不用了。"说罢转身便走。刘芳注视着他逃离一般的脚步，耸了一下肩膀，向相反的方向走去。一个长发的姑娘和她迎面而来，刘芳避让了一下，两个人的肩膀还是产生了细微的摩擦。姑娘看了刘芳一眼，眼睛里有警觉还有挑衅。刘芳懒得看她，嘟囔了一句："我又不是小偷。"

袁岳从火车站快速逃离，他觉得身后总是有影子一样的存在。他并不害怕恐惧，而是不想面对。他对自己说："走！赶紧走！越快越好！"

直到上了地铁。非高峰期的地铁里宽敞整洁，虽然没有座位，但是袁岳舒展地靠在关闭的车门一侧，看着对面的门关上，心跳慢慢回复到正常的节奏。他想了一下，拿出手机，迅速给林毅转了五千块钱。他给林毅留言：多谢兄弟，接单成功，再还你五千。替我谢谢丽丽。

下了地铁，袁岳东拐西拐，走进了自己租住的破小区。路过门口小卖部的时候，袁岳进去买了一包方便面。小卖部老板是个黑瘦的中年男子，一家四口在一个十几平米的简易房里蜗居，货架子后面就是床。从方便面、卫生纸的缝隙，能看见床上没叠被子。不通风，屋里全是人味儿。

老板给他拿了方便面，还感慨了一句："现在都叫外卖了，方便面不好卖啊。"袁岳笑笑，说："那你还不给我打折？放过期了更没人买了。"

中年男子叹口气，摇头说："打折？这已经不挣钱喽！过期了就自己吃，反正我儿子爱吃的很。"

袁岳脸一挂，说："买个面还占我便宜！"

中年男子也反应过来，哈哈一笑，说："没有啊兄弟！我不是这个意思。哎，少收你一块钱，算我说错话，你别往心里去啊。"

袁岳抱着方便面低着头走到自己住的单元门口，已经是中午了，有几家的厨房里飘出了饭菜的香味。袁岳摸摸自己的胃，嘀咕了一句："真不厚道！"他回想着前几天在刘芳家里做的饭菜，自己的手艺着实不错，独自租住也不是做不了饭、烧不得菜，而是去一趟菜市场就要花出去两位数的钱。几十块在当下干不了什么，但是天天这么花，仅仅就是为了果腹解馋，袁岳就打心眼里觉得心疼。墙上还贴着尚未还上的账单，那数字虽然隔几天就会少一点，但是，它们始终还是像石头一样挤压着袁岳的心房。袁岳甚至觉得，即使有一天这个数字没有了，从五位数变成了零，自己依然会觉得压力重重无法释放。因为，未来对于自己来说，依旧是虚无缥缈的。负债没有了，自己也还是个"零"啊。

"你躲！你躲啊！我看你还往哪儿躲？"一个清冷又凌厉的声音传过来。袁岳头都不用抬，苦笑了一下，说道："我没有……我躲得开你吗？"

"那你为什么不见我？微信拉黑、电话不通，你到底是什么意思？你看着我！"

袁岳顺从地抬起头，看着眼前的人。长发的姑娘一个，眼睛弯弯的,伶俐的口齿是因为长了一口不漏风的牙齿,但是,有一颗小虎牙,白白的,一笑就露出来,但是袁岳已经很久没见过它了。嘴唇嫩粉偏薄,鼻头小巧,眼睛不大,所有五官都是小号的,摆放在一起倒也和谐。但是姑娘的声音可够大,嗓门大,底气也充足。袁岳笑着说:"我不在的这些日子你坚持练胸肌了吧?这大嗓门儿,快赶上男的了。"

姑娘皱着眉过来,一把抢走了袁岳怀里夹着的方便面,说:"你练健身的你不知道什么是垃圾食品吗?当时我想吃个冰淇淋你都不给,现在你就吃这个?"

袁岳笑着说:"不懂了吧?你没看见媒体上都给方便面正名了吗?人家不是垃圾食品,热量高的是里面的汤料。我只吃面,不泡汤。"

姑娘走近了,盯着袁岳的眼睛看,盯得袁岳直发毛。袁岳环顾四周,回避着姑娘的目光,但是自己的余光从姑娘的面庞上划过,不经意看到了姑娘的面颊冻得发红,鼻头也是粉红的。袁岳叹了一口气,一把拉住姑娘的手,冰凉,忍不住埋怨她:"你每天出门都不看天气预报?我给你手机上下了软件了,每天早上都有提醒。不知道今天降温吗?"

姑娘刚刚还冰冷凄厉的目光突然柔软起来,额头前的留海儿轻轻抖动了一下,眼角发红。她还是坚持用刚刚的语调说:"你连我死活都不管,还关心天气!"

袁岳也不说话,拉着姑娘的手就往楼里走,一边走还一边拉开羽绒服的拉链，把姑娘的手揣进自己的怀里。姑娘挣扎了一下，无效，便顺从地跟着爬上了六楼。

房间门一打开，暖气的热乎劲儿就冲出来，两个人在户外被冻得僵硬了的身体缓和了许多。姑娘看看屋子，竟然是水泥的地面，没有装修过，但是收拾得很整洁。墙上用红色便签纸贴了一个巨大的心形，一看就是袁岳亲手做的。创办健身房的时候，每一面白墙都有袁岳的创作，最经典的一幅图是林毅他们喝开业酒剩下了一堆啤酒瓶子盖，袁岳用它们在墙上拼出了一只小猫的脸。那是她乔珊的猫。

"乔珊，你坐。"袁岳已经在小茶几上倒了一杯茶。

姑娘重新用严肃的眼神看着袁岳，跟审问似的问他："你叫我什么？"

"乔……珊珊，你坐下歇会儿，喝口水就回去吧。回头天黑了，我还得送你。我这儿也没买菜，就不给你做饭吃了啊！"

"火车站那女的是谁啊？"乔珊姑娘紧追不舍地问。

袁岳支吾着，说："一朋友……"

乔珊又问："女朋友？"

袁岳没说话，靠墙站着，跟一被老师罚站的孩子似的，眼睛看着自己脚尖儿。

乔珊端起茶杯、一屁股坐在茶几上，吸溜了一下被冻了半天的鼻子，说："你行啊！咱俩什么关系啊？之前什么关系?现在是什么关系?以后又是什么关系?你把我当什么了?你……"

这一串连珠炮把袁岳问的越发无话可说。

乔珊眼圈有点儿红,继续吸溜着鼻子,这回是因为委屈。袁岳忍不住说话:"珊珊,你,你怎么找到我的?"

乔珊声音越发委屈:"我怎么找得到你?你想玩失踪,我怎么找你?我怎么你了?无缘无故你就玩消失。你凭什么拉黑我?凭什么一句话不说就跑掉?"

袁岳苦笑着说:"我真不是故意的。珊珊,你看见我现在混的这副样子了,健身房一关门,你知道有多少追债的上门堵我吗?我哪敢再把你牵连进来?我不是跑路。我是借了一屁股债,不想拉你下水。"

乔珊走近了袁岳,看着他的脸,认真地说:"袁岳,我就问你一句话,我还是不是你女朋友?"

袁岳无法回避这个问题,也认真地说:"从前是……"

乔珊哭了,哽咽着问:"那现在是什么?你什么时候说过不是了?"

袁岳哭丧着脸说:"珊珊,我之前给你发过短信的。我跟你说了,咱们必须要分手,我已经不能给你更好的生活,不能再拖累你了。"

乔珊哭的眼泪鼻涕一起流下来,不停地用手背去擦,狼狈不堪。袁岳忙不迭扯了一截卫生纸,过去帮乔珊擦眼泪。乔珊抢过纸，赌气推开他，继续哭自己的。

袁岳叹口气，说："珊珊，你别哭了。你哭得我心都乱了。我上辈子一定是欠了你的，我躲到哪儿都能被你翻出来。你还记得当时咱们在一起的时候，我藏的什么东西都能被你找着。我在你面前就是个玻璃人儿。我心里怎么想的你都能看出来。珊珊，我求你了，你就别难为我、也别难为你自己了，我现在这个样子，一个人都要流落街头了，我哪能再拉上你？"

乔珊一抹鼻涕，直愣愣地问："我要是说这日子我能过呢？你穷我觉得没关系呢？你觉得我是个什么人？只能过好日子，不能陪你睡地板？我告诉你袁岳，泡面不是只有你能吃。要不是你拦着，姐姐我吃的泡面都能绕地球一圈了。"

乔珊显然不适合这种表达方式。这话说的没有江湖气，反而有一丝强装出来的呆萌味道。袁岳看着乔珊一副花猫脸，还要在自己面前装嘴硬，眼睛里居然还有一股子傻乎乎的凛然大义，忍不住"扑哧"地乐了。

乔珊又用手背蹭了一下鼻子下面、嘴唇上面残留的液体，袁岳叹着气把卫生纸撕成一片递过来。乔珊一点接的意思都没有，而是扬起下巴、撒娇一样地把脸对着袁岳。袁岳无奈地亲自用纸给她擦着鼻涕。乔珊享受着袁岳的宠溺，嘀咕着说："我让你不理我！"

袁岳把纸扔进垃圾桶，用了一个以前常做的投篮的动作。乔珊抿嘴一笑，从兜里掏出一张卡，送到袁岳眼前。袁岳看了一眼,问她:"这是什么?"

乔珊娇嗔说:"你傻啊?银行卡不认识!"

袁岳追问:"我是说,你要干什么?"

乔珊有点小得意地说:"我给你的呀!林毅告诉我了,说你欠了好多钱。我帮你一起还。"

袁岳的脸上有了愠色,乔珊收起小脾气,堆下笑脸又反过来哄袁岳,说:"是我逼林毅告诉我的,你不许怪他啊!谁让你说走就走,也不跟我说清楚呢。"

袁岳看看这张卡,问乔珊:"你哪来的?里面有多少钱?"

乔珊的伶俐口齿突然变得不清楚了,含混着说:"我自己的……"

袁岳看着她眼睛追问:"你自己的?你什么时候攒下来的?我认识你两年了,哪个月你不是月光?你挣那点钱都换成快递了。你告诉我,哪来的?"

乔珊低着头,避开袁岳的眼睛,小声说:"跟我爸要的……"

袁岳提高了声音,问:"要了多少?"

乔珊说:"二十万……我爸说家里一时没那么多现金……"

袁岳这个气啊!他一屁股坐在懒人椅里,仰着头看着乔珊,说:"你让我说你什么呢?乔珊你不是第一天认识我。你要钱的时候想过没有,这钱我能要吗?"

乔珊撅起嘴,嚷嚷着:"我给你我乐意,我爸的钱就是我的钱……"

袁岳打断她,说:"可它不是我的钱啊!"

乔珊带着哭音说:"袁岳!你人都是我的,我的也是你的。你跟我分这么清楚干嘛?我没跟我爸说这钱是给你的,我就说我要的。你就当是从我这儿借的不行吗?你以后挣了钱再还我行不行?"

袁岳眉毛拧成了一股毛线,对乔珊说:"我拿什么还?是拿我的一辈子吗?珊珊,你父母也不是大富大贵,你们家条件好,但也不是一掷千金的富豪。你觉得这二十万对你爸不算什么,可在我这儿,就是一座山!你想过没有,我要是拿了这二十万,以后我跟你、跟你们家怎么相处?以前你闹个小脾气,我可以哄你,也可以不哄你。以后呢?我就必须要哄着你。我在你面前再也不可能自然地、放松地生活。你觉得是在帮我还债,实际上不过是再让我欠一笔更大的债。我欠下的钱,总有一天能还清;欠你的情,我一辈子还不清。你也不希望咱俩的关系从此以后就变成主仆关系吧?我给你当一辈子奴隶,你希望这样吗?我一个男人,不管遇到多大的事,就算是天漏了,只要我人站在这儿,就有胆子去扛!可是咱俩之间的关系变了,你让我怎么办?"

乔珊怔怔地看着袁岳,突然说了一句:"我知道了。你宁可不要我,也不想给我当奴隶。可那都是你自己瞎想的啊!我为什么要让你给我当奴隶啊?"

袁岳叹口气，说："你还记得你生理期的时候，怎么逼着我让我去给你买卫生巾吗？说好了让我带你慢跑，跑几步就非让我背着你？大夜里非要喝奶茶，使唤我从南城跑到北城给你买奶茶，回来还生气说凉了……"

乔珊眼泪都下来了，说："当时你都是乐意的呀！你说在你面前，我怎么任性都行！你答应宠我、疼我、爱我……你骗我！"

袁岳颓唐地单膝跪在乔珊面前，说："对不起珊珊。我没有骗你。当时的我，确实很开心为你做这些事。因为我那个时候有信心能给你更好的生活，我有能力哄你开心。你撒娇任性，我都能包容，你发脾气，也会让我更疼你。我贱，是因为我有自信。现在不一样了。从我欠下一屁股债、灰头土脸那一天起，在你面前我的自信就没有了。我很确定不可能再给你你希望的生活，我要为生计奔波，也不可能像以前那样面对你，我没有能力再去哄你、包容你。我连疼你的能力都没有了，你说，我除了离开，还有第二种选择吗？"

08

林毅睡眼惺忪地看着门外拎着一个旅行袋、灰头土脸的袁岳,懵懵懂懂地问:"你这是咋了?欠租让房主赶出来了?"

袁岳一脸懒得解释的样子,站在门口所答非所问地说:"丽丽在里面吗?还是就你一个人?"

林毅眼睛还是没全睁开,说:"没啊,就我一个……"话音未落,袁岳已经推门自顾自地进来了。他熟门熟路,径直走进客厅,把旅行袋扔在地上,然后打开冰箱翻摸了一遍,嘀咕了一句什么,拿出一瓶啤酒,把瓶子盖隔在桌子角,右手一拍,瓶盖掉落。袁岳一仰头,咕嘟咕嘟地灌了好几口。

林毅晃晃荡荡地跟进来,看了一眼墙上的挂钟,时针指在凌晨三点。林毅揉揉眼睛,过来说:"你没事吧?大夜里连环夺命 call,怎么了?被鬼赶啊?"

袁岳喝完了一瓶啤酒,打着酒嗝,大大咧咧地往沙发上一躺,跟林毅说:"要是鬼就好了!我就把她留下聊聊天了。让你小子话多,我怎么跟你说的,不许跟乔珊说我在哪儿……"

林毅闻到了袁岳打出来的酒嗝,一个激灵,赶紧辩解:"我可没说啊!你们家乔珊那么厉害,那么围追堵截我都没说,我也就是帮你劝她来着……"

袁岳一挥手,翻身脸朝着沙发背,两脚一蹬、鞋"啪啪"掉在地板上,说:"反正她是听了你的话才堵着我的,我就找你!给我拿床被子,困死我了……"

林毅也没精神跟袁岳斗嘴,打着哈欠进屋抱了一床被子出来。被子扔在袁岳身上,袁岳已经不知道了,舍不得打车,没有公交,走了很长的夜路,已经睡死过去。

林毅早上上班的时候,袁岳没醒;下班回家,一进门桌上已经摆了两碗饭两盘子菜。一盘子鸡蛋炒西红柿,一盘子炒香肠。袁岳正在做汤,看见林毅回来,说:"我说你这冰箱能不能收拾收拾?那么多剩外卖都长毛了,你留着发酵啊?"

林毅闻着饭菜香,已经迫不及待地坐下来,手也不洗,端起碗就吃。袁岳把汤锅端上桌,林毅探头一看,还是鸡蛋西红柿。林毅含着一口米饭说:"你就不能换个黄瓜?"

袁岳拿起筷子说:"你冰箱里就这几样东西还能吃。黄瓜?在哪呢?我给你做饭,还得给你买菜,美死你吧!吃完了你洗碗啊!我明天再住一天就走。"

林毅说:"你踏踏实实住着吧。谁轰你了?"

袁岳摇摇头,说:"我换个地方,也躲躲乔珊。就她那狗鼻子,早晚得找到你这儿来。我告诉你啊,这回不管她说什么,你坚决不许再说我的事,问你什么,都说不知道,就说很久没见我了。知道吗?"

林毅点点头,说:"你是真要跟她分手啊?我以为你是考验人家呢!"

袁岳喝着汤,说:"我谁啊我就考验人家!我现在就是负债累累的准流浪汉,都混成这样了还连累她,这合适吗?乔珊这孩子虽然有小脾气,可是个死心眼儿,她认准的人和事儿,说什么都不改。我不躲开她怎么办?我都想好了,明天我去郊区找房去,便宜还远,我住哪谁也不告诉,这回看她还上哪堵我去。"

林毅有点担心地问:"你去那么远,大冷天的,怎么住啊?郊区的农民房可没有暖气。"

袁岳满不在乎地说:"我点炉子呗。"

林毅扒拉着碗里的饭,说:"你算了吧。你又没住过那种地方,你还点炉子?你再煤气中毒了我上哪找你去?你还欠着我钱呢。"

袁岳笑着说:"瞧瞧瞧瞧!本性露出来了吧!前几天还说不当黄世仁呢,现在露馅了吧。"

林毅乐呵呵地说:"是啊!这年头地主家也没余粮。所以我跟你说,你哪也别去,就在我这儿让我看着你。现在啊,欠账的是爷爷,放债的是孙子。你就让我供着你吧,要是觉得不落忍呢,就给我做做饭……"

袁岳一撇嘴:"美死你!我地方找好了,还带着一个活儿,我明天肯定走。"

林毅自然是拦不住袁岳的。事实上，只要是袁岳想明白、决定要做的事，谁也拦不住他。林毅拦不住，乔珊也拦不住。袁岳与乔珊的相识就是一场荷尔蒙的邂逅。两个颜值很高的青年男女，在健身会所里日久生情。乔珊和几个闺蜜起哄一样跑去健身，赶上袁岳的健身房正在优惠办卡，就成了袁岳的客户。可是姑娘们跑步、单车一样也没坚持下来，腹肌、胸肌都没练好，就是齐刷刷地看上了有颜有身材的健身教练们。乔珊跟着几个姑娘叽叽喳喳，练了几天就吸引了袁岳的注意。倒不是觉得她多漂亮，而是作为健身会所的创办人兼教练，袁岳实在看不下去乔珊使用器械时粗暴又蛮横的狰狞样子。

乔珊的任性和小脾气在健身的时候一览无余。一个菜鸟，从来没有系统地训练过，在人生前二十多年的认知里，都是单纯地以瘦为美。管得住嘴的时候就瘦一点，可是心情不好，因为不能解馋；管不住嘴的时候就胖一点，可是心情也不好，因为秤上的数字不好看。

来健身房，乔珊觉得跑步太累，跑两步就拉倒了。单车也累，蹬几下就不蹬了。举铁好像还好，不就是小铁块吗，看着小，举着沉，举上去就控制不住了，然后就咧着嘴、笑着叫着往下扔。袁岳第一次看见这场景惊出一身冷汗，生怕这小姑奶奶砸了自己的脚。

袁岳一个健步跑过去，一把捞住了还在乔珊手里、可是正在自由落体的五公斤哑铃。袁岳忍住了自己的脾气，吃这碗饭就得赔笑脸，客户都是祖宗。袁岳笑着对乔珊说："姑娘，你这么瘦，别用这么重的器械，我给你换一对二点五公斤的。"

乔珊心里顿时就乐开了花。袁岳脸上笑嘻嘻，心里mmp，但还是耐心地帮乔珊指导动作，耐心又暖心。这对于袁岳来说，不过是本职工作。他下决心干这一行，就知道这一行的潜规则。

有型有颜值的青年男性，和女客户之间要进行公开合理的亲密动作。如果不把气氛搞得暧昧，怎么能把人家兜里的人民币留在健身房呢？呼出的粗气、绯红的面孔、吱吱呀呀的声音、剔透的汗珠、裸露在空间里的肌肤……这一切又都披着"健康、锻炼"的外衣。这里的男男女女都沉浸在这样的气氛里，享受着、沉醉着，女教练天生就知道该如何训练肥腻的中年男人，该怎样用温暖的笑容和强硬的声音让男顾客的大脑在无氧训练中迅速变成空白，然后让他们的躯体在汗水中重生。每一次严格的训练，都像是穿着浓艳的驯兽师在指挥着狮虎，唤醒他们的身体，展示他们的野性，确切的说，是帮助几近谢顶的老男人唤回自己的荷尔蒙。

男教练们则把自己的胸肌、肱二头肌明晃晃地在女客户中间炫耀，尽其所能把雄性激素的味道送到每个异性的鼻孔里，让她们接受、沉迷，让她们舒适地享受有异性陪伴自己流汗的过程，然后看着镜子里的自己越来越美。

这样由内而外的精神春药，它的力量应该大于一切壮阳药、保健品和化妆品。

乔珊是个一切正常的女孩子，有着一切这个年纪单身姑娘该有的心思和需求。她不恨嫁，但是也喜欢袁岳这样的男性。尤其袁岳身上还带着"合伙人"的标签，他不是四肢发达、大脑简单的肌肉男，他是个学经济的创业者。爹妈给了他好基因，他把它们用在了合适的地方。对于乔珊，一切水到渠成。这个男人，她喜欢。一个家境优越、从没有受过委屈的独生女，对于喜欢的东西当然要拿到手里。乔珊是个善良的姑娘，对喜欢的人自然就要去付出。她不是心机婊也不是绿茶婊，她觉得我喜欢你就要对你好。今天的小饼干，明天的巧克力，虽然袁岳告诉她既然来健身，这些东西就不能吃，但是她还是固执地表达着自己对这个男人的看重。袁岳的情商不低，他看得出来这个姑娘对于自己的爱意。他也曾犹豫，他担心这只是一段短暂的"健身房恋情"，一个姑娘看上了自己帅气的健身教练，恋爱的截止时间到下一个更帅的教练出现为止。

但是乔珊显然不是一个精明的姑娘。这女孩从来不给自己留后路，因为在她的人生体验里，还不曾承担过什么。她不需要后路，不需要考虑后果，所以，她的感情单纯又真挚，让袁岳没有犹豫的空间。乔珊遇到袁岳的时候，是袁岳的事业最顺利的时候。男性的事业就是自身的春药，他的自信心爆棚，他开朗乐观，他行动力强，他思维敏捷，他妙语连珠，他在和乔珊的交往中自信地引领着她，让她从一开始就沉浸在被关照的怀抱里。被照顾、被温暖，哪个女孩不享受？

就是因为开局太完美，无论是事业还是感情，袁岳才更难接受自己的失败。他用了很长一段时间从健身房的资金断裂中走出来。虽然财务问题早已出现端倪，但是过于自信的人格让他在创业之初早早栽了一个大跟头。袁岳在健身会所关闭了两个月之后才缓过神来。那两个月，他没有时间难过，更没有时间反思，他疲于应对创业失败的一系列后果，一个又一个的烂摊子等着他去收拾。那些对他曾经抛过媚眼、抚摸过他的胸肌的女客户们，在讨要自己卡里的余额时丝毫没有了往日的笑容。她们不介意自己的锱铢必较，她们为了争取自己的权益当然要在会所门口高声呐喊。袁岳的笑容不再，声音嘶哑，他自己一无所有，信用透支，无论他用什么语言、行动都无法重建这些人对自己的信任。他只能去借钱。

在一个城市里土生土长的人是无法选择逃避的。他没想过自己会有这样一个结果，但是当结果来临之时，除了面对又有什么办法？他选择了对亲人隐瞒。因为不想让父母拿出养老钱来填自己造成的窟窿。他借过高利贷，借遍了身边的朋友。结果，就是借一拨人的钱还另一拨人的钱……

等到借钱、还钱成为袁岳的生活主题的时候，他才想起，已经很久没见过乔珊了。健身房关门的时候，乔珊知道了，袁岳给她的信息是：你别管。

乔珊傻呵呵地真的就什么都不问了。等到她缓过神来的时候，袁岳已经下定决心离开她。袁岳清楚地知道，他们两个人的相处模式就是袁岳付出、照顾、承担，乔珊享受。这个模式并非不平等，是两个人自愿选择的结果，是袁岳喜欢的模式。他喜欢用这样的模式来证明自己的能力。乔珊也喜欢用自己来证明袁岳有这个能力。被证明的男人才是成功的男人。成功的男人才有快乐的资本。

袁岳用一条短信了断了自己和乔珊的关系。乔珊一觉醒来，发现手机上多了几行字，冷冰冰地表达了袁岳的决绝。乔珊打电话、发短信、发微信都无果，很显然自己已经被拉黑。乔珊却并不着急，因为她不相信袁岳就这样把自己放弃了。虽然两个人并没有共同生活在一起，但是从前的感情也不是塑料花，她以自己对袁岳的了解自信地认为袁岳只是需要时间静一静，独自把问题解决好。乔珊大度地宽慰自己，在这个特殊的时候，要敢于给男人时间和空间，这也正是显示自己"成熟"的好时机。

但是乔珊毕竟没有经验。没有哪本教科书或者哪篇鸡汤文章能告诉她，让男人"静一静"的时间应该是多长，她的耐心可是有限的。她总觉得自己哪一天一开门，就应该看到袁岳拿着一盒小零食或者一个小熊娃娃站在自己家门口，然后跟她说："宝贝，对不起，我想你……"

可是袁岳并没有来。而且，看样子永远都不会来。袁岳搬离了自己租住的公寓,拉黑了乔珊,与身边很多朋友都失去了联系。乔珊跑去问林毅,林毅支支吾吾说不清。乔珊跑了好几个袁岳可能出现的地方,发现这个她曾经如此熟悉的人突然之间彻底消失。

乔珊张口向家里要了二十万,这是她猜测出来的数字。她怀揣着银行卡,在熟悉的城市寻找熟悉的身影,直到在冥冥之中走到了火车站广场……

她想和袁岳狠狠地发一顿脾气,抱住他,让他兑现之前对自己的承诺。但是她惊讶地发现,自己除了有一些委屈,并没有那么多冲动和愤怒。她沉睡在袁岳租住的小破房间里,睡得一点都不舒服,袁岳把床让给她,没有对她进行激情的爱抚,而是关上门,让她好好睡觉。乔珊一觉醒来,意识到了袁岳再一次逃离了自己。这一次,乔珊真的哭了,哭得特别伤心。他狠心地把自己独自留在了小破出租屋里,换了是谁谁又能不伤心、不难过?他用一张纸、几行字明确肯定地告诉乔珊,这样的生活不是他想要的,更不是乔珊该过的。他不知道自己的未来在哪里,又如何能给乔珊未来?一个男人失去了给女人幸福的能力,他们之间的感情就要结束了。否则,就是对彼此的折磨。袁岳给乔珊留的最后一句话:忘了我。

09

袁岳坐了一个半小时的公交车和城际大巴,来到了这个阡陌纵横的村子。袁岳心里对自己说:"不是被骗了做传销吧……"

荒凉的土埂子连接成片,灰蒙蒙的天际线下立着三两座硕大的高压线铁塔。从扭曲的土路上穿过去,能看到一小片民房。房子应该是以院落为单位的,每个铁门之间有几十公分的间距。红砖和土坯混合垒起来的围墙昭示着各自院落的经济条件,而各自所在的位置,则昭示着每个院落在这里的地位,抑或是曾经的地位。

袁岳手机上的导航已经失效。站在仅能让一辆小型客车通过的路口,袁岳惊讶地发现这个村子远比他在田地那一边看到的大得多。从田地的另一侧望过来,是村子居住区的边界,那几户明显是近几年新盖的、还带着砖石和水泥搅混气味的院落显然高于村里的老宅,它们无论从颜色还是体量上,都足以遮挡住田地后的老房子。

但是从地理位置上看,这里的宅基地显然不是村子里最好的。就像是城市中一夜暴富的新贵,他们掌握了财富,却没能掌握权力的话语权。它们被传统的权力层用自己的方式挤压着，仿佛把它们挤在村子的边缘、离开村子的核心区就能无视它们的存在似的。这样的做法只能是掩耳盗铃。每一个村里人、外人，只要是从大路上进出村子，第一站都要经过这几处院落。和市里富丽堂皇的别墅相比，它们并没有多么绚丽耀眼。但是在这样一个从房子和田地都能看到日益衰落的村庄里，外墙上贴着瓷砖的南北院子依然能吸引人的目光。它们像屏障一样把衰退的村庄掩护在自己的身后，用红墙、瓷砖、断断续续的狗吠昭示着这些人家作为精英农户的最后的体面。当然，让自己家当这道屏障很可能并非出于这几户人家的初心。

袁岳站在一户人家的铁门口，拿出手机。在田埂那一头还是满格信号，到这里竟然衰退到了最细小的一格。袁岳连着拨了两个电话都没有拨通。无奈，他原路返回，又走到了村子的进口处，在最新的一处院落门口找到了信号，打电话。电话刚刚接通，袁岳刚刚"喂"了一声，铁门里就传来了高分贝的狗叫声。袁岳下意识地举着手机往外走了几步，发现走出去信号又弱下来。再走回来，狗叫声又大起来。声音分不出来是从听筒里还是听筒外传来的。袁岳只好提高了声音冲着话筒叫嚷，跟狗比声高，正叫着，身后的深红色的大铁门"吱呀"一声打开了。袁岳回头一看，两扇两米多高对开大铁门，其中一扇的上面嵌着一个一人多高的小门。"吱呀"的声音来自于小门。小门打开，迈出来一条腿，然后是一个中年男人，举着手机，一看袁岳，不说话了。与此同时，袁岳手机的听筒里也没有了声音，连狗叫都没有了。

两个人对视着。一个白净健硕被冻得红了鼻头的城里小伙子，一个围裹着绿得发黑的军大衣、穿着棉拖鞋的中年男子。两个人都举着手机。中年男人先说话："小袁？是你吧？"

袁岳点头，说是。

男人一推身后的小铁门，说："进来吧。"

袁岳跟着进去，红色的铁门里面是另一个世界。满眼的白布、花圈，纸糊的车船轿马、花园别墅铺满了一整院子，也糊住了袁岳的眼睛。

中年男子平静地绕过这堆纸糊的家当，随手还扶起一个倒在地上的花圈，朝着西厢房里喊了一句："哪屋呢？人来了，沏茶做饭。"

中年男子将袁岳带进了正房。坐北朝南的正厅是院子里最好的房子，在冬日的上午时分，温暖的阳光强硬地穿过朝南的大玻璃窗，一直照射到客厅的沙发边沿。红色的钢琴漆茶几上半明半暗，用白绒线钩织成的杯子垫，一半在太阳照耀的明处，一半在照射不到的阴影里。印着红花的敞口玻璃杯静静地站在垫子上。一只肤色褐红、带着皲裂的手端着一只粗白瓷的带盖茶壶，往杯子里倾倒了大半杯黄褐色的液体，一股浓俨的、夹杂着油哈喇的苦涩味道喷薄而出。袁岳很少能闻到这样的味道，不禁微微皱了一下眉头。这个细小的动作被刚在一旁沙发里放下屁股的中年男子看到了,冲着那双皲裂手的主人——一个没有什么表情、几乎看不出年纪的女人喊了一句:"来客也不说沏好茶!我那屋里有,城里茶叶号买来的,你沏上能穷死?"

女人的眼睛里看不出波澜,她并不反驳,转身出去。中年男子伸手端走了袁岳面前的茶杯,解释着:"家里的没见过世面,你别见笑。"

袁岳赶紧欠身说:"不要紧,您别忙了。"

中年男子看看袁岳,说:"来前儿我那兄弟跟你咋说的?他都跟你说清楚了吧?"

袁岳点点头,说:"说了。让我扮演您家去世老人的侄子,参加葬礼……"

中年男子一挥手,嘟囔着说:"我这个叔伯兄弟啊,啥都好,就是念书念木讷了。啥葬礼啊?就是哭坟守灵,懂不?"

袁岳张了张嘴,"啊"了一声。

中年男子又说:"我们村里啊,规矩大。像我们这个岁数的,家里头的红白事,都得按规矩来。没的是我那老丈人。不怕你笑话,我是入赘来的。入赘可是入赘,我可是这家里说了算的。我老丈人当年那也算是求着我上门的。别看我是外地的,可咱身强力壮,不愁找不到媳妇。老丈人是贴了房子贴了地让我留在这儿的,就是为了让我跟他闺女好好过。我那屋里的,打小就憨。"男人摸出一支烟点上,吸了两口,用右手指了指自己太阳穴,说道:"就是这儿,不灵光。老丈人不敢跟我说明白,结了婚才发现的。不过干活倒是不惜力,生的孩子也没随她,我就说'得了,这辈子就这样了,伺候走了老的我也算对得起她们家里人。'这村子里,老丈人家没男丁,挨村里挤兑,你瞧瞧给的这块宅基地,再往东头靠靠,就瞅见坟园子了。我不是这村人,没根,说不上话可咱挣得来钱。捡老丈人活着的时候,我憋着一口气也得把房子盖起来。地不好,可咱房子好,全村就看我了。我还把我那儿子送城里头念书去,住校那种,多少钱都给。我就得让这一村子人瞅着,有我在,谁还敢再欺负这一家子人。不瞒你说小兄弟,我那老丈人,在新大瓦房里躺了一年多,走的时候都咧着嘴,那是乐着走的。"中年男人用手一指左手边的里间,袁岳登时觉得里面有张年老干瘪的面孔,带着满足的表情,闭着眼躺在土炕上。

袁岳整理思绪,问道:"那您,需要我怎么做?"

中年男子看看他,递给他一支烟。袁岳摆手拒绝了,说:"不会。谢谢您了。"

中年男子又把烟盒放回在桌子上,说:"我们村里的规矩,老人没了,得按时辰停放、下葬。以子时为界,看是大三天还是小三天。要是子时之前没的,那就算小三天。没的那天就算第一天,再停一天,第二天就能烧了。要是子时之后没的,那就得停够三天,之后才能烧。我这老丈人,闭眼咽气就差那么几分钟。嘿!活着时候把闺女讹给我,走了走了,还得多讹我一天。不过我老丈人这也算是喜丧,人家大了说了,这也是我们孝顺,老头儿恋家不爱走的意思。"

袁岳听着云里雾里,寻思着怎么还蹦出外国词儿来了。"大了"是啥?

男子也看着袁岳的表情,问了一句:"没听懂?"

袁岳担着小心,问了一句:"您说'大……什么?'"

男子说:"大了!就是你们城里头说的,主持人的意思。我们这儿,帮着主持结婚喜事的叫主持人,这给张罗白事的叫'大了'"。

袁岳疑惑着,问:"大料?……"

男子赶忙打断:"不是那作料,是'了断'那意思。"

袁岳赶紧道歉:"对不住对不住您,这个礼数我不懂,头一回听说这个工种,发三声,'了结'的'了'。"

男子点点头,接着说:"你也别怪,要不是礼数多,我也不能满世界找你这么个人不是?这停够三天啊,就得送火葬场。送之前这三天里,陆陆续续都得来人哭灵。家里人得给哭灵的人回礼。我呢,女婿,不好使!得找儿子,儿子没有得找侄子。我这老丈人啊,只有一个远房侄子,老早年就跟着家里人去东北了,我到处找找不见,寻思着就算是找着了,人家也不一定能来。你说是不?可这没个男的又不行。找熟人也不行。都是村里村外的,找的人不能搞瞎、穿帮了,我那叔伯兄弟就说城里有你这么一行当,能帮着演。这不就找你来了吗?"

袁岳这下听明白了,扮演逝者的侄子。那要不要致个悼词啊？

中年男子说："啥？不用！这一个村里住着，我老丈人别看活了七十多，一辈子没干过啥，你说他点啥？啥都甭说，送火葬场之前，你就管回礼。送火葬场那天呢，咱俩一个抱头一个抱脚，把我老丈人给送上火葬场的车。烧完了呢，你捧着骨灰盒走头里，我给你、不是，我给骨灰盒打伞，咱俩带队，听大了招呼走一圈，有乐队给伴奏，走完了往坟园子一送。我把地方都选好了，墓碑也刻好字了，咱俩跪着把骨灰盒往里一放，填上土，磕仨头，就得了。这几件事办完了时候也不长，一个礼拜你就能回家了。这几天，你就住这儿，我老丈人原来那屋子是我这院子里最舒坦的一间，给你收拾出来，管吃管喝，今天下午你就扮上。"

袁岳都听傻了。还没等他点头或摇头，男子已经冲外头招呼："衣裳呐？咋还不拿进来？"

中年男子的媳妇又进来了，还是面无表情，手上一个包袱皮儿。女子站着捧在手上，男子叼着烟在袁岳面前把黄缎子的包袱皮儿打开，一副麻袋片儿露出来，吓了袁岳一跳，身体不由自主地往后躲。中年男子嘴上说着："不碍事的，就穿几天。"伸手就给拎出来、展开了，袁岳稀里糊涂、半推半就地居然就被披上麻戴了孝。末了，还有一顶在鬼片里常见的黑白无常脑袋上戴着的麻布三角帽，也被准确地扣在了袁岳头上。

10

袁岳在吃了这辈子最好吃的一大碗猪肉炖粉条就烙饼之后,被两个穿着臃肿的胖妇女嘻嘻哈哈地架起来走到后院。袁岳从没有这么被人架着过,他惊慌地表示自己可以走,但是被两个妇女笑着打断了。她们带着口音,含混地说着什么,态度很坚决。袁岳听了个大概,意思说就是说,他必须被这样裹挟着过去,因为他此刻正在悲痛欲绝、无法行走。

两个头发灰白的胖女子,一人一只胳膊,像搀扶,也像是绑架,架着袁岳的胳膊。袁岳清楚地感觉到自己的小臂在两对丰硕的乳房外面磨蹭摇摆,他费力地想把胳膊收回来,可说来奇怪,一个平时坚持举铁的健身型男,居然就拧不过两个农村妇女。她俩嘻嘻哈哈地半搂着袁岳,当他是空气,彼此说笑着,互相开着粗俗得足以让袁岳想钻地缝的玩笑。说到高兴处,两个人还一前一后地伸手捏了捏袁岳的脸蛋子。袁岳几乎惊叫。

幸好这样的动作只做了两下。三个人走进后院,袁岳一眼就看见了院子中间搭起来的白色布帐篷。这样的帐篷在城市的步行街上随处可见。在玻璃幕墙下,在绿地上,一顶顶白色的帐篷在阳光里带着商业的味道，敞篷下面应该是醇厚的咖啡、溢着奶香味冰淇淋，应该有孩子举着气球奔跑，空气中还应该有巧克力甜味儿……

可是眼前，寒风凛冽，本是一模一样、很有可能前一天还在城市的商业街上见证浪漫爱情的白布帐篷，在这里，此时，角上被挂上了白麻布条子，它们在西北风中"呼呼啦啦"地飘着，带着整个布帐篷摇摇欲坠。布帐篷下面，一具漆黑的棺材让袁岳本能地腿软了。没有巧克力，没有冰淇淋，在西北风里能嗅到的只是腐尸的味道。时过境迁之后，袁岳再一次回忆起那个午后，他依然觉得鼻腔里的味道驱之不去。但是他又很困惑，在那个三九天的大风地里，什么味道都应该弥散得一干二净了，就像是那个腐朽的生命，他早就不在了。

可是当时他可做不到这么冷静。长这么大，他只在电影里见过棺材这东西。走近了才发现，这东西可真够大的。又长又宽，放在院子中间是那么碍事、显眼。棺材并没有密封，一张灰色的满是皱纹的苍老面孔在里面闭着眼，静静地躺着。袁岳紧张地闭上了眼睛，根本不敢再多看一眼。什么安详如睡眠一样？哪个活人不怕死人！袁岳心里又悔又恨，悔的是自己贪图这份劳务费，问都没问清楚就接了这么个活儿；恨的是，自己吃饱了撑的干什么健身会所、创什么业？老老实实坐在写字楼的格子间里，继续当着白领不好吗？干到现在早应该升职了，平平安安拿着年薪，风吹不着、雨打不着，何苦要在这个鸟不拉屎的地方受这份罪……

现场的情势根本不容袁岳多想,甚至不容他脑子里有任何与环境不符的念头。两个胖妇女一左一右、两膀一角力,袁岳就觉得膝盖不属于自己了,愣是"扑腾"一下跪在了棺材的左角。袁岳刚抬起头来,中年男子便走过来,穿戴跟他一样,也披着麻袋片,但是没有戴帽子。他掏出一沓子人民币,用后背挡住院门的方向,把钱塞进袁岳麻袋片里面的胳肢窝里。他压低了声音对袁岳说:"兄弟,一会儿到时辰了。来了人你什么都不用说,来的人哭你就跟着哭。他们哭完了,绕着棺材走一圈,鞠一个躬,你就给人家磕一个头。就成了。钱你先拿着,咱们一天一结。"

袁岳没有收钱的喜悦,而是以为自己听错了,什么?哭?还磕头?中年男子又补充了一句:"打现在开始,你就喊我姐夫。要是有人难为你,你就叫我来。"说罢,"姐夫"也扑腾一下跪下了,面无表情的"姐姐"也是披麻戴孝,跟在姐夫后面,跪在了棺材的右边。

袁岳的麻袋片里面是羽绒服,腿上穿的是牛仔裤。他跪的地面是用青砖铺的,下面是泥土,一股股的湿冷气息从小腿、膝盖下面冒出来,刺得袁岳钻心的难受。早知道这样,就贴上暖宝宝了。

袁岳小心地让两条腿互相蹭着,想着摩擦生热的道理,右手悄悄地伸进麻袋片,想把刚才"姐夫"塞进胳肢窝的钱转移到羽绒服带拉链的口袋里。没想到，仅仅这十几分钟的时间，袁岳的手就有点不听使唤了，冻得僵硬，手指头的触觉几乎不在，纸币也冻硬了。手摸在钱的边角上，只觉得刺得慌。

还没等把钱塞进口袋，一阵哭天抢地的嚎叫声就如洪水一般涌进来。袁岳闻声抬头，眼前顿时出现了眩晕一样的感觉。乌泱泱的人脚步凌乱、哭着叫着嚎着冲进来。如果不是个个都哭天抹泪，袁岳还以为来到了美国黑色星期五的超市门口，门一打开，抢着购买打折商品的人奋不顾身地往里面跑。

过来的人并不是一个一个鱼贯而入，现场也没有人维持秩序，男男女女老老少少，一边哭喊着一边踉踉跄跄地奔着棺材就扑过来。袁岳下意识地想站起来躲，但是"姐夫"却冲他大喝一声：不许动！听大了的！

袁岳在闹闹哄哄的院子里寻找哪个才是传说中的"大了"，但是跪在棺材边上的袁岳眼前一瞬间就被很多条腿塞满了。各种脏裤子、各种棉鞋、拖鞋，有的露着脚踝，有的穿着破了洞的袜子。虽然是在室外，寒冬腊月，鼻腔里几乎全是鼻涕，可就是这样，各种酸臭的味道还是扑面而来，让袁岳的胃里顿时翻滚不停，那一大碗猪肉炖粉条折腾得他难受不已。

"早知道这样就不吃了，宁可饿着……"袁岳在短短几个小时里，已经把前二十多年从来没说过的"早知道……就"重复了几十遍。

忽然听到一声呐喊："施礼！礼毕！孝子贤孙还礼！"

袁岳还在想"孝子贤孙"是谁，棺材另一边的"姐夫"已经伸出一只手不由分说地按在了他头上，袁岳的头就被稀里糊涂地按了下去，脑门儿一下子被按在青砖上，"砰"的一声……

袁岳眼冒金花，眼前的白布、花圈、灵幔都不见了，黑漆漆一片，却在远处闪烁着几点亮光。亮光像流星一样越来越近，在这些亮点就要聚集在一起、冲破黑暗的时候，袁岳的头再一次被按下去，又是"砰"的一声……

整整一个下午，袁岳从十二点跪在棺材边，一直到下午四点，他不知道自己被按了多少次脑袋，不知道自己磕了多少个头。他只知道，出于趋利避害的人类本能，他在被按着磕了第三个头之后，就学乖了，听到"还礼"就赶紧、忙不迭地主动地磕下去。这样能自己掌握力道，不至于"以头抢地"，不至于一个头就把额头磕出血印子来。磕了五六个以后，袁岳甚至无师自通地学会了自我保护，看着使的劲很大，但是都把力道用在了腰腹，手就在额头前垫着，头看似用力、实际很轻柔地与手背相碰。这样就舒服多了。额头免去了血光之灾，双手的手背也省的被冻得僵硬失去知觉。

农村的四点开始萧条，冬天的太阳下山的分外早。袁岳一直持续着练习腹肌的动作，吸气、跪地、卷腹，他发挥着阿Q的自我安慰精神，念叨着"天将降大任于斯人也，必将苦其心志、劳其筋骨、饿其体肤……"

院子里哭丧的声音渐渐安静，旁边院落里突然热闹起来。

袁岳敏感地发现,这会儿来哭丧的人已经不像中午时分那般热情似火,似乎就是来走个过场,无论男女,无一不是哼哼唧唧地绕着棺材走了一圈,象征性地嚎了几声而已。那些人对袁岳和"姐夫"的磕头回礼并不在意,而是毫无顾忌地在院子中间高声询问:"完事了在哪吃啊?"

大了的声音适时传来,洪亮而带着喜色,他高声呐喊:"西院儿几位,里面请!"还有人站着不动,执着地问:"有什么菜啊?横吗?"

大了高声报上菜名:"红烧丸子、清炖肘子、侉炖鱼、酱牛肉,您几位西院就座!啤的白的都有您呐!"

有人随声附和着:"不赖!主家儿够体面!"

袁岳要不是守着棺材机械地重复着磕头的动作,还以为自己跪在了老北京饭馆,跪在跑堂儿的边上。

主院子里安静了,西院里热闹起来;慢慢的,西院也渐渐安静了,人声渐渐消失,锅碗瓢盆的碰撞、桌子椅子的搬动、几个妇女嘻嘻哈哈的嬉笑……待到所有声音都缓缓消失,天空上已经布满了星斗。袁岳冻得浑身僵硬,嘴唇在阴沉的夜空下都能看到呈现出的青黑色,额头上反而是红亮亮的,明显地突出一个鹅脑袋大小的鼓包来。

面无表情的"姐姐"不知道什么时候已经站起身、出去了。再进来时,双手各自端着一个粗瓷大碗,胳肢窝下夹着两双筷子。两个碗,一个送到"姐夫"手里,一个送到了袁岳手里。袁岳看见了一大碗白米饭上撒着各种剩菜,但是,他的碗里有一个明晃晃的大鸡腿。"姐夫"跪在原地,招呼他:"兄弟,你站起来吃会儿,溜达溜达,辛苦了啊。"

哪里还站得起来?袁岳的双腿已经不能动了,他把碗放在地上,先把双手搓热,撑住地面,慢慢地把两条腿从身子下面撤出来,伸直了坐在冰冷的地上。袁岳端起碗,胃里不知道是什么感觉,但是面对着这一大碗凉飕飕的饭菜,袁岳还是选择了咽下去。他很清楚这一下午自己的消耗有多少,他不想自己饥寒交迫地倒在棺材边,倒在素不相识的一个老人的尸体边上。他用这碗乱糟糟的食物给自己补充着热量,在他从未经历的严冬,他需要碳水化合物,需要脂肪,需要蛋白质。

袁岳不知道这碗饭是怎么咽下去。他把碗还给"姐姐",用手撑着地面,想站起来走一走,不想,身体在挪动的一瞬间就意识到腿脚依然没有回归他的身体。袁岳身体一歪,就要往下倒,他双手本能地想扶住什么支撑住自己。他一只手在慌乱中扶住了棺材的边缘,另一只手则在身体垂直倒下的线路上往棺材里面掉下去,直直地杵在了尸体的肚子上。袁岳本能地跳了起来,但是腿不听他使唤,大脑传达的指令得不到执行,袁岳的上半身就那么挂在了棺材边上,只有那只手,弹了回来。

袁岳的动作太大,嘴里也忍不住叫了出来。"姐姐"和"姐夫"赶紧过来拉起来他,黑暗之中,袁岳明显地感受到了两个活人的体温,他们和棺材里的尸体是那么不同。无论男女,他们的皮肤与自己相触,彼此能够感受到温暖和弹性,他们散发着人的味道。没有感情、没有亲情、甚至没有任何交情,但是那点"人味儿"让袁岳心里的慌乱少了很多。他像抓救命稻草一样紧紧地抓住这两个胳膊,也许因为寒冷,也许因为恐惧,袁岳明确地听到了自己上下牙齿打战的声音。

"姐姐"和"姐夫"也听到了袁岳上下牙打架的声音。"姐夫"叹了口气,说道:"难为兄弟了,你一个城里来的没见过这个。不过啊,哥跟你说,这也没啥可怕的。是人都有这一天。我就是不想让老丈人活着的时候让村里瞧不起,死了死了,还让他们戳脊梁骨!咱俩往这儿一跪啊,啥难听的话他们都说不出口了。一个女婿一个侄子,各是半个儿,还咋样?亲儿子也就给办成这气派了。"

袁岳想应和,但是已经说不出话来。

"姐夫"支使"姐姐":"去!说你憨,就憨一辈子!把兄弟扶屋里暖和暖和,炕烧热乎了,赶紧去给做碗姜汤。我这身子骨也不经使了,给我也弄一碗。今晚上估计不会有人来了,我一个人就行了。"

袁岳哑着嗓子说:"姐夫你也歇会儿吧……"

"姐夫"回身一指棺材两边不知道什么时候已经点起来的四支大蜡烛,微弱的火苗在寒风里摇摆,脆弱得随时就要熄灭。"姐夫"说:"得有人守着,蜡不能灭。"

袁岳被"姐姐"搀进屋里,就是棺材里的老人生前睡的房间。在老人咽气的炕上,袁岳已经顾不得任何忌讳,踉踉跄跄地一头倒下去。等"姐姐"端着姜糖水进屋的时候,袁岳的鞋还在脚上,人已经缩成一团,昏昏睡去。

11

袁岳被院子里喧闹的声音惊醒。他条件反射一样,猛地从带着余温的炕头上坐起来,眼前是墨蓝色的一片。他双脚踩地,一阵扎心的冰凉,从脚底板直冒头顶。黑黢黢的屋里找不到可以照明的灯,他本能地坐回炕头,双脚在地上摸索着,寻找自己的鞋。

炕头迎面对着的就是窗户。袁岳看到的墨蓝是窗外没有被污染过的天空。在凌晨四点多的时候,月亮还在,不见星斗,院子里、停放着棺材的白帐篷里,几支硕大的蜡烛闪耀着黄色的火苗。袁岳在看见蜡烛的时候,脚在地上也寻到了鞋。不过不是自己的那一双,而是一双厚实的、充满了棉花的大棉窝。虽然也是凉的,但是袁岳把双脚犹豫地放进去的那一刻,却感受到了被包裹的暖意。

袁岳借着手机的亮光看到了时间,匆匆抓了一件炕上的衣服披上就往外跑。在摇曳的烛光里,"姐夫"已经靠在棺材上昏昏睡去,身上盖着那件他白天穿的军大衣。

袁岳跑出房门,室外的温度让他始料未及。他浑身一颤,紧紧拉扯住自己外面的衣襟。这一拉扯，才发现身上披着的也不是自己的羽绒服，而是和"姐夫"身上一样的又沉又厚的军大衣。领子上是黑色的绒毛，棉线做的，蹭在脖子上挺暄和，可那股子说不上来的味道也着实让人呛得慌。

袁岳披着军大衣过来摇醒了姐夫，喊他："姐夫，你进屋里躺会儿，我来替你。"

"姐夫"迷迷瞪瞪地被摇晃醒，眼睛半睁不睁地看看袁岳，嘴上说的："不碍事，你盯着吃了早饭再来。"说着，院子的角落里叮叮当当地响起了大动静，袁岳听出来，自己就是被这个声音惊醒的。

"姐夫"气哼哼地冲着角落里嚷嚷："闹鬼啊！"

角落里的声音顿时没有了。袁岳吓得一机灵。很快，角落里走出来一个人，迎着棺材过来，袁岳不由自主地往后地退了退。走进了，才发现是"姐姐"。

"姐姐"手上是一碗粥，还冒着热气，看看袁岳，直接递到了"姐夫"手上。"姐夫"一挥手，埋怨说："天还没亮，你瞎弄什么？人家当你弟弟过来跪着，你还不给人家先喝？"

"姐姐"听了，便面无表情地把粥送到了袁岳手上。袁岳又递给"姐夫"，连说自己不饿。"姐夫"也不推辞，接过来说："那给我。"便把头埋进了碗里，呼噜呼噜地喝起来。

袁岳知道跪在这里的滋味，他坚持让"姐夫"回屋躺一会儿，自己还在老地方跪下了。"姐姐"刚把"姐夫"送进屋去，回到院子里一看见袁岳跪着打瞌睡，就悄悄从棺材下面拿出一个棉垫子来，塞到了袁岳的膝盖下面。袁岳正要说"谢"，"姐姐"又把自己身上围着的一条油渍麻花的棉围裙解下来，围在了袁岳的腰上。袁岳膝盖下面垫着棉垫子，腰上围着棉围裙，身上披着军大衣。他学着"姐夫"的样子，紧靠着棺材板，居然又犯起困来。天色蒙蒙地要亮了，村里陆陆续续开始有了狗吠，袁岳的心里已经没有了恐惧，对身边漆黑的棺材和棺材里面躺着的尸体也没有那么大抗拒。一层棺材板，隔着阴阳两个世界，但是对于袁岳来说，在军大衣里包裹着的身体才是最真实的存在。他意识到自己对于这具尸体的恐惧来源于自己的代入感。他知道自己迟早有一天，也会像这个干瘪的尸身一样，不再有尊严和意识，失去行动与思考的能力。自己的结局可能还比不上这具尸体。他又会躺在哪里等着燃烧？有没有人来凭吊他？哪怕只是为了一顿饭，为了一顿酱牛肉，来哭他几声？

由于厄尔尼诺现象，由于人类头顶上的臭氧层有了看不见的深洞，由于村庄上空的雾霾比城市更少，这个冬季，显得格外冷。天气预报上说，极寒的天气同比去年多了十三天，昼夜温差的幅度也远远大于去年，甚至夜间的最低温度创下了这个城市十年来的新低。袁岳在这个时节跪在冰冷的院子里，纵然是铁人，也得冻出一身霜。

袁岳在"大三天"的第三天里，明显觉得一件军大衣已经不够用了。军大衣里穿着羽绒服也不够使了。"姐夫"家里的大棉袄、二棉裤、毛线袜子都给袁岳加上了，肚子上腰里还别着热水袋。就这样，出殡那天，正式送到火葬场的早上，袁岳还是发烧了。"姐夫"抱着老爷子的头，袁岳抱着脚，经过三天两夜的相守，他觉得自己和尸体之间已经建立了某种感情。他已经闻不到腐朽的尸臭，托起这个干瘪的老人，袁岳明显觉得分量比预想的还要轻一些，那张已经看不出颜色的面孔，在袁岳的眼里却越来越生动起来。他睡觉的屋子里挂着老人的遗像，活生生的时候，那张脸还略显得木讷，表情和"姐姐"神似。这样躺倒在棺材里，闭着眼睛，却有了一种从容的神态。农村老人去世，不讲究整容。在袁岳跪着守灵的几天里，他断断续续地听到了这个村子里活人对于死亡的认知。来哭灵的男女老少，除了奔着那一顿大鱼大肉，多少，还是带着对死亡的敬畏。"死者为大"，是袁岳这几天听到的最多的一个词。这四个字从一张张皲裂的嘴唇里吐露出来，带着乡音，并没有让人觉得不妥，并不有辱斯文，而是让袁岳感受到了这群和土地最亲近的人对于生死的一番固执。

袁岳听不到他们对于老人活着时候的任何评价，仿佛他们并不相熟。相反，对于正躺在棺材里的这具尸体，他们却在号哭的每一声之后都表达了无尽的惋惜，表达的词汇也是惊人的相似，几乎都是"你怎么这么早就走了！女婿给你挣的钱都没福气花了……"袁岳惊异于他们认识的那个人，是活着的，还是死人？

纵然尸体的水分已经在西北风中挥发了大部分，纵然袁岳清楚地知道尸体并不很重，但是他在抱起老人双脚的时候，还是觉察到了自己身体的失衡。轻飘飘的，脚下软软的，穿着羽绒服加军大衣的身体在寒风中摇摇晃晃，惊得"姐夫"免不了大喝一声："站稳了！"

袁岳咬着牙，使尽力气，把老人的尸体抬进了灵车。火葬场有火葬场的规矩，"姐夫"准备的寿材就是为了停放、摆在全村人面前看的。灵车里有自己的装备。干瘪的尸体进了灵车，重新安置在现代化的设施里的时候，袁岳最后看了一眼老人，觉得他还是躺在木头棺材里更顺眼。

大了的工作到了火葬场就结束了。殡仪馆有殡仪馆的司仪。按照文明的仪程，在火化之前司仪宣布前来送别的亲友向遗体三鞠躬。已经没有了哀恸之意的乡亲们对这个动作略显不适，但是还是照做了。大家听从指挥，鞠躬完毕后，三天里从来没有发出一声声响的"姐姐"却如同一头失控的母狮，突然间从胸腔里爆发出巨大的悲号，踉跄着、哭喊着、朝着即将要推进火化炉的尸体扑去。"姐夫"显然对"姐姐"这个举动也是始料未及，人群中不知谁喊了一句"赶紧拉着她"才让"姐夫"和袁岳都回过神来。两个男人冲上前去，死死地拽住了这个女人的胳膊。女人面色苍白，头发凌乱，鼻涕眼泪都糊在了脸上，声音嘶哑，身体瘫软在地上。

随后的仪程不得已做了更改。由于"姐姐"哭得几乎晕厥，根本没办法独自行走。"姐夫"又必须要给袁岳怀里的骨灰盒打着一把黑色的巨型雨伞。袁岳自己也如同在云端飘荡。"姐夫"已经累到脱相。两个精壮的爷们儿,在三天两夜的守灵中,跪一口棺材,睡一张大炕,不仅是袁岳觉得到了崩溃的边缘,就连"姐夫"都恨不能把老丈人从棺材里揪起来,换上自己去躺一躺。

在最后一程,有两个壮硕的妇女自告奋勇地把"姐姐"架起来。袁岳虽然顶着滚烫的脑门也一眼认出,那两个妇女正是左右开弓捏过自己脸颊的人。她们和袁岳第一天见到时并无两样,眉眼里依然是神采奕奕的样子。她们脸上没有忧伤甚至没有愁容,她们像架着袁岳一样架着"姐姐",满口劝解,话里话外劝的是"姐姐"要知足,因为嫁了这样一个体面的"姐夫"才能让老人走得也这样"体面"。还有一个劝着劝着就劝到了袁岳身上:"瞅你那本家兄弟,这么嫩啊,你可哭什么哟……"

"姐夫"显然已经不在乎她们说什么了。他只想快一点把程序完成,赶紧把袁岳手里拿着的三合板的盒子埋进土里。然后,他想赶紧回到自家的热炕上,睡个一天一宿。

"姐夫"打着伞,小声鼓励着袁岳:"兄弟,撑住,最后一哆嗦了,哥谢谢你。"

袁岳的脑子几近于空白,身体感觉像被掏空了,机械地行走着,紧紧地抱着那个完全陌生的骨灰盒。

他们两个人在前面走着,后面跟着拿捏着各种声调的村民们,一支简易的交响乐队也跟着他们,演奏了三遍《常回家看看》。

准备好的、要撒上天的纸钱被殡仪馆制止了,说是要文明丧葬。老人的一些衣服,在一个土炉子里烧成了灰烬。袁岳和"姐夫"终于等到了骨灰入土为安的那一刻。两个人跪得特别主动,尤其是袁岳,几乎没用任何人提醒,便"扑通"一下跪倒在地。"姐姐"被两个妇女强制地控制在两米开外的地方,站在别人家的坟头前,任凭"姐姐"怎么哭泣,她们都和门神一样,死死地盯守着她,没有放她迈过一步的意思。只有两个没有血缘关系的人目睹了墓地被土封的一瞬。冬日的天气有点邪,平静的墓园里突然刮起了一股风,卷着新坟的薄土在袁岳的眼前打起转转。袁岳的眼前就突然出现了在棺材里看到的那张脸,他突然怀念起那张脸来,然后就哭了出来。他的声音不大,压制在自己的胸腔里,但是"姐夫"却在他的哭声里听出了真真切切的悲伤、难过。

"姐夫"过来拉起他,一边做着抹眼泪的动作一边悄悄在他耳边低吟:"谢谢兄弟,演的真不赖。"

12

袁岳回到城里的时候,已经是华灯初上。他迷迷糊糊地拒绝了"姐夫"再请他吃一顿饭的好意,怀揣着尾款,迷迷糊糊地回了城。他身上滚烫滚烫的,坐着公交车,莫名其妙地就来到了闹市区。袁岳鬼使神差地下了车,晕头转向,不知道为什么会来这里,这里又是哪里?袁岳第一个念头是找一个柜员机,把身上的现金存起来。自己这个身子骨儿,今天晚上倒下就已经是万幸了。

袁岳踉踉跄跄地推开了一家24小时银行的玻璃门,环顾后面确定没有人尾随,这才哆哆嗦嗦地从怀里掏出现金和卡。点了两遍,把现金码整齐,放在存钱口里。存好了,拿出卡,袁岳才想起来,自己把身上的现金都放进去了,连顿饭钱都没给自己留。

袁岳在心里安慰自己,反正浑身烧的难受,吃不吃的,也不大要紧。袁岳想找个公交车站回去,从银行的玻璃门里一出来,他就愣在了原地。玻璃门的对面,仅仅一条小马路隔着的,是自己曾经引以为豪的事业。那扇封闭的大门上面,还残存着

"健身"的字样。硕大的落地窗，是袁岳坚持拆了墙体之后安装上的。面对着落地窗的，本是一排跑步机。袁岳喜欢自己带着一群小伙子，穿着紧身的健身背心，在跑步机上迈开结实紧致的大腿，挥汗如雨地奔跑。他们自信地对着窗外的行人，总有路过的姑娘会忍不住停下脚步，看着这一群帅小伙儿，再探头往里看看健身房里其他的地方。看着看着，就会有人进来，期待着这家健身会所能把自己也改造成袁岳们的样子。还有些姑娘，嘻嘻哈哈地进来找教练，问瑜伽塑型，想学肚皮舞。袁岳的眼前忽然就出现了乔珊的样子。当时的乔珊，就是这样从窗外走进来，看着健身房里的帅哥们、偷偷地笑，笑着笑着就闯进了自己的心里。

小马路不宽，仅仅两条行车道。一来一往之间，双向的汽车大灯都会从健身房的玻璃窗前划过，照出一道一道流星般的轨迹。玻璃的反光让袁岳有些睁不开眼睛，但是他仍旧沉迷甚至是贪婪地注视着这一道道的光束。他喜欢在城市的夜晚看着这些灯光，光明让他有安全感和幸福感。他一度觉得这些灯光的背后是温暖，玻璃窗后是自己的梦想，家中灯光之后是客厅和卧室，是暖和的床，是乔珊在厨房里忙忙碌碌又笨手笨脚的身影。

现在，他明白了，灯光像焰火，终有一天会逝去，逝去之后留下的只有孤独和寒冷。

袁岳支撑不住自己颤抖的身体和虚弱的精神，他慢慢蹲下来，一屁股坐在了马路牙子上。他只觉得身体越来越烫，头越来越沉，眼前的灯光迷离恍惚，身子慢慢地软下去。耳朵边，有一个声音传过来，有点缥缈，有点远，像是从另外一个世界过来的。那是一个男性的声音，在问："哥们儿，你没事吧……"

袁岳晕乎乎地倒下去，意识像是脱了线的风筝，飘走了。

袁岳是被一阵刺痛惊醒的，右手虎口的位置传递出一阵带着冰冷的刺痛感。迷迷糊糊睁开眼，袁岳寻找着刺痛的位置，却先看到了透明的输液管，淡黄色的液体在输液管里滴答滴答。袁岳头懵懵的，一时反应不过来自己这是到了哪里。他挣扎着想坐起来，刚一起身，就觉得身子仍然是软的，不得已习惯性地用右手去支撑。不想，右手上扎着针，刚一使劲，一股刺痛便袭来，即使是在懵懂里，痛感也让袁岳猝不及防，刚撑起来的上身又倒下去，砸的床一阵"吱吱"作响。响声之后是脚步响，一个穿着警服的小伙子匆忙走进来，看看袁岳，关切地问："你醒了？"

袁岳的头更迷糊了。自己这是怎么了？已经全然不记着做过什么，难不成在迷迷糊糊中干了什么违法乱纪的事？袁岳刚刚还觉得不太冷了，一看见穿制服的，顿时又打起了寒战。

警察却是一脸真诚的关切。他问："你倒在大街上了，我们也不知道怎么联系你家里人，只能先给你送医院来。你现在怎么样？给家里人打个电话吧？"

袁岳想说声"谢谢",可是张开嘴却发不出声音,使足了劲,声音也不过是蚊子大小。袁岳挣扎着坐起来,说自己可以的,不用通知家里。护士走进来给他试体温,不过是几分钟的时间,袁岳顿时觉得耳朵了充满了声音。刚才,这里的一切都还是静悄悄的,不过就这么一会儿的工夫,婴儿的哭闹声、护士的说话声、人来人往的脚步声就全涌进来了。

护士告诉袁岳,他是警察送到医院急诊室的。人家还给他垫付了医药费。袁岳赶紧去摸钱包,却又忽然想起来,自己失去意识之前的最后一件事好像是把身上的现金全存进卡里了。他挣扎着拿出卡要去给警察取钱,可尴尬地意识到自己手上还扎着吊针,动不得。无奈之下,袁岳掏出手机,只好打给林毅。

林毅赶到医院的时候已经将近半夜。外头北风呼啸,林毅把自己捂得严严实实,却还是不免带着一股子寒气撞进来。他急急火火地冲进急诊室,看见孤零零躺在急诊观察室病床上的袁岳,忍不住过来吼他:"我让你住我那儿你不听!你看你这衰样!"

袁岳抬起眼皮看着他,有气无力地制止他:"你小点声儿。先去帮我把钱还给人家警察叔叔,我回头微信转给你。"

林毅嘟嘟囔囔地出去了,不一会儿回来了,手里还拿着一堆药。他也不说话,径直过来看了看袁岳的输液瓶,没好气地说:"输完了跟我回家。都办完了。你这大半夜的给我惹事,还给人家警察添麻烦。你说人家人民警察多忙啊!那么多坏人抓不过来，还得送你进医院。"

袁岳闭着眼睛，说："你说得对。我错了。"

林毅架起袁岳，说："你也醒醒盹吧。一会儿输完了上我那睡去。就你这怂样，还说去村里住？你倒是去呀！不是找着房了吗？你接了一多大生意啊？"

袁岳苦笑着恳求林毅："你这张嘴是越来越损了。我这不是发烧了就回来了吗？你容我两天，我不烧了就出去找房子，你别着急啊。"

林毅嘟囔着："我急个屁！就欠给你个镜子让你看看你自己这副德行！刚走几天啊，你看你，都脱相了知道吗？"

护士过来查看袁岳，跟林毅叮嘱，还要再输三天液体。林毅跟出去问东问西，袁岳又躺回去，缩在急诊室的薄被子里，虽然身上的热度下去了一些，但还是冷，止不住的冷。

忽然，更冷了。几个带着寒气的男男女女簇拥着进来，黑压压的一团人。袁岳被寒气袭击，刚合上的眼睛只好又睁开。几个人神色各异，为首的一个中年妇女表情严峻，其他人有的带着着急的样子，有的眼神飘忽，一看便知是在神游。紧跟着他们进来的是两个护士和一个青年男子，他们推着一张床车，上面躺着一个白发老人。老人的眼睛紧闭着，脸上看不出表情，面色并不晦暗，看着倒是没什么危险。

急诊观察室里只躺着袁岳一个，袁岳倒是比那老者还显得半死不活，几个中年人顾不上避忌什么，说话也没什么顾忌，站在袁岳床边上唉声叹气，不知道的还以为是袁岳快不行了。

为首的中年妇女说："妈就这些日子了，老这么夜里送医院也不是个事。咱们都说说怎么办吧？"

几个人都不做声。年轻的一个低头看手机。为首的中年妇女没好气地吼他："手机不玩能死啊！"

年轻小伙子不情愿地把手机揣起来，但是也没有过来参与话题的意思，反而是走到老人的病床边上，坐下来，眼睛不看手机了，直勾勾地看着躺在床上的老人的脸。

有个男人说了一句："妈这样反复几回了，好也好不了……要我说还是心里有事，放不下。"

旁边一个穿戴还算整齐的女人边说："那还用说！还不是惦念你们家里那个老小。"

为首的中年女子说了："老小丢的时候还不到三岁，这都三十多年了，上哪找去？要能找着不早找回来了？这三十多年妈就这么一块心病，不见人就不甘心。你们也甭装孝顺了，久病床前无孝子，我是老大我嘴里也不忌讳，你们也甭矫情。都说说，怎么办？咱们都这么大岁数了，都是有孙子的人了，谁也不能天天在医院伺候，接了上谁家都不合适。我的意思，这次要是严重呢，就直接住院，能报销的报销，报不了的咱们分摊；要是说能接走呢，咱们就找个养老院……"

刚刚看手机的小伙子过来，袁岳瞟了一眼，岁数也不小了，看着跟自己差不多。小伙子跟中年妇女说："人家养老院也得看老人情况，我姥姥这算是不能自理了，能接她的地方也不多吧。"

中年妇女白他一眼，说："就你知道的多！"

年轻人嘟囔了一句："不就是个小舅舅吗？你们找个亲戚冒充一下，哄我姥姥高兴一下得了。大夫都说了，现在是油尽灯枯，干耗着……"

穿戴整齐的女子问了一句："咱家有什么亲戚能过来哄哄老太太吗？我看她的这样子也认不出人来了，就是真儿子在面前都不准认识了。"

中年男子反驳她："那可不一定。我站在她跟前叫她，你看她认识不认识？你这当儿媳妇的她不认就不认了，我这儿子她可认得清楚呢。"

女子白他一眼，说："那你给找去吧。什么时候找着了，什么时候……"女子不说话了，为首的中年女子说："都甭争了。咱都知道，咱妈听不见小儿子叫她一声，就是不肯闭这个眼睛。找人是甭想了，你们都琢磨琢磨，看看谁家有年纪差不多的孩子，过来骗骗她得了。现在她睡着，明天醒了还得折腾，她心里一阵子清楚一阵子糊涂，趁着这时候哄她还管点用。"

袁岳听着，忽然身上被拍了一下，是林毅。林毅的大脸在他眼前晃，问他："输完了，能走了吗？我车在外头，用我背你吗？"

袁岳坐起来，冲着林毅摆摆手，向站在自己床边不远处那为首的女子说："阿姨，我可能能帮你们这个忙。"

13

袁岳还没好利索,就收拾好东西又奔医院了。有了跪棺材守夜的经验,这回袁岳弄了一件军大衣,里面穿上了保暖套装。林毅看着他里三层外三层地裹得这么严实,还以为他要去漠河打雪仗。

袁岳对林毅说,自己在医院接了一单生意,给一个弥留之际的老太太扮演她三十多年前丢失的小儿子。林毅听一下袁岳这几天的安排,说:"我靠!你这不就是给老太太当护工吗?"

袁岳想了想,说:"你这么说也行。"

林毅骂他:"你傻啊!你找个别的工作不行啊?你一大学毕业的、当过老板的给一快死的人当护工,你脑子没病吧?"

袁岳迅速在网上查了一下,然后笑笑说:"北京的护工一天不到一百块。我比这个收费高。"林毅追问:"高多少?两百块?我说袁岳,你小子的脑袋里别一天到晚就想着还债行吗?我看你离卖身不远了。"

袁岳对林毅的话充耳不闻,收拾了一个旅行袋,夹着一张瑜伽垫一脸谄媚地对林毅笑。林毅被袁岳笑得浑身不自在,问他:"干嘛?你又想干嘛?"

袁岳拎起手上的这一堆东西,恳求林毅:"你送我一下呗!我东西太多,公交地铁都不方便。搭你车去医院,成不成?"

林毅看看袁岳手里的瑜伽垫,反问他:"你这又是干啥?去医院病房拉会员啊?带着护士做瑜伽?玩制服诱感……"

袁岳撇撇嘴,说:"什么呀!我晚上得住医院,你不能让我睡地上啊!三九天的,有个瑜伽垫好歹防点潮吧。"

林毅一扬手,抢过了瑜伽垫,拎着扔进了卧室,又撅着屁股在床底下翻腾,掏出来一个行李包。他喊袁岳:"你把这个拿走吧。"

袁岳一看就乐了,说:"你还有睡袋呐?装备够全活的。"

林毅扶着床站起来,大肚子显然有点碍事,说:"都是那年丽丽非要看什么流星雨,逼着我置办的。没事撑的非得凑热闹,学人家跑到大野地里等着看。雾气沼沼的连月亮都没有,隔着两米连我是谁都看不清楚,看什么流星雨!冻到后半夜就跑回来了。就用了那么一次,你拿走吧,她要问我我就说捐给贫困山区了。"

袁岳夹着行李卷按照约定的时间赶到病房,正好看见雇主——弥留老太太的大闺女拎着保温饭盒过来给老太太送粥。看见袁岳,大闺女挤出一个笑脸儿打了个招呼。袁岳赶紧嘴甜地喊她:"崔姨,您来了!"

崔姨一副不见外的样子,胡噜了一下自己灰白的短发,把饭盒往床头柜上一放,脖子上的围巾也不解开,直接就对袁岳叮嘱:"今天她要是醒了呢,你就给她喂点粥。她要是问你是谁,你就照着我们教你的说。要是没醒,你就换尿袋。大便你就喊护士。你一个小伙子也不方便。护士晚上会给她翻身揉揉捏捏,你帮一把就行。不醒啊,你就把粥喝了吧,不够吃你就在医院凑合吃一口。医生跟我们说了,应该就这几天,我们也不打算送 ICU,有事就给我打电话,我那个弟弟弟妹你也见过,指望不上,我那儿子老公也都忙。家里就我一个退休的,你就打给我。我赶过来得一个多小时,你也有个数。"

袁岳唯唯诺诺地答应着,跟崔姨表着忠心,又指指地上的行李,一个劲儿跟人家表示,自己是有信心打持久战的,让人家放心。没承想,崔姨眉头紧锁,说:"我们找你,就想着一个礼拜就得了。你说你收的这钱也不少呢,日子长了我们可给不起。"

袁岳一下子语塞。崔姨又说:"我们都是工薪阶层,我家里儿子儿媳妇还带着孙子。我那儿子儿媳妇挣得也不多,孙子说话就上幼儿园,我们俩还得贴补他们小两口钱。这点钱啊,我要是不花在老太太身上呢,我心里过不去。她这一会儿清楚一会儿不行的也闹了快一年了。一送医院就抢救,一抢救就是烧钱,每次一折腾,我就得叫了一家子在这儿等着……连算命先生都说了,见不着老小她就不走。你说这不是坑我吗?自从躺倒了在家,就是我伺候着,一年到头我连楼都下不了几回。我那弟弟也算是懂事的，好歹出点钱。要不，这一年多又花钱又折腾人的，我得走在老太太前头。"

袁岳不知道该怎么接崔姨的话茬，只好安慰她："这是您孝顺，老太太躺在床上也能知道，心里念着您这当女儿的好呢。"

崔姨靠在床梆子上，看了老太太一眼，叹口气说："知道不知道的又能怎么着？这孝啊，也得掂量掂量自己实力。人要是有钱有闲，谁不愿意当孝子？咱不是钱上短、时间也不够使吗？可那也得管啊！当初要不是我贪玩，把老小扔在街口没送回家，他也丢不了不是！我就寻思啊，这都三岁的孩子了，就差那么几步，天天在外头跑，哪哪都认识，怎么就能丢呢……"

崔姨说着说着，眼泪就掉下来，吸溜着鼻子，从兜里扯出一块卫生纸擤着。袁岳打开一包纸巾递过去，崔姨也没接，推开了他的手。看看袁岳，崔姨又叹口气，说："你还别说，就你这眉眼儿，还真有点像我那老兄弟。他要是还在啊，岁数可比你大，孩子都得上中学了。你没结婚呢吧？"

袁岳点点头，说："没呢。"

崔姨又端详了他几眼，说："看你这样子，连对象都没有呢吧？你说你这是啥工作？群众演员？还是啥？"袁岳一字一顿地回答她："特殊角色扮演服务。"

崔姨眼睛里划过了一丝茫然的神色，说："是，扮演。你都演过什么啊？"

袁岳想了想，说："未婚夫、男朋友、还给一个去世的老人演过他侄子……"

崔姨又看看他，说："死人的侄子？那让你还演啥？"

袁岳沉吟了一下，说："就是，侄子在外地回不来，但是，得开追悼会，我扮演他侄子去参加一下……"

崔姨点点头，说："不瞒你说，我可也不是盼着老太太赶紧咽气，就是再这么拖下去啊，我们一家子里里外外七八口人，都得倒下。我当老大的说话还算好使，也搭上这么多年都是我伺候的，我说什么，我那弟弟弟妹也不敢怎么着。他们就是一句话，就那么多钱，放在这儿可着花，多了也没有了。我就想着，既然算命的都说了，不见老小不咽气，你就辛苦辛苦，可着这一个礼拜，每天跟老太太说说话，把她念叨醒了，再告诉她你是谁。"

袁岳追问："万一醒了，她以为小儿子回来了，那会不会刺激到她啊？"

崔姨摆摆手，说："后边的事你就甭管了。无非就是再送抢救室呗。你到时候给我打电话，你这活儿就算成了。"

袁岳答应了，拿出两张纸给崔姨，崔姨一愣，问他："这是什么？"

袁岳认真地说："我回家仔细想了想，万一老人要是问起我这么多年都在哪，跟谁在一起，过的怎么样，我该怎么回答她。我写了一个人物小传，还编了前史，您要不要看看？"

崔姨没说话，仔细打量了一下袁岳，那眼神，跟看个怪物一样。她的眼神从疑惑很快就变成了不耐烦，对袁岳说："啥？你怎么回她？你先看她能说话吗？她顶多是听你说，说完了就完了……"

袁岳稍稍不安地问："她不会怀疑吗？她要是找您问怎么办呢？"

崔姨已经迫不可待地要离开病房。看得出，她的耐心不剩什么了。她跟袁岳说："只要你说了，她就可以安心咽气了。"

袁岳有点没反应过来。原以为自己就是来帮老太太续命的，没想到，这一家子是让自己来"催命"的。他还想跟崔姨再确认一些细节，却发现崔姨离开的脚步急匆匆的，根本没有再停留一分一秒的意思。她的背影很快就淹没在医院的人群里。袁岳站在病房的窗口向外望去，医院是这个城市里人口密度最大的场所之一。每个来到这里的人都神色凝重、脚步匆匆。人们在挂号的窗口外边排起长队，无一例外地低头盯着自己的手机。有些年轻男子是陪着老人或是伴侣来的，他们的脸上是漠然。他们手里拎着药品、捏着单据，腾出一只手攥着手机。他们似乎不需要对身边的人流露出太多的关心和爱护，他们的表情告诉所有人，自己站在这里就是奉献。

袁岳的骨子里留着传统的血液，但他对生死没有那么多忌讳，毕竟自己是受现代科学教育长大的。脏点、累点、苦点的活他都能接受。可是，崔姨临走说的话让他有点措手不及。袁岳一时间不知道自己该做些什么。崔姨一家并不在意老人的最终结局。也许,死亡,是对所有人的解脱。让老人能安心地死去,是活着的人最想要的结果。可是这个"安心",并不是给弥留的老人的,而是给活着的人的。袁岳知道,他们活得很辛苦。

14

袁岳本以为老人会那么一直躺着、闭着眼睛,没有意识。他有点懈怠,也打心眼里希望老人就那么睡着,睡够一周,然后,他就离开医院。他刚刚陪伴了一具尸体,实在不想再眼睁睁地看着另一个生命离世。

但是,偏偏老人就醒了。眼睛睁开的那一刻,正好是袁岳在护士的指导下,帮助老人按摩身体的时候。两个人的眼睛对视了一下,袁岳在浑浊的眼睛里居然看到了一抹亮色。他心跳陡然加速,旁边的护士也看到了,低声说了一句:"可能是回光返照。"

袁岳明显感觉到自己心跳加速了。在这一瞬间,他的腋下发潮,一股汗水的味道涌出来。袁岳知道自己已经好几天都没好好洗过澡了,这股味道比自己在健身房挥汗如雨的时候要大,要刺鼻。袁岳下意识地夹紧了胳膊。他偷偷瞄了一眼身边的护士,不知道她是因为戴着口罩,还是因为早已经习惯了病房里各种不堪的气味,她的面色如常,应该说,是眼色如常。大大的口罩罩住了眼睛以下的五官,袁岳只能通过她的眼睛去揣测她的喜怒。还好，一切正常，她只是提醒袁岳："你要不要通知你们家里其他的人啊？"

放下这句话她便转身出去了，去找当值的大夫。袁岳看了看老人，浑浊的眼睛茫然地看着他。袁岳从眼神里读不出有什么特别的意思，老人的脸上都是褶皱，毫无表情。袁岳不知道自己该做什么。原来设想的那些戏，全都忘了。他给自己安排过，如果老人醒了，他最应该做的，就是半跪在老人床前，紧紧抓住老人的双手，热泪盈眶、哽咽着喊一声："妈！您看看我，是我啊，我是您小儿子，我回来了妈……"

可是眼下，袁岳脑子里一片空白，忘词儿了。

袁岳看着这张脸，心里突然有了一丝恐惧。一紧张就出汗，袁岳闻到自己身上的汗臭味更加重了。老人的眼睛虽然浑浊，但是眼珠盯着袁岳，一丝不动，盯得袁岳直发毛。袁岳讪讪地咧了一下嘴，想做出一个礼貌的笑容，可笑得一点都不自然。他下意识地掏出手机，想走到门外去给崔姨打电话，但是还没转身，就发现，自己的手腕被老人干枯的手拉住了。

袁岳一手攥着手机，低头看着自己的另一只手。它被卡牢在一支树枝里，那支树枝看似毫无生机，但是却出人意料地有力量。袁岳试着轻轻挣脱了一下，竟然毫无脱身的可能。袁岳只好看着老人，她面色犹如深夜的水面，晦暗得死气沉沉，没有一丝光亮。老人的眼皮慢慢地微张，竭力地撑开，从朦胧到半睁，直到上下眼皮全部睁开。她死死地盯着袁岳。突然，一滴眼泪从老人的右眼角滑了出来。袁岳更加慌乱,只好半蹲下身子,把自己的脸拉的离老人的脸近一些。他看着老人,轻轻问:"您是觉得哪里不舒服吗?我给您叫大夫……"

一个病房里住着六个人,都是老太太。邻床的正在护工大姐的搀扶下,刚从楼道溜达回来。这个病房里住的,都是一时死不了可也好不了的病人,老太太们平日里只剩下了坐在病床上打发着日子,对生命唯一还能进行的挥霍,也就是下了床,在楼道里徘徊几步,看看来来往往的人罢了。

一个自从住进病房就全无声响、甚至没有睁开过眼睛的活死人,居然睁开了眼、还流下一滴眼泪来,这个举动竟像是死水微澜一般,搅动得全病房都有了一丝躁动。邻床的老太太底气十足地喊了一句:"哟!醒了嘿!"

袁岳毫无防备,只觉得全病房的人,床上躺着的、地上走着的,全都围过来,看着死死拉着他手的病人,也看着他。有一个声音颤颤巍巍地说着:"我就说嘛,小儿子一回来人就踏实了。"这个声音又冲着袁岳说道:"还不叫你妈一声!你没听你姐说,她都等了半辈子了闭不上眼。"

老太太们齐刷刷地看着袁岳,袁岳像当日在村里被按着下跪磕头一样,在众多目光的压迫下,喊了一声:"妈!"

这一声喊下去,袁岳都没想到,自己顿时有了精神头,之前准备好的台词谜一样地回到了记忆里。于是,袁岳在众目睽睽之下,跪倒在病房的地板上,把手里的手机扔在一边,另一只手紧紧握住了老人干枯的手腕，把声音的频道调到低沉那一版，哽咽地说道："妈，您醒了？您看看我，我是您小儿子呀……"

袁岳努力回想着崔姨之前跟自己曾经说过的，她小弟弟、老人小儿子的乳名，却在情急之下怎么也想不起来。袁岳原本还有些着急，但是很快他发现自己的顾虑多余了。他的姿态已经足够了，足够帮他把忘了的台词补上，足够帮他把场面撑起来。他念完第一句还在想接下来该说点什么的时候，已经有好几个声音乱糟糟地响起来，夹杂着各种口音、用各种语气，这些声音分别来自护工、病友和她们的家属。那些声音中很多都是在安慰着床上至今一言未发的老人："这回您安心了吧！""老儿子回来了高兴了吧？""有儿有女的多好！你老儿子都在这儿陪你好几天啦……"

现场七嘴八舌的声音就像是大年三十晚上八点之后打开的电视机里的声音，时而高亢时而抒情，袁岳只需要保持着自己的姿势和动作，像是一个放置在春晚舞台上的活人背景板。他甚至无需刻意做出一副什么样的表情，不用饱含热泪，也不用深情款款。他在这里跪着，就已经足够了。

袁岳特别佩服崔姨，在之前有限的几次探视里，崔姨就用寥寥数语和病房里的病友及其家属们混熟了。她不显山不露水地把袁岳介绍给老母亲的病友们，说的那些前史都来自袁岳自己的编纂。袁岳几次在地上的睡袋中朦朦胧胧地醒来的时候，正是崔姨介绍他作为这家小儿子的身世的时候。那些写在纸上看似没有问题的情节，经过崔姨的演绎和讲解，袁岳自己听来都觉得漏洞百出。但是，广大听众却是善良的，他们愿意相信这个故事，愿意相信袁岳这个人。故事就是这样，越传奇信众就越多。病房里没人质疑过袁岳的来路，也没人追着他刨根问底。袁岳这几天来的表现，也的确对得起大家的信任。虽然，几乎没什么人和他说过什么。

老人的脸色在袁岳和众人面前渐渐暗下去，医生和护士适时地赶到了。病友们为医生闪开一条路，袁岳也想起身，但是手依然被攥在老人的手里。护士上前来尝试着掰开，没有成功。医生过来听心跳、量血压，摘下听筒后对袁岳说："有心衰的可能。"

袁岳当然知道这句话的分量，慌忙说："我给家里打个电话。"就在这时，老人的手突然松软了下来，袁岳茫茫地抽出自己的手，慌乱地拿起手机拨通了崔姨的电话。那边的声音嘈杂，似乎是在菜市场。袁岳走到窗户边，低声叫："崔姨……"得到的回应却是"你大点声，我听不见！"

袁岳看看周围的一众白发奶奶，只好提高了声音喊："大姐！你们快点来一趟医院……"

那边含混着问："醒了还是不行了？"

袁岳怎么可能说的出"不行了"三个字，自然是说"醒了"。

那边崔姨的声音听上去又飘又远，袁岳听得断断续续，他听到电话里说:"你……看着……弄吧……"

袁岳怎么看着弄?抢救还是不抢救?插管还是不插管?袁岳心里拎得清分量,越是拎得清,越是紧张。他结结巴巴地跟医生说:"我大姐,她们,过不来……"

医生看着他,口罩之上的眼睛里没有任何情绪,只是问他:"插管要签字,你签不签?"

袁岳能说什么?旁边一个在病床上躺了好几天的老太太突然来了精神,颤颤巍巍地数落袁岳:"你是儿子啊!你妈这样你咋还不签字?"

老太太身边的一个女子,估计是女儿吧,拽了老太太一把,劝她:"您躺着吧,别管人家的事。"

老太太却愤怒了,声音更加颤抖,对着女子说:"是不是我这样了你也不管啊?巴不得我们这把老骨头都早点化成灰?"

女子脸上挂不住,埋怨她:"您说什么呢?我让您躺着养病,别动气,您又冲我来了。"

有护工对袁岳好言相劝,说他:"你家老太太就盼着你回来,你回来了就是救她命呢。你别愣着了,你姐不在你得做回主啊。"

袁岳尴尬地站在原地,又不能说:"我其实是个演员……"

他求救一样地看着医生护士,医生并没有多少要等待下去的耐心,转身便要出去。袁岳紧紧跟着医生,低声说:"我能跟您说句话吗?"

医生头也不回地往外走。袁岳小跑着跟出来，在他身后的病房里掉了一地的碎碎念，"不孝"两个字充斥着整个病房。

袁岳在医生办公室里结结巴巴地解释着自己的来路，医生并没有太多耐心，他只认清了一点，眼前这个以病患小儿子为名出现的人，并不具有法律上的签字资格。那么，你通知病人家属吧。

袁岳不敢再回到病房，只好站在楼道的窗户前继续给崔姨打电话，电话在几次忙音之后终于拨通，这一次，崔姨的声音总算是清楚了。她也听明白了袁岳的话，好在，她说，自己这就过来。

得到这个承诺，袁岳深深地吸了一口气。他突然想逃跑。这件事，躺在病床上这个垂死的人，跟自己本就毫不相干。自己是谁？为什么会出现在这里？

但是袁岳却不能离开。他做完三个深呼吸，低着头，回避着病友们的目光，鼓足勇气来到病床前。他又做出那个姿势半跪在床边，用自己的双手去握住老人的手。老人的眼睛半睁着，嘴巴微微张开，再一次看到袁岳眼神里有一丝的安慰。病房里安静下来，刚刚还毫无顾忌的声讨突然就变得鸦雀无声。袁岳真心实意地对老人说："我大姐正赶过来，她也叫了二哥二嫂。我大姐说，她不想让您受罪。妈，您看着我，我回来了，我找到家了，我挺好的。您要是听得见就看看我……"

老人的嘴角忽然抽搐了，随后，眼睛慢慢地闭上了。

随着老人握在袁岳手里的手腕缓缓滑落,袁岳清楚地感受到她身体温度的逐渐消退。袁岳忍不住扑在老人的身上啜泣出声。旁边床的护工赶紧跑出去叫护士,几个病人的家属几乎是同时按响了呼叫器。

崔姨和兄弟来到医院的时候,老人已经推进了太平间。崔姨先来到病房,收拾老人东西。袁岳站在楼道里,实在没有勇气再接近那张病床。崔姨看到袁岳,没有道辛苦也没有结尾款,而是瞬间提高了嗓音,在病房门口大骂这个不孝的弟弟。袁岳没有任何心理准备,事先也不知道还有这场表演,只好呆呆地站在原地被她骂。

崔姨骂得声泪俱下,嘴里说着"当年把你丢了是我不好,可如今你回来了,你怎么就不能有个儿子样?咱妈不行了你为什么不签字插管子抢救?你知道这么多年咱妈最惦记的就是你呀……"崔姨的演技明显高于袁岳。她自然流露出的表情那么真实,她对袁岳的每一句咒骂都让观众觉得情有可原。马上,病房里就变成了安慰场。那些半躺半靠在病床上的老太太,操着河南、山东等地口音的护工大姐,都在瞬间变成了心理咨询师,为崔姨顺势展开了心理疏导,当然,也唱和着对袁岳数落个不停。

老人在袁岳眼前走的。袁岳心里的别扭刚刚缓解,崔姨这么入戏,袁岳不想和她对戏,只好在心里给她颁发了一个"最佳女主角"的奖项。

15

搬进这个两室一厅的出租屋,袁岳用了半个多月。这个房子,是袁岳创业失败以来遇到的最善意的住所了。整洁的装修,带着实用又不过时的家具,甚至还配备了看上去很新的床品。灰蓝色的调子和袁岳的心情很搭。那种灰蓝色,据说是当下最为流行的,叫"雾霾蓝"。略带沉闷,但是又有些"天快亮了"的希望感。

两居室,一南一北。南向的卧室小,北向的大。细心的房主便把南向的房子收拾成了卧室,北向的做成了一个宽敞的书房。袁岳有些愧对这个书房。房主留下了很好看的书架,虽然是打在墙上的,但是并没有偷工减料,或是一味地节省成本。每块隔板都是实木的,看样子是没怎么经过打磨的老榆木,带着筋骨,能看到每块板子身上露出来的木头的年龄。原来的隔板上应该放过不少书,有过灰尘和印记。袁岳却没有那么多书,他看看自己的行李,只有一个笔记本电脑和衣物。在以往的出租屋,他的卧具都很简单,时刻准备着被撵走。即使刚睡醒,用十分钟也可以收拾完毕迅速离开。

袁岳这一次终于有了"家"的感觉。给他这个家奠定基础的是崔姨。袁岳在医院听完了崔姨声泪俱下的痛骂之后,他觉得天空几乎都要压倒自己了。从没有过的委屈与愤懑,堵在胸膛,出不去,让他真实地感受到了被挤压的爆裂感。

他几乎是跟跄着走出了医院。脑子里冒出来的第一个反应,是崔姨想要赖掉尾款。但是在那一刻,袁岳没有丝毫愤怒,他的情绪里满满都是"委屈"两个字。他不知道自己是不是真的做错了,有那么一瞬间,他甚至觉得,崔姨骂的可能是对的。

袁岳坐在马路牙子上,身边是行李袋,里面有睡袋和毛巾牙刷。剩下的香皂头被他捡出来扔掉了。那上面沾满了来苏水的味道。

在他鼓起勇气站起身寻找公交车的时候,崔姨从后面拍了他肩膀一下,他听到身后传来的急促的喘息声,一回头,就看见了崔姨因为奔跑而几乎变形的五官。

他看着这张脸,因为有点扭曲又头发凌乱,因而更显得皱纹突出,仿佛跑了几百米之后,人就又老了几岁。袁岳没说话,连招呼都没打,崔姨却上来就埋怨:"你这小伙子,怎么走了也不说一声。让我这一通儿追……我这五十多的人了,还让我这么跑!"

袁岳还是没说话。

崔姨喘匀了气,给袁岳一个信封:"剩下的钱不要了?你爸妈养你这么大也不容易,打工说好的工资,你自己也不记着?

拿着吧。"

袁岳这才反应过来,但是面对着一个信封,袁岳却伸不出这个手去。

崔姨催他:"这孩子!拿着呀!这是你的钱,还让我追着给你。你挣钱容易是怎么的?"

袁岳接过来,有点不敢相信,但还是说了句:"谢谢您。"

崔姨说:"你不点点?"

袁岳摇摇头:"不用了。谢谢您。"

崔姨点点头,说:"我得赶回去办后事。以后要是谁有这样的活,我替你想着,给你打电话啊。"崔姨走了,袁岳摩挲着这个信封,感受到厚度,才明白这是真的。崔姨没有赖他钱的意思,刚才在医院那一刻的表演,应该就是"表演"吧。演给围观的吃瓜群众看的?袁岳停止了瞎想,他要去找银行,要把钱转账还债。到了自助柜员机前面,袁岳才发现,崔姨给多了。不是多了一星半点,而是多了一倍。

袁岳又慌忙把电话打过去,对崔姨解释,尾款是一万,不是两万。崔姨在电话那边却有点不耐烦:"我知道是一万。多出来的钱是奖金,你拿去租房吧。上次你不是说还要找房子住吗?你这活儿不好干,把我们家老太太侍候得也挺好,走的也没痛苦。我就当这一万是给我老兄弟了……"

袁岳还想道声谢,崔姨却打住了话头:"我原想着还得住几天医院,还得造出好几万去,没想到走的这么痛快,你也算帮我省钱了。"

挂了电话，袁岳心里五味杂陈。对崔姨，说不出是感激还是怨恨。他犹豫了一下，还是拿出手机在通讯录里删掉了崔姨的名字。他也没有转账，而是直接去了中介找房子。袁岳只有一个念头：我想对自己好一点。

房主是个着急出国的小伙子。年纪和袁岳相仿，但是人家是上市公司的白领，三十岁已经拿年薪的那种。工作收入丰厚，早早就买下了这处居所。但是忙得没有时间谈恋爱，一年到头四处飞，房子装修好后却没怎么认真住过。房主马上被派到印度驻外，一去就是三年，临走时候要把房子租出去。正巧看到了袁岳在找房，房主把袁岳领到了自己的家，两个人当即签下了合同。袁岳交了定金和两个月的房租，房主大度地表示，三年之内不涨价，唯一的条件是爱护好自己的房子。

袁岳担心中间他回国公干要不要住，房主小伙子大大咧咧地表示，那时候公司会安排酒店让他住。

袁岳对房主和房子本身都表达了由衷的感激。房主给他钥匙之后，他脱掉上衣，用洗手间里八成新的拖把仔仔细细地把地拖了一遍。书架上的灰尘、台灯罩上的浮土，都被清扫干净。就连从天花板上垂下来的餐桌灯罩都被擦亮了。袁岳把一切收拾整齐，把自己有限的衣物挂进衣柜，把笔记本电脑放在书桌上。然后，袁岳畅快淋漓地洗了一个澡。他在热水的冲刷下，搓下不少身上的泥垢。在雾气中，他甚至嗅到了自己身上油腻的味道。两天不洗头就会是这个样子。谁说男人要到中年才油腻？从青春期开始，袁岳就被女生们喊做"胜利油田"。在有关青春的记忆里，袁岳总是会想到自己油亮亮的鼻头，和一脑门子的青春痘。

洗完澡之后，窗外已经没有了亮光，但是白天阳光的余温还在。袁岳恶作剧地裸身走出浴室。他在玄关的穿衣镜前自己审视自己，腹肌还在，人鱼线还在，胸肌也还在。他满意地朝自己笑笑，光着脚，踩在实木地板上，一步一步走进小卧室。洗澡前，袁岳关闭了主要光源。是要对自己好一点，所以才肯租下这样的房子；但是日子依然要过得节省，不必要的水电费用当然要避免。袁岳只在卧室里给自己留了一盏小台灯。

袁岳赤着脚走进小屋，卧室真的不大。只有一张一米五的实木床，一个小巧的床头柜，一个双开门的衣柜。家具全都是白色的。不是冷色调的纯白，也不是带着蓝调的月白，而是带着暖意的米白。白色的床头和衣柜在台灯的映照下，有那么一点点鹅黄色，看在眼里，让人很容易涌上睡意。

袁岳把自己擦干的身体恣意地扔在了大床上。他身下，应该是来自无印良品这种地方的床单被褥。纯色，带着性冷淡的意味，适合一个单身青年男子的审美。创业失败之后，这还是袁岳第一次由衷地感到放松。房间里不冷，温度适中，袁岳醒着，看着天花板上带着纹路的石头小吊灯。那是若干块石头片拼接成的灯罩，里面是暖色的灯泡。天花板上四射着石头纹路的样子，那些光影的局部，看上去有些像小时候玩的万花筒。

袁岳就那么赤裸着，望着天花板，身体从紧张到舒展，他觉得自己的眉头在一点一点地展开；身上的肌肉不再僵硬；脚趾头和手指头的神经末梢，也感受到了从心房传递来的一丝一丝的温暖。他的指尖，甚至感觉到了自己的心跳。

在这一刻，放松，舒适是袁岳身体最直观的感受。但是，袁岳的情绪却被一阵莫名的伤感突袭。之前那么落魄，那么像孙子、像奴隶一样赔着笑脸被驱使，袁岳的心里都是坚硬的。不是不难过，而是根本无暇顾及自己的情绪。袁岳全身心都扑在自己的"事业"上。他需要用心、动情地演绎好每一个接到的角色，角色是什么样的，他就是什么样的。他不能、也不许自己有任何私心杂念。他需要以此来获取薪水，需要挣钱还债。还上之后呢？袁岳还没有想过。可能，他会督促自己去个健身会所，找一份一边指导会员健身、一边卖萌卖卡的教练工作吧。谁知道呢？

可是在这一刻，袁岳突然觉得自己被掏空了。他开始畅想自己能否拥有这样的房子、这样的家，躺在这样舒适的床上，放松自己，过这样的生活。他觉得屋里太安静了，静得能听到自己的心跳，能听到洗澡后的花洒偶尔滴落几滴水珠的声音。

他忽然开始想家。袁岳的鼻子里好像闻到了老妈亲手做的打卤面的味道。他闭上眼，回忆着，那是怎样一碗面啊！清水洗好泡发的黄花木耳被沥干了放在一个搪瓷大碗里，案板上是切好的五花肉，炒锅里的油温刚好，花椒、葱、姜、蒜一起下锅翻炒，几秒钟后再放进五花肉，炒得肉香四溢了再加入黄花木耳。老妈会用铲子在锅底留出一小块地方，直接把搅拌匀的鸡蛋放进去，先在一堆黄花木耳五花肉里小心地摊出一个鸡蛋饼来，再放进一大碗水、酱油和一汤匙淀粉。翻炒着、搅拌着，喷香的味道顿时溢满了整个家。

另一个锅里会烧着水，老妈等着煮面条。面条下锅之前，一大碗纯卤会先端上桌，老妈会招呼家里的两个男人："赶紧的！刚出锅的卤，没放盐，能直接喝。你俩先来一碗！"

不放盐的打卤面，能喝下去的卤，是袁岳味蕾一辈子的记忆。他离开家这么久，始终不知道，为什么打卤面不放盐也可以这么香？那碗卤，怎么可以如此美味？

袁岳突然想给老妈打个电话，告诉他们自己真实的情况。创业失败，他最难过的不是欠债还钱，也不是低头认栽，而是他思忖已久对父母说出的那个谎言：我找了个外企，得去外国工作一年。

袁岳甚至被父母隆重地送到了登机口。如果不是林毅带着丽丽帮助袁岳打掩护，没有护照没有签证没有机票的他，都不知道该如何溜出机场。

想着那碗打卤面，想起那天父母千叮咛万嘱咐地送别场面，袁岳吞咽了一下口水，紧接着，他觉察到了自己眼角的湿润。怎么哭了？袁岳用手背抹去了眼角的泪水，在心里鄙视了自己一下。但是很快,鼻子也有点堵,眼泪越流越多,洇湿了无印良品的枕套。袁岳的脑子里有老妈,乔珊也跳了出来。在这个温暖的房子里,袁岳的心底对这两个女人涌出强烈的思念。

袁岳知道,家里的电话随时可以拨通,自己手里的钥匙随时可以打开那扇门;但是乔珊,已经被他永远地推出了自己的生活圈。

16

一觉醒来，袁岳下意识地掀开被子看了自己一眼，顿时不好意思地笑了。虽然房子里没有其他人，袁岳还是对自己的"裸睡"有点不适应，小小地自我羞耻了一下。

袁岳拿出手机，没有任何打进来的电话，连骚扰电话都没有。微信也是空的。就像自己被世界遗忘了一样。袁岳迅速查看了一下银行卡的余额，打算去银行转账继续还债。房租付了，剩下的钱还是要还。袁岳不介意住在这样的房子里每天吃泡面，如果能在泡面碗里加一个西红柿就更好了。

银行里的人不多。现在大多数人都上网或者直接在手机上搞定日常的金融业务了。袁岳也厌倦了每次都要去找柜员机转账的日子。他申请了手机银行，在客服女孩温柔的指导下进行着手机操作。

女孩戴着眼镜，手指纤长而白皙，说话轻声细语，每句话都带着"您"，让袁岳大早上的心情很明朗。

在机器和平板电脑上进行了最后一步操作，女孩礼貌地对袁岳说："可以了。您现在就可以在手机上进行应用了，转账缴费都可以。"面对一系列复杂的程序，又是拍照又是审核的，袁岳由衷地对客服姑娘说"感谢"。可是"谢"字还未出口，大堂里忽然起了一阵不大的骚动。刚刚还对袁岳和颜悦色的客服姑娘瞥了一眼骚动的地方，脸色陡然变了，带着怒气和不安，嘟囔了一句："又来了！"

谁呀？袁岳顺着她的眼神看过去，发现是一个背着双肩背书包的小姑娘，看岁数，六七岁吧。短发，齐刘海，忽闪着不算大的眼睛，眼神却是炯炯有神。袁岳很少看到有小孩子的眼神是那么不可一世、那么坚定、那么霸气、那么……不可爱。两三个银行客服围着小姑娘，其中一个显然是这里的经理，客气地、努力控制着自己的情绪，低声在对小姑娘说着什么。而小姑娘一脸的面无表情，只是执拗地在排队机前用手指头乱戳。

袁岳问客服姑娘："这是谁啊？她干什么呢？"

客服一脸的生无可恋："我们分行至尊客户的女儿。她妈今天来办业务，又把她带来了。每次她来都捣乱。真不知道她妈是怎么教育的。这样的熊孩子就别带出来丢人现眼了！也不好管教。挣那么多钱有什么用！"

客服姑娘沉浸在自己的情绪里，和刚才为袁岳服务的时候所表现出来的专业态度大相径庭。袁岳并没有觉得客服姑娘瞬间就变得无理了。他看着大堂经理几乎哀求着对小姑娘说："这个不是玩具，我带你去后面玩好不好？咱们去找妈妈？"

小姑娘冷着脸，甩了一句："不去。"

客服姑娘看不下去了，对旁边的同事说："就算她妈厉害、我们都供着，也不至于对个熊孩子也低声下气吧！"旁边的同事拉着她："算了，你别过去，咱们管不了。大人捣乱能报警，她一个孩子，你招她干嘛？！"

袁岳轻轻咳嗽了一下，对客服姑娘和她的同事说："就是，你们不好管大客户的孩子。我是来银行办业务的，我来教教熊孩子。"

袁岳大步流星走过来，用眼神示意大堂经理靠边，他看着小姑娘说："你是谁家的孩子？你爸爸没教你银行不是游乐场吗？"

小姑娘黑豆子一样的眼睛看了袁岳一眼，面无表情地对他说："对，没教过。"说着，手上的动作更猛烈了，一下一下地戳着排队机的屏幕，排出来的号码纸撒了一地。

袁岳有点吃瘪，继续问他："那你妈也不教你？你老师也不教你？你这孩子上学了吧？这么没规矩没教养，你父母也不管吗？这不是你玩的地方。你不上学，回家玩去，别在这里捣乱。惹急了我报警抓你啊！"

小姑娘停下了手里的动作，仰头看看袁岳，突然把自己的双肩背书包从肩膀上拿下来。她把书包扔在地上，自己也迅速地跪在地上拉开书包，转而拿出一款最新型号的苹果手机来。小姑娘熟练地进行面部识别、解锁之后，交到袁岳手上，说:"给!"

袁岳和围着小姑娘的几个银行工作人员全愣住了。袁岳不敢接,问她:"干什么?你手机给我干嘛?"

小姑娘认真地盯着他说:"你不是要报警吗?用我手机,打电话吧。110。"

袁岳顿时蒙圈了,完全不知道这个小姑娘是哪一路的神仙,小小年纪说话做事、整个思维都和她的年龄严重不符,完全是反人类嘛。

小姑娘见他不接手机,问他:"你不是要报警吗?还是看我是小孩就吓唬我啊?"

啊?!

小姑娘接着说:"你要是不敢报警就离我远点吧。要不我就喊,你要拐卖我。"

袁岳好久没这么生气了,被小姑娘这句话气得青筋都暴露了。他刚要发作,刚才为他服务的客服姑娘赶紧跑过来拉住他的胳膊,另一个声音也传过来:"聂胜男!你又捣乱!"

一个背着双肩运动包、踩着斯凯奇运动鞋、扎着马尾辫的年轻女人跑过来。身后还有几个夹着包的男女。男的都西装革履,女的都穿着套装、画着精致的妆容。

双肩包女子跑过来,一把拉住了小女孩的胳膊,忙不迭地跟大堂经理道歉:"对不住啊!我一时没看住,跟你们行长说点事,她就跑这来给你们添麻烦了。对不住对不住!"

一个跟班的、踩着高跟鞋、穿着一步裙的年轻女孩过来，拉住小姑娘的手，低声说："咱们走吧，我带你去吃酷圣石。"

小姑娘一甩她的手，指着袁岳，对背包女说："他训我！"

背包女一脸气急的表情，低声对小姑娘说："你在这里捣乱，别人当然要训你。还不赶紧走……"

小姑娘一脸倔强，继续指着袁岳，说："他说我爸不教我规矩。"

双肩包女也被气得不善，咬着牙说："聂胜男！你别以为发烧了不起，不用去学校就这么嚣张！你以为我管不了你呀？你外公外婆已经回家了，你看谁还替你撑腰！"

叫聂胜男的小姑娘面色温和，对这样一张气急败坏的脸一点畏惧都没有。反而是周围的人：跟班们，无论男女，都是一脸诚惶诚恐，小心翼翼地对背包女说："聂总，您别动气，男男还小，咱们回去吧。"银行的几个员工也跟着赔笑脸、打圆场："就是就是，没事的，我们自己处理，您带着孩子回去吧，别耽误您工作。"

背包女在众人的劝慰中，使劲控制着自己的情绪。穿高跟鞋的跟班姑娘又来拉小姑娘的胳膊，小姑娘不理那一套，而是对着袁岳来了一句："我爸是没教过我。"继而马上又掉转头对着背包女，发问："那赖谁啊？妈，我爸呢？"

银行现场的空气顿时就凝固了。袁岳突然在心里狠狠责骂自己，瞎管什么闲事啊！你以为你是上帝啊！

背包女周围的跟班们听到这话全都脸色大变，都紧张地不知所措。背包女长长地深吸一口气，缓了几秒钟，压低了声音对左右说："我们回公司。"说完转身就走。高跟鞋跟班姑娘赶紧去拉小姑娘，低声说："快向你妈妈说对不起……"

话音未落，背包女来了一句："不许管她！"

大家全都愣住了。小姑娘的表情却很平和，继续转过头来玩排队机。大堂叫号都已经叫到了百位。而来银行办业务的人，三三两两的，居然也不着急办自己的事，津津乐道地看着现场活报剧。

背包女说走就走，带着一队人疾步上了奔驰房车。银行大堂经理追出去，对着门口的奔驰车说了什么，车还是走了。袁岳看到了大堂经理看自己的怨怼的眼神，感觉那一刻，犯错误的好像是他。

大家都对孤零零的小姑娘不知所措，大堂经理对同事说："去吧，告诉行长一声，一会我带她吃饭……"同事劝她："没事，过不了半小时，聂总她秘书就得来接她。别着急。亲闺女还能不要了……"

小姑娘似乎是玩腻了排队机，终于撒手了，自己丝毫不认生，走到饮水机前接水喝。银行的职员们纷纷回到自己的岗位上，有两个人忙不迭地在排号机前收拾残局。但是大家都偷瞄着她，生怕她再搞出什么幺蛾子来。袁岳刚想悄悄离去，不料，一把被攥着纸杯的小姑娘拉住。袁岳冷不提防，被她吓了一跳。

小姑娘一改刚才的冷酷小脸,而是瞬间做出了一个卖萌的表情,对袁岳说:"现在你报警吧。求你了,你帮我叫警察吧。我打110,他们能听出来我是小孩。都不相信我。"

袁岳完全不了解小女孩的套路,有点结巴地说:"为……为什么要报警?"

小姑娘认真地说:"你就说,我妈不要我了,把我一个人扔银行了。你看着她把我扔下走的。对吧?"

袁岳顿时觉得和这个小姑娘相比,自己的智商完全不在线了。他结巴地更厉害了,问:"然……然后呢?"

小姑娘说:"然后?!然后警察就来了呗!我就去派出所……让警察叔叔帮我查查我爸在哪。我妈不要我了,我爸还不出来啊?!"

袁岳蹲下身子,平视着这小姑娘,好言相劝:"不就是想见你爸爸吗?咱们不用这么费劲,还得麻烦警察叔叔。你把你爸电话告诉我,我帮你打好不好?"

小姑娘没说话,而是鄙夷地看了袁岳一眼,反问他:"你是不是傻子?我要是有我爸电话,我自己干嘛不打?"

两句话,都得看热闹的人、银行的人都忍不住低声笑起来。袁岳顿时想找个地缝钻进去。

袁岳气哼哼地说:"就当我傻吧!我就知道,你要想找你爸,只能问你妈。这事警察不管……"

大堂经理赶紧跑过来拉起蹲在地上的袁岳,几个客服姑娘把手里的水果糖往小姑娘手里塞,强行拉着她往后面走。大堂经理对袁岳说:"您办完了业务赶紧走吧。她们家的事复杂。您别掺和了。"

袁岳巴不得有人解围,得了这句话,麻溜地出来了。外头阳光不错,小风儿吹着,袁岳这才发现,本来是恒温的大堂,很舒心地办理的业务,可被这熊孩子给搅和的,自己愣是出了一身的汗。

袁岳走出没多远,看见了之前自己经常去喝的咖啡馆。连锁咖啡店,也不是什么奢侈装身份的地方,但是里面的气氛放松闲适,袁岳从前常去。后来身背债务,袁岳自觉地远离了这些容易让人丧失斗志的地方,生怕自己又被小资的情调带歪了。可是眼下,袁岳忍不住走进去,要了一杯榛果拿铁,在落地窗边找了一个座位,喝着咖啡,稳定情绪。

咖啡有点烫,刚喝了一口,肩膀上就有人拍他。袁岳回头一看,那个叫聂胜男的小姑娘就站在他身后,阴魂不散的,用炯炯有神的双眼和他对视,惊吓地袁岳手里的咖啡几乎洒出来。

袁岳结结巴巴地看着她,问她:"你怎么……怎么在这儿?"

小姑娘不客气地坐在旁边的椅子上,把书包往袁岳面前的小圆桌上一扔,说:"我得写作业。今天没上课,我要是有题不会,你应该会吧?"

袁岳惊骇地看着她，不知道该说什么。

小姑娘接着说："你放心，我不跟你走。这个虽然我爸没教过我，我妈我外公外婆都教过。你带钱了吗？我饿了。回头让我妈转给你。"

袁岳觉得自己毫无防备地被套路了，只好问她："你想吃什么？"

小姑娘回头看了一眼咖啡馆的食品柜台，小手一挥，说："每样来一个。"

要不是在咖啡馆这种地方，袁岳就嚷嚷了。他觉得这几年修炼出来的涵养在这一个上午，就被这个小丫头给磨光了。

袁岳拿出最大的耐心，对小姑娘说："聂胜男是吧？我身上没那么多钱，只够给你买一种。要么你就挑一个，要么你就跟我一样饿着。"

聂胜男看看袁岳，黑眼珠在长长的睫毛下游移了一下，迅速就跑到玻璃柜台前，认真地看着里面的食物。她双手趴在玻璃柜台上，上下左右地看，一会儿，她含着左手食指咬了一下，扭过头问袁岳："真的只能选一样吗？"

袁岳坐在距离她三米远的沙发上，坚定地冲着她竖起了右手食指。

聂胜男只好走回到袁岳面前，说："好吧。我要红色的那个，草莓慕斯。"

袁岳走过去看了看，长期健身坚守下来的习惯，让他很自然地对聂胜男说:"这里面全是添加剂。你正长身体,对你不好。换一个吧。三明治怎么样?"

聂胜男的脸色突然变了,怒气冲冲地对袁岳说:"你怎么跟我妈一样?!什么都不让我吃!你们自己吃了都没事,干嘛要管我?"

袁岳压住火气跟她讲道理:"你妈和我都是为你好……"

聂胜男忽然委屈了,对袁岳说:"总说对我好,我想要的都没有……"

袁岳问她:"你想要什么?"

聂胜男:"我爸!"

听到这句话,袁岳忽然心软了。他也不知道这个小丫头家里发生了什么,他也没什么好奇心,只是觉得,就放纵她一下吧。不过是一块蛋糕,吃了死不了人。

袁岳径直去柜台结账,买了一块慕斯,又买了一盒蔬菜鸡肉沙拉,端过来,给聂胜男,好言相劝:"你爸的事我管不了,你这顿饭先听我的。蛋糕可以吃,这盒沙拉也要吃。小孩子一定要吃蔬菜和蛋白质。"

聂胜男拿起餐具开动,狼吞虎咽地吃了蛋糕,擦擦嘴,看着袁岳:"你不是说只能买一种吗?"

袁岳苦笑一下说:"我自己这顿不吃了,施舍给你了。"

聂胜男显然听不懂"施舍"是什么意思,但是脸上的表情难得地出现了一丝愧疚。她迅速吃了几片菜叶子,把沙拉盒推到袁岳面前，说："这一半给你。我要写作业了。"

袁岳看着日渐人多的咖啡馆，迟疑地问她："在这儿？"

聂胜男却懒得理袁岳的质疑，她已经摆好了作业本和书，从包里还掏出一副耳机，戴在耳朵上，自觉地和外边的世界屏蔽了。袁岳只好端起那盒沙拉。聂胜男吃的时候，用塑料刀叉把几片叶子和一只西蓝花单独盛放在自己的蛋糕盘子里，只吃自己盘子里的食物。其他的，她丝毫没动。袁岳举着她没动的沙拉盒，大快朵颐。聂胜男把鸡蛋和鸡肉都留给了袁岳，袁岳吃着还挺开心，全然忘记了这顿饭本来就是自己被讹出去的。

写完作业，聂胜男报出了自己学校的名字，可怜巴巴地看着袁岳。袁岳明白了，说："就是让我送你呗？你妈妈呢？怎么就这么放心！居然也不找你？也不给你打电话？"

聂胜男耸耸肩膀，把桌子上的书本收拾利落，对袁岳说："我把手机关了。我妈才不担心我会丢。她说谁要是把我拐跑了就是谁家的灾难。"

袁岳诧异地说："我真没见过你们这么心大的母女。走吧，不过我送你只能坐地铁，你跟着我，别丢了。"

聂胜男很开心："好哇好哇！我最喜欢坐地铁。刷卡去喽！"

17

聂胜男报出的学校名字,袁岳听都没有听说过。如果不是在导航地图上标着它的准确位置,袁岳会觉得,这又是小丫头的恶作剧。

聂胜男和袁岳出现在学校门口的时候,袁岳被这所学校的气势惊住了。学校被包裹在一个高档社区里面。高档的社区是米色石材的板楼,楼与楼之间的距离超出了袁岳对楼间距的习惯认知。大片的绿地、花草,还有袁岳不认识的树木贯穿在楼宇之间。地面上没有一辆车,也没有一辆自行车。整个社区安静祥和,只有每家每户硕大的落地窗反射着炫目的阳光。社区里还有人工湖,湖面上居然还有天鹅,而且,是黑的。

然而这一切都是袁岳隔着铁栅栏围墙看到的,在郁郁葱葱的树木缝隙中看到的景色更能引发人的遐想。这一切,真的很美。阳光飘洒在湖面上,细细碎碎的光斑与一对黑天鹅共舞。远处的湖面上,还有几只野鸭悠闲地游来游去。

聂胜男的学校与社区看似一体,但实际上是单独的区域。校门和操场被校舍部分隔离在外,避免了孩子们运动的声音吵到旁边的社区。正是中午时分，孩子们在塑胶场地上自在地活动着，聂胜男背着书包信步走到大门前。她正要按大门上的门铃，门里面一个女人闪了出来，袁岳定睛一看，就是银行里背着双肩背包、扎着马尾辫的女子。当时在银行里，袁岳的注意力都在聂胜男身上，看到这个女子闪出来，袁岳知道那是聂胜男的妈。因为知道了她的身份，不免要仔细打量几眼。坦白说，聂胜男她妈长的还挺好看的，是那种清秀的好看。脸上没有妆，没有口红粉底眼影这些累赘，就显得皮肤很干净。她的样子，在亚洲人种里算得上白，身材还好，但是用袁岳专业的眼光来看，还是疏于运动，只是纤瘦，并不是有线条的健美。难得的是也没用高跟鞋来故意提升身材比例，一切都是自然放松的样子。不仅整个人的装束放松，连表情也是放松的，完全没有了上午在银行偶遇时所表现出来的恼羞成怒。眉毛清淡，眼神柔和，脸上还挂着柔软的微笑。她面对着聂胜男，也就把整个五官暴露在了站在聂胜男身后不远处的袁岳的视线里。和乔珊带着婴儿肥的脸颊不同，聂胜男她妈的脸是纤瘦的一巴掌大小。眼睛就是聂胜男的眼睛再大一号。母女俩的眼神都差不多，坚定自信得让陌生人畏惧，但是在微笑的时候，又会在眼神里露出一丝狡黠。

聂胜男刚要按门铃，看见自己老妈出现了，就放下了胳膊。聂胜男老妈笑着说："还学会关手机了！你接着玩失联啊？回学校干什么？"

聂胜男歪着头、背对着袁岳面对着铁门里的老妈，说："下午考试。"

聂胜男妈没有开门的意思："考试？那多不好玩啊！没有银行排队机好玩吧。"

聂胜男来了一句："我就喜欢不好玩的。对了，你给他打点钱。"聂胜男一指后面的袁岳。聂妈这才看见女儿身后不远处还有个精壮的男人。看见这么一个男人尾随着自己女儿，聂妈终于有点着急了，一手拉开铁门，一手拽过女儿，脸上的表情又恢复了上午在银行时的样子。她一点都不避讳袁岳，而是大声对聂胜男说："你真以为自己是神奇女侠啊！你真以为这世界上没有坏人啊？你外公怎么教你的？不许和陌生人说话，不许跟陌生人走。你怎么回事？"

聂胜男理直气壮地回了一句："认识的人就都是好人吗？就可以跟他们走吗？"

把聂妈噎了一个跟头。

袁岳赶紧过来，想跟聂妈解释。聂妈下意识地把女儿拽到了自己身后，一脸防坏人的样子。袁岳也理解，这件事从头到尾都很匪夷所思，他也懒得解释，只能实话实说："您别紧张，我就是在咖啡馆遇上您女儿了，她让我把她送回学校，我就照办了，别的什么也没发生。"

聂妈半信半疑地看着聂胜男，质问她："你自己不认识学校？不认识家？为什么不叫车？不给司机打电话？"

聂胜男一摊手:"我不想坐你司机的车,我就想坐地铁。"

聂妈对这个女儿应该已经习以为常,拎着聂胜男肩上的书包背带把女儿在原地转了一个圈,看了看,说:"他没对你怎么样吧?碰你了没有?说没说过什么不好听的话?给你看了什么没有?"几个问题把袁岳吓得,结结巴巴地抢着解释:"没!没有!我发誓……"

聂胜男一手托着下巴故作沉思,想了想说:"有……"

袁岳觉得自己眼前已经发黑了,迅速回想着去过的每一个地方都应该有监控,不行就报警,调出监控录像来证明自己的清白吧!那要是监控坏了呢?咖啡馆还好,地铁里找谁给自己作证呢……

聂妈可管不了这些,急急忙忙掏出手机,看样子是要报警。聂胜男悠悠地说了下半句:"他请我吃了慕斯和沙拉。你把钱转给他吧。"

袁岳差点坐地上。聂妈气的,继续不依不饶:"真的假的?你又不认识他,他为什么请你吃饭?"

聂胜男冲着自己妈吐了一下舌头,说:"我可爱呗。"

说完,聂胜男就要进学校,走到门口,突然回头看着袁岳说:"我知道你叫袁岳。你这名字可真够娘的。"

袁岳目瞪口呆地看着聂胜男跑进校园,聂妈和他站在原地,都有点没反应过来。但是,很快聂妈就冲着她闺女嚷了一句:"你怎么说话呢!看我回家不收拾你……"然后马上转过头来对袁岳抱歉："对不起啊，我女儿被惯坏了，没大没小的。我刚才也不是那个意思。现在坏人太多，我也是担心……"

袁岳没说话，一手捂住自己胸口，一手摆了摆，意思就是，我已经惊吓过度，不必说了。可是聂妈还是掏出钱包，翻了一下，不好意思地说："对不起，我身上没现金。我给您转账吧，我扫您一下。"

袁岳差一点就习惯地客气了，本想说"不用了"，可转念一想，自己的美好上午就这么被惊吓了多次，还把计划中的煎饼不得已换成了吃不上的慕斯以及大半盒蔬菜鸡肉沙拉，袁岳的心还真是有点疼。他也没再推辞，掏出手机，打开二维码，拿给聂妈扫。聂妈当即面对面地转了钱过去。袁岳低头一看，紧张地赶紧说："没花这么多！您转多了。五十块就可以了。"

聂妈没有撤回的意思，而是低着头刷手机，说："没关系。我女儿麻烦您了，带她吃饭还送她回来。她肯定也没少要，估计把我不让她吃的东西都要了一遍……她也是看您好欺负。这就是谢谢您，没别的意思。我还要回去上班，麻烦您了。"

袁岳还没来得及再说什么，聂妈已经一溜烟地跑了。她应该是跑进了学校，而学校的门卫站在铁门里礼貌地为她开门。她跑进去之后，门一下子就关上了。门卫也不见了。

袁岳只好悻悻地离开。这个社区实在是舒适，空气中都带着绿植的味道。很难想象，在市区里能有这么一个闹中取静的地方，住在这里的人，应该是非富即贵吧。社区里看不到在老居民楼里随处可见的缓慢行走的老人，看不见三三两两的保姆带着孩子出来嬉戏，也看不见送外卖的小哥疾步奔跑。社区里只有湖，有树，有花草，有鸟鸣，有慢慢游走的日光。

袁岳低头看看自己手机里零钱，聂妈一下子给转了三千。袁岳摇摇头，心说有钱人就是豪爽。虽然不知道是做什么的，为什么有钱，但是谁又跟钱有仇呢？她女儿吃得心安理得，袁岳拿她妈的钱也就理所应当。这又是一个月的房租啊！

袁岳按照来的路往回走。小区与外面的市政道路之间隔着一条商业街。商业街的整体建筑风格与小区相同，有点像欧洲小镇，也有点像刚刚火热起来的奥特莱斯商街。每栋独立的建筑都是独立的商业体。每栋别墅之间，种植着三两株玉兰。这几天天气回暖，有了春天的气象，这里的玉兰花因为地势好，额外受到了阳光的关照，所以比城市其他地方的花开得早。不经意一抬头，袁岳就看见了在碧蓝的天空映衬之下的白色的、紫色的花瓣。走过玉兰树间隔开的咖啡馆、宠物店，袁岳就看见了一家健身房。

这家健身房一看就是新装修完的，刚刚营业不久。里面可见的器材还闪着全新的金属光泽。袁岳忍不住站在门口张望，门里面的易拉宝上挂着招聘启事。显然，这里正在招聘教练和客服人员。看着标出的比同业店面丰厚不少的薪水，袁岳感觉到了自己加速的心跳。要不，重操旧业吧！虽然是打工，但终究是一份比较稳定的职业。可以在这样高大上的社区商街上行走，可以在这样的会所里工作，可以找回一边流汗一边快乐的日子，还可以赚出一份能让自己在交纳房租后还能过上比较惬意生活的薪水……但是，债务怎么办？袁岳一巴掌拍在了自己脑门上，让自己醒醒。还差着十几万的债务，难道要跟父母张嘴吗？

袁岳迟疑、驻足在健身会所门前。他的踟蹰被里面的前台姑娘看到了。一个穿着绿色短袖运动T恤、黑色运动长裤的姑娘跑出来，手里拿着一叠传单，热情洋溢地塞给袁岳一张，笑着对他说："先生，我们刚刚营业，来体验一下吧。游泳健身塑型都可以哦。"

袁岳笑笑，摆摆手。小姑娘还不甘心，继续热情地推销，把所有课程都报了一遍。袁岳打断她，说："我就是健身教练，以前就是开健身会所的。我在看你们的招聘广告……"

"这样啊？"小姑娘脸上有点失望，但还是礼貌地对袁岳说："我们这里很好的，你要是感兴趣，就打这个电话吧。我们应聘面试不在这里。咱们这个会所啊，是开发商建的，和后面的小区一样，归开发商直管。你要是应聘，得去公司的人力资源部，打电话发邮件都可以。"

小姑娘又给袁岳手里塞了一张招聘广告。袁岳攥着它走出了步行街。在公交车站，那张纸被揉成了一团扔进了垃圾桶。

18

早上从和暖的阳光中被尿憋醒,袁岳不情愿地爬起来去卫生间。赤脚走在木地板上,袁岳突然明白了什么叫"不思进取"。这样的日子有点太舒服了,让自己之前积攒下来的斗志,瞬间就被消磨殆尽。窝在舒服的床上,谁还想出门打工?

袁岳回到床上先看手机,看看有没有人找自己。他提醒自己,日子越舒服越要出去挣钱,不然,自己迟早还得去城中村找窝棚落脚。

手机里只有林毅发来的两条语音,时间是后半夜,袁岳已经睡着了,没听见。打开一听,背景嘈杂,林毅有些口齿不清,应该是喝多了。但是周围气氛热烈,林毅的语句混乱可听上去兴高采烈,旁边还有起哄的声音。袁岳回放听了两遍才搞清楚,是林毅求婚成功了,正在外面庆祝。喝得高兴的时候想起来告诉袁岳一声。

袁岳看看墙上的挂钟,时间已经过了九点。袁岳想拨个电话过去,亲自向哥儿们道个喜,却有一条微信发过来,是个请求加好友的申请。袁岳看了看头像,是只蓝猫,闪着绿色的大眼睛，雄赳赳的样子。名字是几个日文字，袁岳不认识。看备注，什么都没有。可能又是哪个微商吧。袁岳没理会，继续拨通了林毅的电话。

电话响了五声林毅才接，声音懵懂，还没睡醒。听到是袁岳，林毅打起精神骂了一句："你这孙子死哪去了？打电话找不着人。"

袁岳解释自己之前一直在医院陪床，林毅知道的。林毅想了想，说："你这日子是不是也该换个过法了？我一哥们现在自己出来创业，公司正招人呢。我给你说一声你去试试吧，公司小可是有发展，弄好了以后上市你就是元老，还能分股份。"

袁岳笑着说："人家要我干嘛？缺打扫卫生的吗？"

林毅骂他："你就是个……算了，懒得管你。我打算五月份领证结婚，你当伴郎啊。"

袁岳笑着说："你想好了吗？我这么丧，给你当伴郎，你问丽丽同意吗？"

林毅脱口而出："你他妈干不干？"

袁岳赶紧答应下来。挂了电话，袁岳立刻上网，去常去的几个坛子里发帖求工作机会。不为别的，就为了参加林毅婚礼的时候，能把借他的钱一次还清。

袁岳的手机又响了，还是那个蓝猫，请加微信，这回留言了：我是聂胜男。

看到这几个字，袁岳本能地把手机往床上一扔，继续在网上给自己揽活儿。网上的生意五花八门,还有人干脆问袁岳干不干"男公关"。袁岳骂了一句"狗娘养的",直接翻篇。

手机接着响,还是聂胜男,这回来了一句:有急事,求你了。

袁岳眼前突然出现了聂胜男那天下午在咖啡馆趴在玻璃柜台上眼巴巴看着里面蛋糕的样子。玻璃柜台反光,坐在她后面的袁岳清楚地看见了她的眼神。那才是孩子该有的眼神。

袁岳心一软,点了"同意"。然后,聂胜男的语音就进来了:"求你帮忙,你答应吧。"

袁岳本想用文字回,可又一想,一年级的孩子,认识几个字啊,干脆也回复了语音:"你先说什么事?"

聂胜男:"你先答应。"

袁岳:"你不说什么事我怎么答应?谁知道你要干嘛?"

聂胜男:"帮我来一趟我们学校。"

袁岳:"干什么?"

聂胜男:"参加活动。"

袁岳:"为什么不找你妈?"

聂胜男:"我妈没资格。"

袁岳:"你妈都没资格我更没有了。"

聂胜男:"是运动会,我妈什么运动都不会。"

袁岳:"你们小屁孩能有什么高难度运动?你找你妈,她肯定会。"

聂胜男:"我给你钱。雇你参加行不行?"

袁岳还没反应过来,一个转账信息就过来,一千元。

袁岳:"我不收。你妈知道吗?我可有你妈微信,我告诉她了啊。你哪来的钱?"

聂胜男:"你告去吧。我自己的钱。随便你。人家把你当朋友,你怎么跟杨迪一似的,就会打小报告。真没劲。"

袁岳不解:"杨迪一是谁?"

聂胜男:"我同学。一男生就爱告状。"

袁岳耐心地解释:"我和他性质不一样。你是未成年人,我是成年人,得对你负责。你一个小姑娘,不能和陌生的男的多说话,万一遇到坏人就麻烦了,你妈妈得多着急啊。"

聂胜男:"你是熟人。"

袁岳刚想说"好多欺负小姑娘的都是熟人",转念一想,算了,这种残酷教育还是由她爸她妈亲自来吧。自己一个外人,别多嘴了,回头再让人家家长误会。

袁岳正犹豫着,聂胜男突然发了一个"可怜"的表情。袁岳回了一个问号。聂胜男的语音又进来了:"袁叔叔,你就帮我这个忙吧。我求你了!我们学校要开亲子运动会,我本来可以得好几个第一的。可是,我找不到我爸,没人陪我参加,我不能一个人比赛。"

袁岳打字问她:"你爸到底在哪啊?"

聂胜男可怜巴巴地说:"我也不知道。我从来没见过我爸,我一问我妈她就骗我,她说我爸丢了找不到了。我不想让杨迪一再说我,求你了,陪我参加吧。"

袁岳想了半天,然后用语音回复她:"我答应你可以。但是我必须要征得你妈妈的同意。而且,是面对面地同意。"

聂胜男那边安静了很久,然后发过来一行字:"今天下午四点钟,我学校门口。"

袁岳在家里做了十组哑铃、两百个卷腹、半小时平板,喝了蛋白粉吃了两个煮鸡蛋,洗了澡换了件帽衫,然后出现在了学校门口。袁岳贴身穿着牛仔裤和纯棉的深灰色帽衫,结实的胸肌把帽衫撑得很平顺,衣服垂到下面,腹肌也是紧绷的,并没有一般男人隆起的肚子,所以衣服下摆自然地服帖在腰上,很轻盈。

聂胜男已经站在了学校门口,背着双肩背书包,穿着精致的制服。深蓝色的百褶裙下是一双过膝的白色高筒棉袜,脚上是一双黑亮的丁字皮鞋。聂胜男头上戴着彩色的糖果发卡,和她的年龄配合得很舒服,但是她的脸上却是重重的暮气,和头上鲜亮的小苹果蝴蝶结形成了鲜明的对比。看见袁岳,她抬了一下手,不太兴奋地说:"嗨……"

袁岳看看学校门口,好像没别人了。他刻意抬头寻找,看见了校传达室屋檐下的探头,立刻走进了探头的监控区域,自认为找到了中间的位置,站定,和聂胜男说:"你妈妈呢?"

聂胜男一脸不高兴,嘟着嘴自言自语:"又迟到!"

袁岳赶紧掏出手机看了看,解释说:"没有啊!这不正好四点吗?"

聂胜男冲他嚷嚷:"没说你!"

袁岳真想怼她两句,或者干脆转身就走,可是就在聂胜男怒气冲冲的眼神里,袁岳看见了一丝泪光在闪,瞬间就又心软了,安慰她说:"是等你妈?别着急,我陪你等,应该马上就到了。"

聂胜男瞥他一眼,自己从校门口的坡道上走下来,在袁岳脚边的马路牙子上一坐,袁岳赶紧拦着:"你穿着裙子,别坐在地上。女孩子要注意仪态。"

聂胜男翻愣了一下眼睛,把动作换成了蹲。袁岳无奈地站在她旁边,说:"你用我手机给你妈妈打个电话,你要是站累了就到传达室里坐一会儿。你看你们学校这儿人来人往的,你穿着裙子的小姑娘,行动坐卧都要美观,不能和男孩子一样随便。"

聂胜男跟没听见似的,随手捡起一根树枝,蘸着树坑里浇花的水,在地上涂涂画画起来。袁岳只好安静地站在她身边。太阳一点点西下,聂胜男蹲在了阳光里。西晒的日光直射在聂胜男脸上,小姑娘时不时地就得把眼睛眯起来。袁岳调整着自己站立的方向和位置,确保自己的身体能挡住日光,让聂胜男安心平静地在地上画着她的作品。树枝在地上都磨秃了,水印画出来很快就干了不少,但是袁岳还是看出了聂胜男画的内容。

树林、落叶、草地和一只兔子。

水印一点点干却,慢慢就剩下了半只兔子。袁岳忍不住问:"就画一只兔子吗?它肯定有家人和朋友的。"

聂胜男不抬头,执着地把秃树枝再蘸上水,把那一半已经干了的兔子描画回来,一遍又一遍。

"聂胜男!对不起我来晚了!"袁岳寻声望去,聂胜男她妈穿着高跟鞋小跑着过来,胳膊上还挎着个精致的皮包。

聂胜男把树枝一扔,站起来,歪着头气哼哼地看着她妈。她妈恳切地道歉:"对不起闺女,我开会拖堂了。"

聂胜男一拉袁岳:"就是他。我就找他。"

她妈尴尬地和袁岳点点头算是打了招呼,拉着聂胜男往旁边迈了一小步,低声说:"这事咱们回家再商量商量好不好?我都和学校说了,你可以不参加这个运动会。"

聂胜男一甩她妈的手,大声说:"我就要参加!我就要得第一!我就要让杨迪一看看,他叫'第一'也没用,什么'第一'我都让他得不着!"

聂胜男她妈好言相劝:"咱一个女孩子,不那么要强行不行?如果杨迪一跟你说了什么不好的话,我不都说了吗?咱们可以找学校,让老师和他谈,和他家长谈,他犯了错就把他劝退。你跟他较什么劲啊?"

聂胜男看着她妈,说:"我喜欢!我就想参加。你不告诉我我爸在哪,也不让我参加学校运动会,你还是不是我妈?"

聂胜男她妈被怼的几乎说不出话来。停了几秒钟,她妈说:"好,咱参加。那人家问你这个人是谁,你怎么说?难道说是你爸?"

聂胜男显然有准备,并没有正面回答妈妈的问题,而是突然一笑,狡黠地说:"我可以这么说,你同意吗?"

旁听的袁岳弄了一个大红脸。本来站在这里就不尴不尬,听人家母女谈家务事,走也不是留也不是。现在又冒出这么一句,袁岳真不知道自己该如何是好。

聂胜男她妈显然已经习惯了自己闺女的思维方式,面色平静地来了一句:"你问人家干吗?"

母女俩齐刷刷地把头转向袁岳,眼神都是一样的狡黠里带着戏谑。袁岳看着眼前这一对活宝,面色潮红,心率加速,心说,这俩人真是亲母女,一样的没溜儿。

袁岳磕磕巴巴地说:"那个……找我来……到底为什么?"

聂胜男直截了当地说:"不是跟你说了吗?陪我参加运动会,保证和我一起拿第一。"

袁岳慌忙摆手,说:"这我可保证不了。"

聂胜男走进他跟前,踮起脚来,握着小拳头使劲敲了敲袁岳的前胸和大臂,袁岳下意识地绷紧了肌肉。聂胜男敲完后一脸得意地看着她妈,说:"我就说他行!你摸摸,全是硬的,杨迪一他爸那么大肚子都敢来参加,他肯定行。"

聂胜男她妈还真就走上前来,慌得袁岳两只手赶紧交叉交互在胸前自我保护。聂胜男她妈走到袁岳跟前,没上手,但是贴近了仔细观察。那劲头,就像是在看标本。袁岳保持着站立的姿势,腿脚没动,但是上身和脖子使劲往后躲,都快下腰了。聂胜男她妈上上下下看了一溜够,问袁岳:"您是运动员?"

袁岳看她表情严肃认真,眼神也恢复了正常,这才缓缓地用腰腹的力量把上半身摆正了。袁岳做了一个深呼吸,说:"我之前是开健身会所的,自己也当教练。"

聂胜男她妈点点头,说:"怪不得。那您怎么收费?按小时还是按天算?"

袁岳还没反应过来,聂胜男她妈紧接着说:"有两个条件。第一,我需要你身份证备案;第二,运动会当天我助理也在,你和我女儿全程都不能离开我助理的视线。你不能和我女儿有肢体接触、有亲近动作,不能有不雅语言,不能行为粗俗……如果一旦发现你对我女儿有什么不礼貌的举动或者是我们单方面认为危险的行为及隐患,我助理会代表我报警。"

"您"变成了"你",客气的语气瞬间就变成了行政命令,这让袁岳非常不爽。袁岳还没同意呢,就无缘无故地听了一大堆威胁。有钱了不起啊?袁岳非常了解自己的性格脾气,不生气则已,生了气就是大事,而且,袁岳不暴躁不打人,生气到一定程度就是转身就走,绝不再和你说一句话。

袁岳生气了,所以,他转身就走。身后,聂胜男她妈喊:"哎!你这是什么意思?我还没说价钱呢……"

袁岳双手过头，把帽衫的帽子扣在头上，双手插兜。这个姿势，准确地表明了对身后人的拒绝和不屑。后悔！袁岳后悔出来时没带个耳机，直接塞进耳朵，连声音都懒得听。

袁岳摆着范儿，大踏步地往前走着，一点不迟疑。后面一连串的脚步声，气喘吁吁地，很快就有一只小手拉住他的胳膊，大声斥责："你说话真难听！你过来给袁叔叔道歉！"

袁岳只好停住了，聂胜男站在自己胳肢窝下面，仰着头，可怜巴巴地看着他。聂胜男她妈站在原地没动。聂胜男发现了她妈的无动于衷，瞬间脸上的表情就变得凶巴巴地，一边用两只手死死抱住袁岳的胳膊，一边回过头去跟她妈一字一句地说："你希望别人怎么对你，你就要怎么对别人！"

这句话一出口，聂胜男她妈愣住了，袁岳也愣住了。

聂胜男看着她妈，命令她："袁叔叔是我请来陪我参加运动会的拍档，我可以喊他叔叔也可以喊他名字，他不是你的员工，你应该付钱，但是你要尊重他，你也要尊重我。"

聂胜男她妈有点尴尬地走过来，先是对女儿使眼色，无奈聂胜男摇头无视。她妈又真诚地对袁岳说："对不起，我没有不尊重您的意思。但是咱们萍水相逢，我实在是不放心……"聂胜男打断她："你有！你就是有！你在公司和在家一个样！"

聂胜男她妈看着她闺女，委屈地问："我哪有？谁想一天到晚凶巴巴的？还不是因为你不听话，被你气的！"

聂胜男理直气壮地说："你这么对我，所以我就会这么对你。

麦考尔老师教我们的。"

聂胜男她妈只好蹲下身来,跟女儿平视,扶着她的肩膀,对她说:"对不起。我老是忘了麦考尔教我的话。今天是我不对,我向你的袁叔叔道歉。但是,为了保证你的安全,我也必须要提出那些条件。如果你信任你的袁叔叔,如你所说,他是个好人,他自然会接受这些条件。我也一定会付给报酬。你看怎么样?"

聂胜男还是双手拉住袁岳的胳膊,仰起头看着他,可怜巴巴地说:"袁叔叔,我妈也不是故意的,你原谅她好不好?陪我参加运动会吧?"

袁岳一脸无奈地问母女俩:"为什么是我?"

这个问题,聂胜男她妈无法回答,也看着自己闺女,脸上带着和袁岳同样的疑问。聂胜男说:"你长得像我爸。"

聂胜男她妈立刻制止她:"别乱说!你又没见过你爸。"

聂胜男瞬间变化成了迷妹脸,仰头看着袁岳说:"我梦里见过。就是他这样。"

19

聂胜男的学校运动会就是一场亲子游戏活动。对于袁岳来说,非常小儿科。什么父子一起绑腿跳啊,抱起孩子举高高啊,爸爸带着孩子跳绳啊……聂胜男她妈派来的小助理、就是那天在银行的小跟班,真是目不转睛地从头到尾地看着袁岳。她手里还拿着一张纸,是袁岳和聂胜男她妈签署的聘用协议。虽然期限只有运动会这一天,可是那上面的条款写得清清楚楚。聂胜男她妈虽然在女儿面前向袁岳表达了歉意,但是在白纸黑字上丝毫不马虎。她的意图表达得清清楚楚,对袁岳全是制约。可是任何纸面上的内容到了现实中都会显得苍白。"禁止袁岳与聂胜男有肢体接触",两个人绑着腿向前跳算不算?好在签协议的时候袁岳客气但是坚持地提出了在体育运动中各种合理、合法的肢体接触完全是不可避免的,聂胜男她妈想了一下,也认可了。所以,在合理合法的接触中,两个人一鼓作气,甚至可以说是轻而易举,拿冠军拿到了手软。对于这个结果,袁岳并不意外。他相信自己的实力,也感觉到活泼好动的聂胜男身体素质不错。不过,聂胜男从头到尾的表现还是让袁岳很惊讶。

亲子运动会的比赛项目都不是激烈的对抗项目，来参加的爸爸们也是象征性地比赛个俯卧撑、举哑铃什么的。孩子单独的比赛就是跑步、跳绳和仰卧起坐。孩子们一般就参加一两项，聂胜男全报名！小丫头刚刚第一个冲过五十米的终点线，她妈派的助理急急忙忙地想把饮料塞给她，却被她用手一推，抹了一把汗就往跳远场地跑。袁岳刚在沙坑那里给她指导完动作，小丫头完成了三次跳跃之后又拉着袁岳跑到仰卧起坐场地……

一分钟四十五个仰卧起坐，聂胜男完爆场上的所有同年级孩子，包括男生。袁岳和助理一个拿着饮料、一个拿着毛巾，追着给她擦汗喂水。别人家的孩子比赛完一个项目就跟个小燕儿似的跑到爹妈跟前撒娇。爹也是一头汗，妈忙着给做赛事保障，打伞送水喂巧克力。聂胜男没有求拥抱、求服务的想法，她的眼睛里全是求胜的欲望，根本无暇看别的。

运动会在一片欢呼声中结束。聂胜男的拉着袁岳登上了N次领奖台，一串金牌挂在他俩脖子上。聂胜男在这个时候才露出了笑容。嘴咧得很大，露出了两排小白牙。

学校给得奖的家庭准备了小礼物，各种萌态可掬的毛绒玩偶。袁岳不认识玩具的品牌，聂妈派来的小助理门清儿，看着说了一句"嚯！"小助理向聂胜男强烈推荐那款兔子，说是全世界最柔软的毛绒玩具。聂胜男根本不理会，直接拿了一个"臭脸猫头鹰"。袁岳看着那猫头鹰就忍不住乐，那表情，就像是一个沮丧的丑胖子，很像林毅刚被女朋友臭骂完的样子。

聂胜男拎着猫头鹰脑袋上竖着的几撮毛，冲着袁岳开心地笑。袁岳半蹲下身体，和这个比男孩子还男孩子的小丫头击掌庆祝。两个人正在兴头上，一个穿着白色运动套装的小男孩跑过来。男孩子比聂胜男矮半个头，一副小土豆的样子，脸上却是不可一世的表情。男孩子过来，指着袁岳对聂胜男嚷嚷："他不是你爸，你们赢了也不算。"

聂胜男瞪着他说："他是我爸爸！"

男孩说："你骗人！他这么年轻，才不是你爸。"

聂胜男气势汹汹地怼他："我爸就是年轻，谁像你爸那么老！"

男孩气得鼓起了胸脯，回头找了一下，后面乱糟糟的，都是家长领着孩子往校门外走，有说有笑的，没人注意他们。估计是没找到想找的人，男孩气鼓鼓地说："我妈说他肯定不是你爸，是你妈包养的小鲜肉！"

袁岳还没来得及站起身来制止这个熊孩子，眼前就看见一道灰色弧线，一个东西掉下来。袁岳本能地伸出手接住，是聂胜男刚刚还拿在手里的臭脸猫头鹰玩偶。而聂胜男，已经风一般地冲上前去，伸出了右手攥成的拳头。一切都来得太快，袁岳几乎没看清楚聂胜男怎么出的手，就看见了小男孩惨叫一声倒在地上。袁岳跑过去看的时候，小男孩的鼻子下面全是血。

袁岳赶紧把小男孩抱起来往学校的医务室跑。聂胜男站在原地没动，后面是背着聂胜男书包、刚从教室里出来、姗姗来迟的助理。她懵在那儿,问聂胜男:"出什么事了?"

聂胜男的脸上有了表情,是一丝惊慌,她看着助理说:"我把杨迪一鼻子打破了……"

小助理显然是没有思想准备,第一反应是拉着聂胜男左看右看,着急地问:"你打架了?跟杨迪一?你怎么样?受伤没有……"

聂胜男一甩小助理的手,说:"我没事。我把他打了……"

一对中年夫妇闻讯而来。男子挺着将军肚,个子不太高,已经谢顶,鼻子上架着眼镜,脸上泛着红色的油光。女子身形也挺壮实,穿着坡跟鞋,配合着高级品牌的套装,挎着亮闪闪的漆皮小包。女子眼睛不大,嗓门不小,小跑过来拽住了聂胜男的胳膊:"你把我们家迪迪怎么了?老师呢?老师也不管一管!"回头又教训谢顶男子:"我就说你回家再洗脸,你忙着洗脸,你儿子让人欺负了你都不在!"

男子走的急了,有些气喘,结结巴巴地安慰女子:"别着急……孩子之间,打打闹闹,没事……那个,小朋友,我家杨迪一现在在哪?"

聂胜男一指医务室的牌子,没说话。

俩人回头一看,正有穿着白大褂的校医抱着急救包往里跑,可把他俩吓坏了,男子也顾不上喘了,撒腿就往那儿跑。女子气急败坏地拽住了聂胜男的胳膊,嚷嚷着:"你不许走!我家迪迪要是有事我跟你没完!你家长呢?!"

小助理赶紧过来想拉开女子的手，无奈她抓的劲道很大，小助理只好说好话，女子却听不进去，反而对着小助理嚷："你是家长吗？你还是保姆？你把这孩子家长给我找来！我跟她没完。她妈不来这孩子也走不了……"

喊声很大，惊动了其他家长和孩子。校长、老师都闻讯赶来。聂胜男脸上的惊慌表情渐渐放大，长这么大，她还没见过这个阵势。校长来了先蹲下身子问聂胜男："怎么了？聂胜男，告诉校长，发生什么了？"

聂胜男一低头，嗫嚅着："我打了杨迪一一下，他鼻子出血了。"

校长身边已经有老师跑向了医务室。校长又问："为什么呀？你为什么要打他呀？"

聂胜男突然哭了，委屈地说："他骂我妈！"

校长还要说什么，女子已经不干了，冲着校长语速飞快地说："校长，我们把孩子送到你们学校受教育，那是对学校教学和师资的信任，觉得你们的生源也有保证。这刚上一年级，就出这样的事情，你无论如何要给我们个说法的。我家杨迪一，是班里的尖子生，学习好、能力强，现在被欺负了，我们要你们拿出意见来。这个算什么？算霸凌好吧？！"

校长和身边的老师对视了一下，刚刚跑进医务室的老师又跑了出来，对校长说："孩子没事，已经检查了，就是鼻子出血，已经止住了……"

老师还没说完，女子又拉开了嗓门："你说没事就没事？有事没事要去医院做检查好吧？还有，就算鼻子没事了，我家宝贝心理受的伤害怎么算？"

校长看看她，又看看聂胜男，说："那这样吧，我们把聂胜男的妈妈请来，咱们一起商量解决。现在咱们先去看看杨迪一。"

一行人浩浩荡荡往医务室走，看着女子紧紧拉着不放聂胜男的胳膊，校长劝她："您先松开手吧，聂胜男跑不了。"

正说着，杨迪一自己出现在了医务室门口。身边，他爸揽着他的肩膀。袁岳站在后面。

女子紧跑几步过去，拉着杨迪一上上下下连看带问，杨迪一就只摇头，口中也说两个字："不疼。"

聂胜男的手此时在校长的大手里。他温和地摸摸杨迪一的头，低着头说："今天运动会上你表现很棒，怎么会和同学发生不愉快了呢？有什么想跟老师说的吗？"

杨迪一看看聂胜男，看看校长，摇摇头。

校长对杨迪一妈妈说："您看这样好不好？您先带孩子回去，比赛一天，您和孩子都累了，明天我们把聂胜男同学的家长请到学校，咱们一起谈。行吗？"

杨迪一妈妈还没说话，他爸，中年谢顶的男人就站出来说："我看不用了。小孩子之间闹着玩，打两下，只要不重就没关系……"

"你懂什么？！"女子一声呵斥，老公便后退了一步。女人上前，对校长说："校长，不是我们不信任你，是这件事宜早不宜迟，你们最好现在就叫她家长来！"

聂胜男的表情已经不淡定了，惊慌里还带着一丝委屈。袁岳看到了，从人群后面走过来，拉住了聂胜男的手。聂胜男立刻靠在了他的大腿上。袁岳轻轻拍拍聂胜男的肩膀和后背，对杨迪一那俩家长说："这件事，我就在旁边。一码归一码，聂胜男打伤了杨迪一确实不对，但是，杨迪一和杨迪一的妈妈那么说聂胜男也不对。这件事起因不在聂胜男。"

杨迪一他妈怒喝："你是谁啊？你是她家长吗？我现在就去告你信不信……"旁边的谢顶男子拉着她胳膊，低声说："你别激动！算了吧……"

女子一甩胳膊，一副"怒其不争"的表情，怼她老公："怎么算？！我儿子被一个野丫头欺负，打的鼻子出血，怎么算？！"

聂胜男把头扎在了袁岳身上。袁岳还要说什么，一个女声过来说："您说怎么办就怎么办。"

大家闻声回头，袁岳看见，聂胜男她妈背着双肩背书包出现了，后面跟着的是她助理。

聂胜男她妈走进来，也不看袁岳、也不看聂胜男，直接来到校长面前，双手合十、身体前倾，对校长说："罗校长，对不起，聂胜男给学校添麻烦了。后面的事我们来协商解决，我助理告诉我了。"校长点点头，对杨迪一的父母说："那咱们去会议室吧。家长进去协商,孩子就不要进去了吧。明天孩子来学校上学,老师会分别做他们的工作。大人之间的讨论就不要让孩子参与了吧。"

聂胜男她妈轻车熟路地往外走,路过袁岳的时候,跟他轻声说:"也给你添麻烦了,对不起。"袁岳摇摇头,说:"没有。起因不在聂胜男……"聂胜男她妈看了一眼躲在袁岳背后的女儿,没说话,径直走出去。大家都出去了,助理走过来对聂胜男说:"我陪你先回家,一会儿你妈妈就回去。"

聂胜男忽然一把抱住了袁岳的胳膊,摇头,不走。

助理无奈地看着袁岳,袁岳说:"没关系,我陪她在这里等。"

袁岳带着聂胜男来到学校的塑胶操场,两个人席地坐在篮球架下面。学校里已经安静了,夕阳的余晖洒在操场上,逆光看上去,草绿色的操场竟然显得有些晶莹。袁岳看着聂胜男,聂胜男看着会议室的方向。

忽然,聂胜男问袁岳:"你小时候打过架吗?"

袁岳点头,说:"打过。"

聂胜男问:"为什么呢?有人欺负你?"

袁岳说:"有的时候是,被大孩子欺负;有的时候呢,是替好朋友出头,因为好朋友被欺负了。"

聂胜男问:"那你打架之后,你妈会不会骂你?打你?"

袁岳说:"我妈不会。但是我爸会。他们俩会问清楚,我为什么打架。要是有人带着家长找上门来,我妈就得当着人家狠狠说我，我爸也得打我几下。要是没人来告状，他们就吓唬吓唬我，让我以后不许再打了。"

聂胜男问："那我妈会生气吗？"

袁岳扑哧笑了，说："你怕你妈生气？我怎么觉得你天天都在惹她生气啊？"

聂胜男摇摇头，一副小大人的样子，说："你不懂，这次不一样。"

袁岳点点头，说："是有点不一样。不过，你那招还真挺厉害，动作、反应都快，跟谁学的？"

聂胜男说："我外公。"

袁岳问："你外公干什么的？练过吧？"

聂胜男说："我也不知道，外公已经退休了，在家里养花养鸟。我外公会好多东西，他教我说女孩子要学会保护自己，就教过我几招。特别简单，我一学就会。"

袁岳笑着说："不光简单，还好使呢！不过啊，你这几招对付跟你一样大的小屁孩，是有点厉害，下次别用了啊。他们再惹你，就去告老师，让老师罚他们，别跟他们动手。容易把他们打坏了。"

聂胜男很紧张地站起来，看着袁岳问："这次是不是就打坏了？杨迪一的鼻子会不会折掉？"

袁岳说："幸好，他应该没事。不过，你妈估计得赔点好话还得赔点钱了……"

两人聊一会儿，沉默一会儿，夕阳就快消失的时候，小助理小跑着过来，拉起聂胜男的手，说："走吧，聂总处理完了，咱们回家。"

聂胜男回头看着袁岳，袁岳明白她的小心思，说："我陪你过去见你妈。"

聂胜男她妈已经站在校门口，和校长老师再一次道歉。老师们的脸色很平和，一直把聂胜男一家送出校门。三个大人带着一个聂胜男，走出来。小助理的脸上有点惊慌的表情，借故去叫司机，急急忙忙跑开了。袁岳把聂胜男的手交到她妈妈手上，她妈妈脸色还好，保持着礼貌和平静，对袁岳说："我助理晚一点会联系您，给您把尾款结了。"袁岳客气了一下，冲聂胜男摆摆手，向可怜巴巴地、恋恋不舍的聂胜男道了声"再见"便转身离去。

袁岳走出几十米，忽然发现自己裤兜里有个大鼓包，这才发现，那是聂胜男赢来的臭脸猫头鹰，刚才乱糟糟的，这东西一直塞在了自己的大裤兜里。袁岳掏出猫头鹰，转身去追聂胜男，却发现聂胜男和她妈就站在不远处，一辆房车旁边。两个人说着什么，还没上车。

袁岳跑过去，母女二人都没看见他。正要说话，袁岳却看见聂胜男一脸泪水地哀求她妈："我错了还不行吗？我不去上海！我要跟你在一起！"

聂胜男她妈语气冷峻而平静："我工作太忙了，教育不好你，你一天到晚闯祸,还是跟外公外婆在一起比较好。他们也想你了……"

聂胜男哭着拉着妈妈的手腕说:"我不闯祸了还不行吗?我不用零花钱,都给你,我给杨迪一道歉,我再也不打人了!都赖我还不行吗?我不走……"

袁岳忍不住上前,对聂胜男她妈说:"这件事真的不怪她,她是冲动了一点,但是那个熊孩子真的欠揍啊!"

聂胜男她妈这才看见袁岳又杀回来了。她的一腔怒火再也忍不住,冲着袁岳大声说:"你是她什么人啊?我们家的事用不着你一个外人插嘴!"

袁岳顿时觉得自己是好心被当成了驴肝肺,这母女俩的脾气简直如出一辙,都是点火就着,怪不得聂胜男这样,她妈也没好到哪里去!

袁岳心里想着:"反正就这一锤子买卖!大不了我尾款不要了!"想明白了最坏的后果,袁岳也一改之前那么长时间装孙子的样儿了,也顾不上在大街上了,直截了当就把聂胜男她妈怼回去:"你知道孩子为什么打那小子吗?因为那小子和他妈说你坏话,孩子听不下去了才出手!你女儿这么做都是为了维护你,你呢?不问青红皂白就怪孩子,有你这么当妈的吗?"

聂胜男她妈的小助理听见这番争吵已经从车里出来,蹭了过来。看见袁岳和聂总针锋相对,袁岳又一点儿都不打算给聂总留面子,小助理听得脸儿都白了。聂胜男呢,哭得更委屈了。

20

袁岳大大咧咧地坐在一处清雅的咖啡馆里。面前一杯美式咖啡，对面坐着聂胜男她妈。咖啡馆里三三两两地坐着其他几桌客人，基本上都是独自一人，耳朵上塞着耳机，面前摆着一台笔记本电脑，手边有一个纸质咖啡杯。袁岳坐的地方顺光，两个人一进来就被侍者引导到了这个沙发座里。袁岳习惯了在咖啡馆里自助消费，看见服务员从吧台里走出来刻意引导，还有些不适应。

聂胜男她妈很自然，还和侍者打了个招呼，面色如水。

袁岳仔细打量着聂胜男她妈，她妈很快就开口了："我们也算是不打不相识。认识一下吧，这是我名片。"

袁岳拿起来一扫，"胜驰地产总裁聂星"。袁岳心脏短暂地加速了一下。这个地产公司有所耳闻，开发的盘都是高端项目。袁岳一耸肩："对不住，我就是个打工的，没有名片。"

聂星打量着袁岳说："聂胜男说您是演员？演过什么？电影还是舞台剧？我对这方面不太了解。"

袁岳赶紧摆手，说："这个……她误会了。我是……怎么说呢？我算是个临时、群众……演员吧……其实，我是做角色扮演服务的。"

聂星显然没听懂，问："什么服务？"

袁岳用了十分钟，才给聂星讲明白自己是干嘛的。聂星听完，身体从原来的前探姿势调整成了后靠的姿势，回缩到了沙发椅的靠背里，还配上了一脸"原来如此"的表情。袁岳看明白了，心说，你觉得我就是个无业游民呗。

聂星并不掩饰自己的表情，她也看不上袁岳今天的样子。前两次见面虽然没什么特别的印象，但是袁岳在银行里教育聂胜男不许淘气、在校门口送她回来的时候，还都是谦谦君子、仪表堂堂的样子。有道是站有站相、坐有坐相的，怎么今天的表情和坐姿这么别扭，看着这么没教养呢？

袁岳也知道自己什么样子。但是没办法，他生聂胜男她妈的气。从一开始的不尊重到后来的不讲理。和前面那些雇主相比，她一个大地产公司的总裁，还不如人家农民啊、退休妇女啊会说句客气话。聂胜男刚教的，你希望别人用什么方式对你，你就怎么对别人。好吧，我袁岳就用这种方式对你，因为你对我的不尊重在先。

聂星也不客气，直截了当但是又面带着温和的浅笑，对袁岳讲："已经很久没人像你这样对我说话了。你不觉得这么对一个女性很冒犯吗？"

聂星的口吻心平气和，这倒是让袁岳有些不自在起来。袁岳下意识地端正了坐姿，有点像是青春期的时候，被老师喊去办公室，自己都做好了被训斥的准备，所以干脆摆出了一副破罐破摔的样子。没想到老师态度温和，循循善诱，生把白脸变成了红脸，自己就不好意思了，只有低头认错。袁岳看着聂星，那一瞬间也是这种感受，他的脑子里迅速回放了一遍刚才的情景，也默认自己的确是冲了点。又不是多熟的朋友，怎么说也是客户。人家客户教训孩子，跟自己有半毛钱关系啊？！

冷静下来仔细想想，袁岳顿时就觉得自己理亏。理亏就道歉呗。都是成年人，说句"对不起"又不会多长二斤肉。袁岳当即就摆出了一张真诚脸，诚挚地说："对不起聂总，我刚才太冲动了。我向你道歉。"

聂星看着他，脸上的表情难以捉摸，没说话。

袁岳没等到回应，有点惶恐，就接着说："这样吧，我知道自己这次表现得很不专业，让您在孩子面前很被动。尾款我不要了……"

聂星还是没说话，而是直勾勾地、意味深长地看着他。

袁岳都快被她的目光盯毛了，咬着牙说："要不我现在就全额退款！"

聂星扑哧笑了，眼神里有一丝戏谑。袁岳看在眼里，心说："这母女俩怎么一个眼神？"

聂星摆正了自己的坐姿，对袁岳说："我是觉得，你说的都对，就是态度不好。提醒你一下，仅此而已。你慌什么？"

啊？袁岳结结巴巴地说："没……我没有啊！"

聂星用右手食指指着他，略带调皮地反问："还说没有！都结巴了！"

袁岳一脑门子黑线。聂星接着说："我就是觉得吧，自从我在这个位置上，只见过两个人这么对我说话。一个是聂胜男，一个是你。我现在知道聂胜男为什么喜欢你了，你们俩还真挺像的。你说得对，我是没有问青红皂白就骂女儿，这次聂胜男是受委屈了。但是她这个性格如果不让她受到惩罚，下次只会更加无法无天。一个女孩子，必须要学会控制情绪……"

袁岳瞬间代入了聂胜男的心理，忍不住又插嘴说："您这么说我不同意。控制情绪是成年人的事，跟男孩女孩无关。再说那不是孩子应该具备的能力。您只要求聂胜男控制，您没看见那个叫什么杨迪一的熊孩子，他才应该控制。还有他那妈！懂事的孩子总是受委屈，然后自己父母还不替他们出头，孩子心里得多难受啊！"

聂星若有所思地听着，听着听着，就把头转向了左边。左侧，是一扇落地的大窗。窗外绿草茵茵，光斑细细碎碎，一只肥硕的喜鹊，蹦蹦跳跳地在窗外的绿地上觅食。聂星向外看着，袁岳也向外看着，两个人不约而同地都陷入了沉思。过了一会儿，聂星开口说："也许你说得对。我从小就是你说的那种'懂事'的孩子，所以童年一点也不快乐。我到现在还记得，小时候三四岁吧，我妈去幼儿园接我，刚给我买了一根冰棒。我还没舍得吃，就看见了我妈同事带着孩子跟我们打招呼。那孩子比我还大一岁，看见我手里的冰棒就要吃，他妈就在那虚情假意地拦着，可我妈呢，二话没说就让我送给他。凭什么呀！我一边哭一边递给他。我哭，我妈还说我小气。那孩子呢，一脸得意。他妈那副嘴脸，我现在还记着……"

袁岳也被触动了童年伤心往事。他是独子，家里没人跟他抢什么。可是他有个堂弟，每隔十天半个月就要来他们家一次。袁岳记得清楚。那个时候，他和父母爷爷奶奶住在一起。堂弟和叔叔婶婶每月来的目的是看望爷爷奶奶。可是每次一来，袁岳总会有被劫掠的感受。不是自己辛辛苦苦做的手工散架了，就是连环画不翼而飞。有一次他实在忍不住了，当面呵斥堂弟，却被父母批评没有当哥哥的样子。婶婶还打着哈哈，说他，做哥哥的就要让着弟弟。那天，最下不来台的是袁岳的父母。直到袁岳上了高中，他才明白个中奥妙。他们一家三口住的是爷爷的房子，因此给爷爷奶奶养老送终也是理所应当。而袁岳的叔叔婶婶，因为没有分到那一处老公房，心里一直有过不去的坎儿……成人世界的恩怨，孩子却成了无辜的承受者。心里的那个阴影，谁有谁才能体会。

想到这里，两个人几乎是同时从童年回忆回到了现实，也几乎是同时，都想开口说话。袁岳率先发现了两个人同时开启的双唇，立刻止住了自己的嘴巴，笑着给了聂星一个礼貌的回应，示意她先说。聂星也意识到了，有些不好意思，但还是开口说:"我现在也困惑。小时候遇到的那些事,那些感受都还在脑子里,记得清清楚楚。怀孕的时候我总想,我一定不能像我父母那样养育我的孩子。可是呢,理想很丰满、现实很骨感。第一我真的很忙,单亲家庭,你懂的,除了父母找谁帮我带孩子都不放心;第二呢,我也发现,自己怎么越来越像我妈……"

聂星说着说着就笑了,竟然有些害羞。袁岳也笑了,说:"是呢是呢!我也觉得我跟我爸也越来越像,尤其我哥们老是说我,死要面子活受罪,跟我爸年轻的时候特别像。可能人就是这样,基因决定了命运,谁也逃不掉。我看啊,这是命,咱就认了吧。"

他一说"咱",聂星听了一抬头,看着他。袁岳赶紧道歉:"我是不是又说错话了?"

聂星摇摇头,笑着说:"没有。你别紧张。我是觉得,咱俩可能有共同的童年阴影。不过,咱俩还是不一样……"

袁岳赶紧接下茬说:"当然!您是大房地产公司老总,我就是个待业人员……"

聂星打断袁岳说:"我不是这个意思……我是说,和我一比,你还是个好孩子,没我那么叛逆、折腾……我以为自己很强大,其实呢,对于聂胜男我大多数时候真是焦头烂额。我最怕的就是养了一个问题儿童,你知道吴绮莉和成龙的私生女吗?我特别怕聂胜男也长成小龙女那样!"

袁岳安慰她:"不会的。吴绮莉自己的原生家庭太糟糕了,她自己就有问题,又是娱乐圈的人,小龙女很难在正常的环境里长大。我看聂胜男就很好,有进取心,聪明,胆子也大。"

聂星却一脸愁容,说:"以前都还好。我跟她处得一直挺融洽,其实我们俩有时候更像是姐妹,我妈老说我没正经……可是最近这些日子也不知道是怎么了,她一天到晚问她爸的事,已经把我逼进死胡同了。她小时候我还能骗她,现在怎么骗都不灵了。"

袁岳迟疑了一下,还是开口说:"我不知道她爸和您现在是什么关系,但是我觉得,聂胜男比她这个年纪的一般孩子更聪明、更成熟。您是不是考虑一下告诉她。现在父母不在一起生活的家庭也挺多的,说开了,就算孩子现在不理解,也比被蒙在鼓里好。我有个同学,小学、中学我们都是一个班的。他父母关系一直不好,从上初中开始,他爸就一个星期回一次家,他妈一直跟他说,是因为他爸调到外地去了。直到高考完,他爸妈才告诉他,其实他们早就离婚了。只不过,为了不影响他学习,还一直维持着一个家庭的假象。我同学知道之后,一点都不感激他父母为他做的这一切,反而特别生气,觉得自己这么多年都像个傻子一样被欺骗。后来他考到外地去了,跟他父母到现在都不怎么联系……"

聂星听着听着,再一次陷入了沉思。

21

袁岳面前是一份厚得压手的合同,一个年轻的美女,还有一个,坐在地板上吸着星冰乐的聂胜男。

袁岳看着美女和聂胜男,懵圈地问:"什么情况?叫我来是干什么?这合同又是什么鬼?"

合同上写的是"胜驰地产投资责任有限公司聘用合同"。袁岳大声说:"我没来这里找工作啊?"

年轻的美女,聂星的助理,看看袁岳,又看看喝着星冰乐一脸"我就看看不说话"的聂胜男,只好问袁岳:"聂总没和你说吗?"

袁岳更奇怪了,问:"说什么?没人找我啊!"

助理叹了一口气,说:"那可能是聂总又忘了,她太忙了……是这样的,聂总希望聘请您当聂胜男女士的……家庭教师……"

聂胜男吐出来嘴里的吸管,当即抗议道:"不是说好了是'私人助理'吗?"

助理歪过头去看着聂胜男,不断地给她使眼色,袁岳看不下去了,打断她俩:"你们够了。当着我的面使眼色,当我不存在啊?什么家庭教师、私人助理的。我不干。"说罢,起身就要走。

聂胜男一下子从地上跳起来拦住袁岳,说:"别走别走!不是助理,你是我老师还不行吗?"

袁岳没好气地问聂胜男:"你学校里那么多老师,缺我一个吗?再说了,我能教你什么?你找我又是干什么?"

聂胜男向助理求救:"静静姐姐,你帮我说清楚嘛!"

叫静静的助理面露难色,还是对袁岳说:"袁先生,我也是打工的。我现在只能向您转达一下我们聂总的意见,她和聂胜男都很欣赏您的教育理念,所以诚挚地想邀请您担任聂胜男女士的家庭教师。您的工作是每周陪伴聂胜男女士二十四个小时,周一到周五每天两个小时,负责接她下学,陪她做功课,上补习班;周六周日每天陪伴六个小时,您可以建议安排聂女士的日程,比如外出游玩,但是不能出本市,还要有其他亲属或监护人指定的人员陪伴……"

袁岳把右手手掌高高举起,中气十足地喊了一声:"停!"

袁岳头也不回地往外走,根本不理会聂胜男在身后的哀求。他知道自己的嘴角在往下撇,他才不在乎此时自己是什么表情、什么神态呢。他大声说:"我不干!"

身后传来聂胜男撕心裂肺的哭声。静静助理惊慌失措地哄着她,一点没有效果。聂胜男含混地咒骂袁岳:"你是坏人!你就给人家当了一天爸爸你就跑，你就是胆小鬼！"

袁岳从来没有听过这样声嘶力竭的哭声，这个声音还来自一个小小的躯体，一个小姑娘，一个七岁的孩子。袁岳有自己的骄傲和固执，但不冷血。他回过头，试图和眼前这个情绪崩溃的小姑娘讲道理："你听我说，我不是你爸爸，我不能像你爸爸那样陪你……"

小姑娘哭得口齿不清，但是还不停歇。袁岳看到她眼泪鼻涕一起横飞，闭着眼睛咧着嘴，整个公司这一层都听不到别的声音。静静拿着纸巾的手，刚刚接近聂胜男的脸，就被她一把推开。她就那么坐在地上，仰着头，毫无顾忌地放声大哭。聂胜男用自己的行动明明白白地告诉袁岳他的目的：吸引所有人的注意，告知天下，你让我受委屈了。

聂胜男夸张的哭声很快达到了效果。聂星不知道什么时候出现了。她把手里的包向地板上一丢，疾步走过来，拽起聂胜男的胳膊，推搡着她的肩膀，在静静慌乱的阻拦拉扯下，她还是拎着自己女儿，几乎是把她拖到了茶水间。

动作之快，让在场的人始料未及。

袁岳看着聂胜男被聂星几乎拎起来、脚尖点地、在地板上滑行，他没看到聂星的脸。从聂星的背影和动作上，不用看，袁岳也知道这个母亲是震怒了。

聂星提拉着聂胜男，一把把她推进了茶水间。一句话没说，"砰"的一下子把门关上。聂胜男在里面嚎哭。外面的人听见了"乒乒乓乓"的声音。估计是茶水间里的瓶瓶罐罐砸在看门上。袁岳听到身边有人说:"靠!我杯子在里面……"

聂星迅速锁上了门,转过头来,袁岳身边的公司员工们"呼啦"一下子全散了,就剩下静静恳求着聂星:"聂总,男男还小,你消消气,她就是觉得委屈,您不用发那么大火……"

聂星就跟没听见一样,转过头说:"昨天你给我的报告看完了,你,叫上市场部,过来开会!"

公司的大开间里顿时觉得杀气腾腾。

袁岳正犹豫着走还是不走,聂星从他身边走过,一阵风似的,急走急停,停下来看了他一眼,说:"不接受雇佣就走吧!又没人留你吃饭!"

"你大爷!"袁岳心里狠狠地骂了一句,当即就走。

袁岳快步走到电梯口,恨不得当即就消失在大楼里。可电梯偏偏停在顶层不动,好像是出了什么故障。袁岳心里又骂了一句,快步走到楼梯处,一把推开沉重的防火门,头也不回地快步下楼。

袁岳只用了几分钟,就从十六层的高楼上快步跑下。他刻意保持了匀速的状态,调整呼吸,一边平复心中的怒气,一边做着四肢的锻炼。

袁岳跑到一层,再一次推开防火门。他调整步伐走进一楼大厅,却看见几个保安拿着步话机往门外跑。写字楼的大堂里人来人往,大门外还站着一些要进门而没进来的人。他们梗着脖子、抬头向楼上看，表情诡异。在大堂里面、要出门的人看见忙乱的保安、门外的看客，也纷纷往外跑去。

袁岳也有好奇心。他跟着几个人一起走出大门，顺着门外看客的视线往楼上找过去，一眼看见了坐在窗台上的聂胜男。

袁岳的脑子一下子就懵了。他想喊，让聂胜男从窗台上下来，回到茶水间里去，但他喊不出来。他转身，逆着往外跑的保安，以百米冲刺的速度跑回大堂。

电梯都在高楼层，袁岳想都没想，几乎是条件反射一般，又冲进了防火门后面的消防楼梯。袁岳调整呼吸，不断加快步伐，只想着快点、再快一点……到了十六层的门口，袁岳几乎力竭，但是他只用了两秒钟，哈下腰，粗粗地喘了一大口气，然后，就用身体撞开了防火门。

地产公司大厅里的消息显然还是滞后的。袁岳清楚地能听见自己的心跳声和急促的呼吸声，大厅里安静有序地保持着一个井井有条的企业该有的环境氛围。袁岳环顾四周，看不见聂星她人。他顾不上那么多，直接冲到茶水间。他撞门，门被锁了。袁岳大喊："聂星！聂星！你给我出来！"

公司里的人齐刷刷地被袁岳的疯狂举动惊呆了。公司里的员工，在一个短短的早上，见识了和平日里完全不一样的聂总，见识了他们耳闻了多少回的小魔女聂胜男，也见识了袁岳这个不知道从哪冒出来的愣小子。

大家还在看着袁岳发愣，几乎是同时，有个姑娘拿着手机惊呼:"是男男!天呐!男男要跳楼!"

员工们已经不知道该把注意力放在哪里了。是同事的手机屏幕,还是眼前困兽一样的袁岳?静静不知道什么时候从办公室里冲出来,跑到一个会议室门口不顾形象地冲进去。众人立刻就看到了惊慌失措的聂星拿着钥匙跑出来。

聂星冲到茶水间门口,拿着钥匙的手抖得厉害,怎么也插不进锁孔。袁岳一把抢过来,准确地把钥匙插进去、旋转、打开门锁。聂星看见了女儿的背影,透过玻璃窗。高楼层的窗户只能在下面打开一条很窄的缝隙,天知道聂胜男是怎么钻出去的!

好在,外面还有一个矮矮的护栏。聂胜男的身体还在护栏的里面。但在袁岳看来,那就是一道一迈腿就能翻过去的小栅栏,它存在的意义并非是出于保护,更像是个装饰。

聂星声音颤抖,叫着:"聂胜男……男男,你回来……"

袁岳听到了窗外的声音。马路上的车水马龙,楼下看热闹人群的喧闹,还有保安维持秩序的喊叫。聂胜男,她此时应该听不到聂星的呼唤。

聂星的身体在颤抖,禁不住地抖。她逼着自己一步步走过去,试图接近那扇窗。但是只走了几步,聂星身子一软,就瘫倒下来。袁岳眼疾手快扯住了她的胳膊。聂星看了一眼袁岳,声音嘶哑,控诉着眼前这个并不相熟的人:"都是因为你……"她说不下去了。理智尚存的一个女人,掌管着市值过亿企业的一个女人，她心里清楚自己的这份怨念很没有道理，但是她还是忍不住要说出来。她已经无计可施。

袁岳扯住她的胳膊，命令同时还在茶水间里的几个人，有静静，还有两个男助理。袁岳命令静静：“把她拉出去，报警！”

聂星被两个男助理拖着，挣扎着，离开了这个她无法面对的现场。袁岳深吸一口气，走到窗前，轻轻地敲敲窗子，聂胜男回头看到了窗户这一边的袁岳。

"干什么？"聂胜男怒气还在，脸蛋上还挂着泪痕。高楼层外凛冽的气流把小姑娘的脸颊吹红了，鼻头也是红红的，人中上挂着一道清亮的鼻涕。

袁岳从牛仔裤的后兜里拿出一包纸巾，对着自己的鼻子比画了一个擦拭的动作，大声说：“给你纸巾，擦擦鼻涕。”

聂胜男愤恨地瞪着袁岳。不知道为什么，看见小丫头这个眼神，袁岳心里突然有些松快。聂胜男对自己还有恨意，那就还不到绝望得已经不想活了的地步。所以，袁岳又向窗口走近了一步，试着把自己的手从打开的窗缝里伸出去，手里还有纸巾。

聂星的男助理和静静，在袁岳身后，屏住呼吸，看着，一声不敢吭。

聂胜男真的觉得冷了，鼻涕已经蹭在袖子上一次，不能再蹭了，鼻头都疼了。她伸手来拿纸巾，袁岳一把握住了她的手腕。聂胜男没提防袁岳会做出这样的动作。她想把自己的手从袁岳的手掌里拽出来，但是袁岳的手掌又大又暖和，把聂胜男的纤细手腕紧紧握住，聂胜男一时舍不得挣脱了。

袁岳向下探着身体，在从里向外打开的下窗缝中伸出自己的手，很是别扭。他慢慢蹲下身，伸出另一只手，对聂胜男说："你看你冻的，把那只手也给我，给你捂捂。"

聂胜男居然听话又配合，真地伸过来另一只手。袁岳把膝盖一弯，双腿跪倒在地板上，两只手拉住了聂胜男，眼睛几乎和她平视。

袁岳的心定了一点，他问："你出去干什么？"

聂胜男不在乎地说："谁让我妈不给我开门！"

袁岳说："那你不应该钻窗户啊，你知道这是几层？你们老师没教过你不许做危险动作吗？"

聂胜男一撇嘴角，说："我们老师就教考试要考的事。什么危险不危险的，又不考试。"

袁岳说："所以吧，你们现在这些孩子，真是欠揍。我小时候要是像你这样……"袁岳刚想说"早就被我爸把屁股打开花了"，但是忽然停住了，他知道，"爸爸"这个词，在聂胜男这里，犯忌讳。

聂胜男却好像并不在意，她脱口而出："像我这样会怎么样？挨打啊？谁打你？你妈有我妈厉害吗？"

袁岳笑着说："你妈还真不算厉害，就是有点小脾气。其实吧，你应该让着点儿你妈。"

聂胜男不服:"凭什么啊!她比我大那么多,是我妈,就该她让着我……"

袁岳说:"好好好,她让着你可以,那你也得听她话呀。你看你,又不肯听她话,又不肯让着她,你让她怎么办?"

聂胜男忽然眼圈红了,一脸委屈:"我都答应她了,只要让你来陪我,我以后什么都听她的……可是……可是……你……"

袁岳赶紧求饶:"对不起我错了!你早点跟我说嘛是不是?这是咱俩之间的生意,对不对?你要先跟我打招呼,问我的意见,因为我也是个大人嘛。我也有自己要干的事情。我得安排好这些呀对不对?你什么都不跟我说,上来就要签合同,那我哪能答应啊?要不你先进来,咱俩再把合同拿出来商量商量,一周让我陪你那么多时间有点长,我时间不够,你妈也不放心……"

说着,袁岳试探性地把聂胜男的两只手腕向茶水间里拉了拉。聂胜男并没有抗拒,只是问:"我刚才爬出来的,现在好像爬不回去了……"

外面起风了,聂胜男脚下的栅栏被风吹得摇摇晃晃,小丫头有点怕了。袁岳紧紧抓住她的手腕,安慰她:"别怕!我拽着你呢!这样啊,咱们找人帮忙,把窗子拆了,你千万别动,我就这么拉住你,肯定没事的。"

袁岳回过头冲着静静大喊:"叫消防员!叫物业!赶快拆

窗户!"

聂星在大厅里被员工按在座位上,双手和肩膀在控制不住地抖动。她目不转睛地看着茶水间,几个女下属按着她的肩膀,不停地安慰她:"消防员马上就到,下面已经铺气垫了……"

公司的大平台上没有人敢离开,人都在,可是鸦雀无声。大家都听到了袁岳在茶水间里的大喊,聂星自然也听到了。她推开下属的胳膊,冲到茶水间门口,却被迎面跑出来的静静撞上。静静大声喊:"物业!物业!"

一个男助理带着穿着灰色工服的几个工人冲进了茶水间。

聂星也跟着冲进去,一眼看到了跪在地上,双手紧紧拉着自己女儿的袁岳。静静不由分说把聂星推出来,说:"聂总你等等,男男现在情绪还好,你先别进去……"

消防员也来了,橙红色的衣服、成捆的绳子、消防斧……聂星忍不住眩晕,瘫坐在椅子上。但是她使劲睁大着眼睛,她觉得头晕恶心,觉得胸腔里犹如波涛汹涌,可是,她不敢放松,不敢眨眼,甚至不敢多喘一口气……她的眼前出现了一个人、一张面孔,她不想看,可挥之不去。

茶水间开着门,电动工具作业的声音持续地传出来,中间还夹杂着不同的男子说话的声音,带着口音,还有脏话。

不知道过了多久,作业的声音突然停止了。有个男声在喊:"好了好了!毯子!找毯子!"

聂星猛地站起来,她还没冲过去,就看见袁岳抱着自己的女儿从茶水间里跑出来。静静冲到自己的座位上拿出一条大披肩,上去把聂胜男包裹严实。袁岳抱着她向聂星走过来。聂星的身体又开始颤抖,面色苍白,嘴角在抽搐。聂胜男在袁岳的身上趴着,背对着聂星。袁岳走过来,啥都没说,转过身子,让聂星能看到聂胜男的脸。

此时的聂星满脸泪水,身体在抖动。她看到了,聂胜男两条胳膊环绕在袁岳的脖子上,抱着他,她自己的脸紧紧贴着袁岳的脸。

22

袁岳的卡里无端多了一笔钱,不用猜也知道是谁给的。袁岳拿着卡找到聂星,只说两个字:"不要!"

聂星看着他,心情有些奇妙。对这个人,不知道是该恨还是应该感激。聂星也说了两个字:"不行!"

袁岳摇摇头,说:"我没签合同,也没答应要为你和女儿服务。"

聂星也摇摇头,说:"这钱不是替聂胜男给的,是我一朋友,想请你去扮演一下她未婚夫,协助她完成婚礼。"

袁岳被说糊涂了:"让我扮演新郎?新郎本人呢?"

聂星冷冷地说:"死了。"

对于聂星和聂胜男的对话方式,袁岳已经习惯了。"真死了假死了?"他问。

"真死了。死了两个月了。交通意外。"聂星淡淡地说着,死亡从她嘴里说出来,怎么那么轻而易举?和看到自己女儿站在高楼窗外时,真是天地不同。

袁岳更加不解:"人都死了就节哀顺变吧!还办什么婚

礼啊？"

聂星看着袁岳，皱皱眉毛，质问他："我朋友对爱人情深义重，就想完成两个人的约定。现在人虽然没了，可感情还在。你是演员，找你演出完成一场婚礼，不行吗？你怎么这么冷血？"

袁岳赶紧摆手："我不是这个意思！只是——拜托！聂总，您下次说话时不要总是这么简约，您多说几个字，把事情说清楚，我才听得明白。我脑子笨，您多担待！我明白了，这个活儿我接了，需要我做什么？"

聂星回头叫："进来吧！"

袁岳这才发现，他和聂星谈话时，聂星身后的大办公室的玻璃窗上，遮挡着百叶窗。办公室的门是关着的。袁岳没来过聂星的办公室。这一次，静静把他直接带进来他也没多想。这间办公室看上去没有任何性别特征，素净得很冷淡。灰色白色组成的主色调，桌子是金属色的，桌面是木头，长条的，一看就是用来围坐多人开会的桌子。椅子是看上去很平常的电脑椅，摆在桌子的边上。墙上挂着几幅照片，也是黑白的。电脑是黑的，文具、笔筒都是黑色的，桌面上凌乱地摆着几只环保铅笔，用旧报纸卷成笔杆的那种，还有几摞文件，也用黑色的夹子夹着。

袁岳还以为这里是个小会议室。直到聂星喊进来一个人。

一个微胖的姑娘，长得有点像金喜善。但是眼神和表情都比金喜善灵动,一看就是天然没整过的。眼窝有一点深陷,眼袋有些明显。其他的都还好。皮肤白皙,也没有皱纹,额头饱满,并没有梳当下流行的空气刘海,眼睛圆圆的,面相本该挺喜兴的。

聂星站起来拉着姑娘的手,对袁岳说:"介绍一下,邓丽雯,我好朋友,这次项目的甲方。这就是袁岳。"姑娘打量了一下袁岳,突然眼圈就红了,立刻用双手捂住了自己的脸。聂星应该是有思想准备,赶快拍拍姑娘的肩膀,又递上去纸巾,嗔怪地说:"我怎么跟你说的?你要总是这么激动,我可不帮你了啊……"

姑娘稳定了一下情绪,袁岳起身拉过来一把椅子,姑娘坐下,哽咽着对袁岳说:"谢谢您……"

袁岳客气地回复:"这是我应该做的。"

聂星瞥了袁岳一眼,对姑娘说:"谢什么呀!他就是演员,你付报酬他接工作。你满意就行。"

袁岳点头:"聂总说的是。您有什么要求,我一定尽力完成。"

姑娘用纸巾擦了擦鼻子下面的人中,从包里拿出几张纸,递给袁岳,说:"您先看一下,这是我找婚庆公司做的婚礼流程。注明了'新郎'部分的,就是您要完成的工作。"

袁岳拿起来用眼睛扫着,姑娘还沉浸在自己的情绪里,一时没有拔出来。聂星也不回避袁岳,问她:"怎么样?像吗?"

姑娘哽咽地"嗯"了一声。

聂星又问:"你爸妈怎么说?同意了吗?"

袁岳用余光看见姑娘无奈地摇摇头。

聂星说:"你也别怪你父母。要是聂胜男跟我提这个要求,我也接受不了。你呀……你得答应我,婚礼之后,你必须得重新开始!我倒不是逼着你去找新男朋友,你可以出去散散心、换个环境,别老在这件事上走不出来。再怎么说,人已经走了,活着的人还得往前看。你总要为父母想想。李楠在天上看着你呢,他那么爱你,肯定也希望你能好好的,对不对?"

这几句话说得至情至理,可又把姑娘给招哭了。

袁岳这才知道,自己要扮演的角色叫"李楠"。

纸上写的流程都是白纸黑字,冷冰冰的,不带感情。袁岳读起来就像是自己要参加一个颁奖仪式,上台、站好、微笑、敬酒、鞠躬……只有一件事,让袁岳觉得有点负担,仪式上安排了新郎新娘要跳一支舞。别看袁岳是健身达人,身材倍儿棒,可跳舞这事对他来说真是头大。从小就不是唱歌跳舞那块料。为什么不能是投篮?跳绳、踢毽也行啊。

袁岳不得不打断姑娘的情绪,很煞风景地问:"邓女士,麻烦我问您一下,这舞……非得跳吗?"

还没等邓丽雯回答,聂星一只手就按在了桌子上,语气不容置疑地代替邓丽雯回答:"必须跳!"

袁岳尴尬地说:"我不会啊……"

聂星不满地说:"不会就学。还有半个月时间,学会就行了。这舞是他们两个人对婚礼的重要约定,必须有。袁先生,钱不是那么好挣的,我拜托你下下功夫。"

聂星语气肯定坚定,重重地把"拜托"两个字还给了袁岳。

袁岳的脾气已经在困顿的生活里磨得不剩什么了,聂星话语的刻薄,他在之前的雇主中也见识过。邓丽雯不时哽咽抽泣,袁岳知道,这回自己又是"盛情难却"。别说是聂星介绍的,就是客户主动找上门来的,自己也得接这个活儿。

"那就练习吧。不过我真的不会跳,得从头学。"袁岳真是有些为难。

聂星都准备好了,说:"猜到了。我安排好了,去我们公司的健身会所,给你们安排了舞蹈教室和教练。时间你和丽雯定。以她的时间为准。我的要求就是:必须学会,让丽雯满意。打给你的是预付款,婚礼结束后当天,尾款到账。不过,要丽雯满意才可以结尾款。"

袁岳想了想银行卡上的数字,点头应允。

邓丽雯站起来羞涩地问聂星:"那……我现在就过去?"

聂星耸耸肩,说:"行啊!让静静带你过去,你想练多久就练多久。"

袁岳有点惊讶:"现在?"

聂星说:"时间这么紧,预付款也给了,你还要挑黄道吉日才上班?"

袁岳啥也不说了,立马起身赔笑脸:"邓女士,咱们走吧。"

两个人前后脚出门,袁岳想起了什么,又站住回头对聂星说:"聂总,男男她还好吧?"

聂星抿了一下嘴角,说:"上次的事,谢谢你。她挺好的。"

这个回答,让袁岳讪讪的。他只好礼貌地笑笑,自言自语地说:"那就好……"

23

人真是有所能，也有所不能。袁岳在跳舞这件事上认清了自己，没天赋，没基础，没兴趣，真是赶鸭子上架。

舞蹈老师说袁岳的动作僵硬，胳膊一架起来，就像是要出拳。袁岳本来就笨，和邓丽雯靠近之后，身体僵硬，动作更加不协调，脚底下免不了拌蒜。两个人在老师的指导下，脚步挪起来后，袁岳在练功镜里看见自己，一瘸一拐地，就跟不会走路似的。邓丽雯虽然会跳，但是情绪始终不稳定。音乐刚一响起来，她眼圈就红了。

老师看着这俩人，不知道该说什么好，只能客气地安慰他们："没关系，多练习几天就好了。你们俩呀，放松一点儿。"

怎么放松啊？越不会越紧张。袁岳知道当教练的难处，既要有技巧还得有耐心。袁岳只能主动调节一下气氛，提出来给老师和邓丽雯去买点喝的。老师举起地上的保温杯示意有水，客气地拒绝了，也同意休息一会儿，让他俩"多交流一下"。老师说了，跳舞，尤其是这种交际舞，舞者双方一定得相互熟悉信任，舞蹈本身就是一种交流方式，跳舞的过程就像是聊天，可不能冷冰冰的。

袁岳拿着一杯咖啡,过来递给邓丽雯。邓丽雯也是累了,看上去不仅是身体累,精神也是疲惫的。她瘫坐在墙角,把头靠在练功镜上。袁岳看着镜子内外的这个姑娘,身材不错,气质不错,皮肤不错,就是脸上的哀怨之态,把整个人衬得显老了好几岁。

袁岳蹲下身来把咖啡递给她,邓丽雯抬头看看袁岳,勉强挤出一丝笑容,对袁岳说了句"谢谢"。她接过咖啡,用双手握住,手指环抱着纸杯,把额头也贴在纸杯盖子上。袁岳贴心地提醒她:"您小心,咖啡烫。"

邓丽雯有些感动地看看袁岳,说:"对不起,有点难为你了。"

袁岳摇摇头,笑着说:"您是照顾我生意,可不能这么说。是我太笨了,不过您放心,我回去肯定好好练,保证不耽误您的事。"

邓丽雯眼圈突然红了,问袁岳:"你不是也觉得我特傻?人都没了,办个婚礼有什么用?!"

袁岳一时语塞,犹豫了一下,还是安慰她:"不能这么说。不怕您笑话,我之前还扮演过死人的侄子呢。那家老头死了,他们村子里的风俗是必须要办葬礼,可这葬礼上要是没有青年小伙子,儿子、侄子什么的出来,就等于跟一村子的人说,我们家没人!这会让村子里人瞧不起。您说,老头走都走了,死后还得被乡里乡亲的这么说,那肯定是不好。他们家女婿,就把我找去了。我在棺材跟前跪了几天几宿,参与了一整场葬礼。那个时候我就想,这些仪式虽然咱们看起来又土又俗,还挺迷信的,可是只有这么一个机会能展示活着的人给逝者的哀思了。这还得办,那是办给活人看的。您这婚礼虽然跟那个不一样,可是我懂,您心里特爱一个人,那肯定是过不去的。就是,我这演技差点,不知道能不能让您满意。"

邓丽雯吸溜了一下鼻子,袁岳又赶快递上一张纸巾。邓丽雯接过纸巾,擦擦鼻头,说:"我就是心里过不去。李楠走得特别突然,本来我们是约好了要领证结婚的,结果他工作突然出现变动,要出去驻外半年。我就特生气。我说婚庆公司也找好了,饭店也订了,你非得这个时候走,你什么意思啊?不想结婚就直说!他就跟我解释,就是那种,特别低三下四地哄着我你能明白吗?他就一直哄我,说真的不是不想结,是单位领导跟他谈了,特别急,只能他去处理,就在韩国,也不远。他还说,要么呢,我去韩国和他旅行结婚;要么,就是他到了预定时间赶回来。我还不依不饶,说凭什么把这么多活都扔给我一个人啊!说好了都应该是他管的,他又哄我,说他先欠着,等他回来再赔我一个完整的蜜月旅行。可是谁能想到啊,人刚到韩国没多久就出事了。我开车把他送到机场,再见到他,就是一个小盒子了……"

邓丽雯一手握着咖啡杯,一手捂着脸,忍不住哭起来,肩膀抖动、身子小小地抽搐，看的袁岳都心疼。眼前这个姑娘跟自己素不相识，不过是个客户，可此情此景，怎么能不让人动容！

袁岳对邓丽雯说："您放心，一个星期之内，我保证把舞练好。您在婚礼上还有什么要求，比如，你们当时有过什么约定，要说什么话，让我念什么稿子，我都行。哪怕不吃不睡，我也把词儿记牢。"

袁岳的雄心壮志在第二天清早就被拦截了。不是他意志薄弱，而是一个老太太，直接把他堵在了舞蹈教室门外。老太太衣着光鲜，脸上画着淡妆，皱纹被有效遮挡，身上穿着长款的廓形薄大衣，脖子上没有五颜六色的丝巾，一看便不是寻常的广场舞大妈。

光鲜大妈一脸戾气，指着袁岳："你搞什么搞？"

袁岳被问懵了，反问："阿姨您是谁啊？"

大妈气势汹汹："你连我是谁都不晓得，你就搞我女儿？！"

袁岳吓得心脏仿佛骤停了一下！他结结巴巴地说："啊……阿姨……我真没有！我都不知道您女儿是谁啊……"

光鲜大妈虽然外表严格有别于广场舞大妈，但声音声调语气表情却与之同根同源："我女儿？我女儿姓邓！"

闹市里永远不乏喜看热闹的围观者。哪怕前一分钟他们还各怀心事，行色匆匆地在大街上奔忙，要急火火地奔赴下一站去讨生活，但是他们的眼睛和耳朵又游离在大脑思绪之外。外界的任何一点风吹草动都能让他们的脚步停下来。不管是在十米开外、五十米开外;也不管是在马路对面、绿地另一头,他们都能使用一系列共同的动作:捕捉到异动,急停,闻声寻找,观望,和周围的看客互动,探求或脑补真相,兴奋或者不甘心,依依不舍地离去……

光鲜大妈在朝着袁岳怒吼出第一声的时候,袁岳就注意到了身边有急停的脚步,有谜一样的目光。袁岳苍白又紧急地辩解着:"您是邓女士的母亲?我和邓女士什么关系都没有啊……"

"没有?!那你们在这里做什么?搂着我女儿跳舞是什么意思?"

"那是……"就在即将吐露实情的一瞬间,袁岳敏感地意识到了还有一种可能,邓丽雯没有把筹备婚礼的事告诉父母,或者,她的家人根本就反对她即将要进行的这场婚礼。

袁岳迅速地思想斗争了一下,决定首先还是要保证客户的隐私。他结结巴巴地解释:"我是健身教练,我们做舞蹈训练……"

在如此紧张的情形之下,这句半真半假的话,是袁岳能说出的自认为最得体的解释了。

"训什么练?!侬以为我不晓得,我女儿闹什么侬以为我不知道的呀!"光鲜大妈一着急,口音也带出来了。本应该是吴侬软语,可生生变了腔调。

袁岳可怜巴巴地说:"我真是陪她练习跳舞的……"

光鲜大妈步步紧逼,话锋一转,对袁岳说:"小伙子,我看你样貌还好,蛮清秀的,看起来也像是个正经人,怎么做起这种差事啊?你晓得我家雯雯找你做什么对吧?你不要装啦!我可告诉你呀,我家雯雯的毛头女婿是被车撞死的。你要是陪她胡闹,搞这个死人婚礼,阿姨可不是吓唬你呀,你想想看,以后出门你也要多小心哎!我要是你呀小伙子,我赶紧走掉了!"

袁岳站在光鲜大妈面前,一个劲儿深呼吸。

大妈不依不饶,还在指指点点,看热闹的人已经把袁岳和大妈形成了合围之势。天气小冷,大概有二三级的北风在吹,说不上凛冽可刮在脸上还是嗖嗖的。可袁岳明显觉得自己腋下湿了。

一个姑娘扒拉开人群挤进来,又急又气地拽起光鲜大妈的胳膊,压低了声音可又是在嚷:"妈!你在这儿干嘛?你来干什么?"

光鲜大妈怒气冲冲:"我来做什么?我再不来你就要嫁给死人了好吧?!李楠再好他已经走了,妈妈只有你这么一个女儿,能不能不要让妈妈伤心啊!妈妈还要你养老啊!"

姑娘——就是邓丽雯,伤感地推着她妈肩膀,想把她带进健身房里,好歹那里是封闭的,不用暴露在这众目睽睽之下。

光鲜大妈执拗地用肩膀挣脱了女儿的手,指着袁岳的鼻子问女儿:"他是不是你找来的替身?你要和他办婚礼也行。你俩现在就去街道把结婚证领了。你们真的结婚,婚礼你怎么办都行……"

袁岳脖子都凉了,鼻子下面是寒风吹的鼻涕水,把人中搞得潮湿乎乎,脖颈子也阵阵发凉,那是出了一层又一层的冷汗。

"妈!你别胡闹!"邓丽雯也不收声了,顾不得大庭广众下的形象,径直喊出来。

光鲜大妈突然流下眼泪来,哽咽抽泣,语不成句地说着女儿:"妈妈怎么胡闹了?妈妈这还不是为了你!你让大家评评理,男朋友去世了还要办婚礼,是妈妈胡闹还是你在胡闹啊!"袁岳尴尬地不知道该做什么、说什么,光鲜大妈又冲袁岳来了:"你啊你!我女儿付你多少钱?你给我退回来,一分不能少!这样的黑心钱也赚,你不怕夜里有鬼来拍门啊!"

围观观众立刻把目光指向了袁岳,指指点点,交头接耳。

看着哽咽抽泣的母女俩,再怎么吵都是一家人的母女俩,袁岳觉得,自己才应该是大哭的那一个。

24

袁岳把聂星打在自己卡里的钱取出来,塞进信封。他把信封送交到聂星面前的时候,做好了退租的准备。大不了就接着去住城乡接合部。

聂星正急匆匆地要出门,在办公室门口被袁岳堵住,捏起信封,问:"这什么?"

袁岳看见聂星身边簇拥的好几个人,就明白现在不是阐述问题的好时机,只得吞吞吐吐地说:"那个……邓女士的项目,可能要取消,这是我给您的退款。"

聂星把信封扔回袁岳手里,说:"不行!"

袁岳有点着急:"她妈都把我给骂傻了,怎么不行?"

聂星站住,问:"邓丽雯骂你了吗?邓丽雯说不干了吗?如果邓丽雯没有说终止项目,而你擅自终止,这属于违约。不仅要退钱,还要赔付。你想好了?"

聂星的语速跟连珠炮似的,容不得袁岳做出反应。聂星说完就走了,脚步迈得大,让她身边的几个人要小跑着才能跟上。难为她还穿着五厘米高的高跟鞋。

袁岳只好重新把卡揣回自己兜里。退钱可以，赔付坚决不行。袁岳一咬牙，准备去舞蹈教室接着练舞，可人刚走到楼下，聂星的助理静静就冲过来，拉着他的胳膊说："聂总让你来一下。"

去哪？静静没说，而是径直把他推进了大门口的一辆奔驰里。

车发动后，袁岳半开玩笑地问坐在前面副驾驶的静静："不是要绑架我吧？"

静静从后视镜里看了他一眼，撇着嘴说："绑你有人来赎吗？"

"嘿！就说我没钱吧，也不能这样吧……"袁岳抗议。

静静扶额，手肘支在车窗下沿，叹口气说："袁先生啊，我求求你，以后聂总让你干什么干就是了，她给你的报酬很合理，你又需要钱。你就别拧巴了，就当是我们公司花钱购买服务，你作为乙方，拿了钱，提供等值服务就好。别总是来找她说这说那，你每次说完了，不是该做还得做吗？只不过是给我们这些人凭空增添了许多麻烦。"

袁岳不爱听了，反驳道："我给您增添什么麻烦了？"

静静拧过身子，看着袁岳，说："本来此时我应该出现在建委，我包里有一摞资料和等待审批的手续要办。这些手续，早一天批复，我们就早一天可以申请贷款，就早一天可以开工……你知道地产公司的'一天'值多少钱？现在好了，只要你来，聂总无论多忙都要接待你，然后还要我具体负责……"

"停！"袁岳真是受不了了，宰相门房五品官，有钱也不能这么看不起人吧？"聂总什么时候接待我了？我也不知道具体负责我什么？我没这要求啊？！"

"聂总跟你说话了，就是接待你了。我现在就被要求来负责你。具体负责什么，我不方便说，因为聂总没有吩咐。我把你送到地方，我……"

袁岳打断静静："我不想去，也不知道去干什么。你送不送都行，你也别为我耽误了成千上万的买卖。"

车停了，静静跳下来，拉开袁岳车门，说："我负责把你送到这里。聂总的原话是，让你等她。我相信袁先生是成年人，应该能听懂，我就不耽搁了，得赶快去建委。"

袁岳环顾四周，竟是来到一处庄园，有绿地，有酒店，好像还有酒庄。有工作人员在布置会场，搬桌子搬椅子，还有花篮和气球。

袁岳问："这是？"

静静忙着用手机回信息，也不理他。袁岳张望踱步，突然一个声音叫他："你过来！"

静静先抬头，看见了聂星。她有点惊讶，问："聂总，我还给您发信息呢，您这么快？"

聂星答非所问地说："我把见面会临时改在这里了。你赶紧忙去吧。"

静静又跳上车,一溜烟地走了。

聂星看着袁岳,说:"你跟我来。"

袁岳跟在聂星身后,保持着几十厘米的距离,聂星带着他往建得像城堡一样的酒店里走。袁岳没什么好气儿,可又不得不小心翼翼,问聂星:"我能说话吗聂总?"

聂星脚步不停,说:"这是邓丽雯要办婚礼的地方。你先熟悉一下。"

袁岳心里"啊"了一下,问:"邓女士呢?"

"哄她妈呢。哄好了就来。"

袁岳跟着聂星走进酒店大堂,婚礼就在这里办。得有四层楼高的挑空大堂,已经被灰蓝色的气球装饰填满了。色调是蓝色与白色,神圣之中带着些哀伤。大堂的接待处被撤掉,换成了一处高台,背景居然是一块大屏幕。音像师正在调试视频,循环播放着邓丽雯和李楠的合影。他们去过欧洲、美国,滑过雪、爬过山。他们看过海上日出,他们逗过深海鱼群。他们曾经是一对鸳鸯眷侣,现在却天人两隔。

袁岳第一次看见李楠的样子。笑容明媚,帅气高大。邓丽雯站在他身边,显得娇小柔弱。这个男人,不管在哪里、在哪张照片中,都紧紧地拉着身边的女人。他们或是手牵着手,或是肩靠着肩,邓丽雯的脸上永远挂着甜蜜的笑容。和袁岳认识的那个姑娘判若两人。

袁岳忍不住问聂星:"真的要这么做吗?"

聂星也在盯着大屏幕看，她明白袁岳在想什么，她反问他："不然呢？"

袁岳代入地想着，自己要代替李楠站在邓丽雯身边，要以"李楠"之名完成这场婚礼，要给邓丽雯戴上那枚婚戒。可是，自己终究不是李楠。戴上婚戒后的邓丽雯只会沉浸在更暗黑的深渊里无法自拔吧。邓丽雯她妈的愤怒可以理解。一场活人和死人的婚礼，这要是办完了，邓丽雯还嫁的出去吗……

袁岳说："聂总您要真是邓女士好朋友，就劝劝她吧。我真的觉得不对劲。我怎么装也不是李楠，代替不了他。婚礼之后邓女士怎么办？我不相信她能走出来。那不是越陷越深吗？她不会从此就出家了吧？"

聂星皱着眉毛瞪了袁岳一眼，说："你以为都像你那么心眼小！"

袁岳也不争辩，拉着聂星就往台上走。大屏幕继续放着邓丽雯和李楠的亲密合影，袁岳还嫌气氛不够，喊音响师："麻烦您把声音调大一点。"

聂星不解，从袁岳手里挣脱自己的胳膊，骂他："你神经病啊，干什么？"

袁岳也不解释，拉着聂星不由分说就站在了台中央。音响师不知道他们是谁和谁，只知道今天要调试音响，有人走台。仪式的背景音乐正式开启，还有人适时地搬上来一只带杆话筒。袁岳也不怯场，立刻站在话筒跟前，一秒钟戏精附体。他把话筒转了转方向,对着身边的聂星说:"今天我要隆重地向大家介绍这个姑娘。她是我要一辈子尽心去呵护的那个人。她陪着我走过一段并不漫长的岁月,他让我认识了人间的美好,认识了生活的意义。她的笑容明艳动人,她的声音清脆爽朗。她是我自我怀疑时的明灯,她是我懈怠慵懒时的小鞭子。我愿意做她的一只猫,每天都在她的身边,静静地陪着她。我喜欢她做的饭,哪怕是黑暗料理,我也愿意吃个精光。我喜欢她插的花,哪怕是狗尾草在她手中也变得生机勃勃。我要给她一个完美的婚礼,如果这一次不完美,我愿意每隔三年、五年、十年再娶她一次。我一辈子只愿意娶你!对,我愿意,我必须愿意,一辈子守护你、爱你,你今天一定一定要嫁给我!"

这是"李楠"的词,是邓丽雯交给袁岳的,据说,是李楠偷偷写好,要在婚礼上给邓丽雯的惊喜。可惜呀,人去世了之后,邓丽雯在他的遗物中才看到这张纸。交给袁岳的时候,纸的边角都有些皱了,应该是打湿之后又展平的。打湿这张纸的一定是邓丽雯的泪水吧。

袁岳当时并没敢接这张纸,而是把文字拍下来,牢牢记住。这几句话,在袁岳的脑子里,翻来覆去地背诵了很多遍。每背诵一次,袁岳心里就难过一次。老天爷不开眼,非要拆散有情人。这种生死之痛,邓丽雯要在婚礼上再承受一次,这是自虐啊!

聂星并不知道这段文字的存在。她在没有丝毫心理准备的情况下听到了袁岳用款款深情表达的寥寥数语，随即泪奔。

聂星的反应一点都不让袁岳意外。袁岳说完词就看着聂星，把自己当做李楠，把她当做邓丽雯。聂星没有"演戏"的概念，所有的反应都是真实的、没有控制的。她听完了，身体微微摇晃，随即眼泪就如同涌泉一样喷薄而出。她鼻涕一把眼泪一把，手里只有手机，她蹲下来哭，扶着话筒杆，话筒杆摇摇晃晃，几乎要倒了。袁岳也蹲下来，聂星狼狈地用手背擦着鼻涕眼泪。袁岳从兜里摸出纸巾递过来，被聂星擤了鼻子之后，还不行，干脆就扯着他的运动衫衣领子，把五官埋了进去，肩膀抽搐，哭个不止。

袁岳只好拍拍她的肩膀，低声说："你看，你都哭成这样，邓女士那天还不得哭晕过去？还交换戒指？还要跳舞？根本进行不下去的。亲友来了也得跟着哭，这不又让人参加一次追悼会吗？"

袁岳只顾着悲痛不已的聂星，没注意邓丽雯已经不知道何时走了进来。场上场下的工作人员都沉浸在袁岳代入的情绪里，谁也没留意现场出现的这位女士。

只有一个服务员看见了邓丽雯，看见了脸色煞白，泪如泉涌的这个姑娘。服务员吓坏了，想问还没来得及问出口，邓丽雯已经瘫倒在地上。服务员大喊："小姐，您没事吧？"

25

邓丽雯从医院出来后，取消了酒店预订，但还是穿上了婚纱。聂星和几个闺蜜陪着她，袁岳也被叫来"服务"。五六个人，簇拥着邓丽雯，径直到了墓地。

寒风瑟瑟，邓丽雯穿着婚纱，披着黑色的长羽绒服，手里捧着一束百合花球。她站在李楠墓碑前，身子因为羸弱而摇摇晃晃，风吹的纱裙一角轻舞飞扬。聂星在她身后，帮忙牵着婚纱的尾翼。几个姑娘轻轻啜泣，只有聂星，面色凝重。

李楠的墓地在第二层，袁岳被叮嘱站在第一层的台阶上，远远地看着，邓丽雯对着李楠的墓碑说着说着，便蹲了下去，身体不能支持。聂星从后面吃力地架着她，另外两个女孩也过来帮忙。袁岳犹豫了一下，还是迈大步跑上来，不由分说地从聂星身边帮忙扶着邓丽雯，分担了聂星胳膊上的负担。

邓丽雯哭着说："对不起，我要走了。以后我会在心里好好想你，你要在天上看着我，我替你好好活着……"

袁岳和聂星合力把邓丽雯塞上车。两个人站在墓园的大门口，看着邓丽雯远去，聂星低头看看手上，居然还拿着粉蓝色的花球。

聂星开车带着袁岳回市区,袁岳又掏出一个信封来,放在前挡风玻璃下边。聂星瞟了一眼,问:"什么?"

袁岳说:"我把您给我的钱取出来了,这项目没做完,我不能收这个钱。"

聂星目视前方,说:"这次毁约的是我们,按照合同约定,我们不再付尾款,但是之前交付的费用,你也不必退还。你收起来吧。放在车上这是给我招贼呢!"

袁岳有点尴尬地又把信封放回兜里。

车里冷场。聂星看着前面十字路口的红绿灯由绿变黄,一脚刹车踩下去,没防备的袁岳直接把额头磕在前挡风玻璃上。车站住了,袁岳的上身在强大的惯性中回弹到座椅靠背。袁岳揉着脑门,咧着嘴。聂星不得不扭过头看着他,额头红了一块,嘴角撇着,露着牙,嘴里还倒吸着"丝丝"凉气。聂星忍不住"噗嗤"笑出了声。她的笑容一点不收敛,让袁岳的表情又尴尬了几分。袁岳试图控制住自己的动作和表情,无奈脑门上真疼,疼得都发热了。

聂星开始的声音动作都还小,不承想越笑声音越大,身体还带感,前仰后合的,捂着嘴巴干脆趴在了方向盘上。信号灯变色了,聂星顾着笑,袁岳顾着揉,彼此还看着对方,谁也没看见外面的灯。后面的车不干了,一个劲儿按喇叭催,聂星才重新启动汽车,控制住自己身体,踩住油门前行。

袁岳等她表情恢复自然了,才不高兴地问她:"有这么夸张吗?好歹应该说一声'对不起'吧?"

刚刚褪下去的笑容又趴回了聂星的嘴角,她笑着说:"对对对!是我没注意,好久不开车了,对不起啊!不过我真的没夸张,是你太夸张了。真有这么疼吗?你眼圈都红了,委屈巴巴的,跟网上那只橘猫的表情包似的!呵呵呵,实在太像了。要不是开着车我一定给你拍下来,拿回去给聂胜男看看。"

"啊?为什么要给她看?"

"让她也看看,她崇拜喜欢的男人也有脆弱的时候,省得她一天到晚念叨你。"

这么一说,袁岳还真有点想那小丫头了。

聂星一脚油踩到底,把袁岳直接拉进了夜店。袁岳吓一跳,还没来得及说话,聂星带点蔑视的眼神就又飘过来了,说:"你哆嗦什么?我又不把你卖了。你不是收了我的钱觉得不好意思吗,那请我喝两杯吧。"聂星说得挺大声,招得夜店门口进进出出的红男绿女直看他俩。袁岳越听这话越不对味儿,全是歧义。

聂星不管这么多。看样子,她是轻车熟路。径直往里走不说,坐的位置都像是老地方。不用菜单,直接说了个名字,服务生就把威士忌和果盘端了上来。在昏暗的灯光和躁动的音乐里,聂星端起面前的玻璃小酒杯把里面的黄色液体一饮而尽。她对袁岳大声说:"今天我高兴!"

袁岳不明白聂星有什么可高兴的。刚从墓园回来,被冻得半死,眼看着闺蜜哭得都快晕了。她有什么可高兴的!

聂星面前摆了一排粗口玻璃酒杯。聂星一仰脖子,第二杯又下肚了。她看着袁岳笑:"你不喝啊?"

袁岳问:"你喝完了车怎么办?"

聂星"啪"地一下,把车钥匙拍在桌子上,说:"你拿着,一会儿开走,明天帮我开公司来啊!"

袁岳胆怯地说:"我那个车本吧,自从考完了就没用过。你敢让我开?"

聂星又拿起一杯,说:"我有什么不敢的?"

袁岳按住她正要举杯的手,说:"聂总,我不知道你酒量如何。但是保险起见,你现在能不能先给你助理打一个电话,让她来接你……"

聂星手一挥,说:"不用!你放心,你不敢开就叫个代驾,我不会讹你的。"

看着袁岳在高频闪动的眩光下紧张兮兮的表情,聂星忍不住又笑了,给袁岳面前推过来一杯酒,说:"都说了叫代驾,你也来一杯!哎呀,不用你请客,瞧把你给吓的。没来过还是没喝过?试一下死不了人。"

袁岳端起来抿了一口。聂星眯着眼看着他,问:"怎么样?"

袁岳摇摇头,老实地说:"我喝不出来。"

聂星从沙发的另一端，端着一杯酒，绕过来，一屁股坐在袁岳身边。袁岳本能地往另一侧挪了挪。聂星瞪着袁岳，说："干嘛？怕我？"

袁岳紧张地说："不是不是。就是，礼貌……"

聂星扯下自己脑后的发圈，白天一直束在脑后的高马尾瞬间披散下来，柔顺的黑发立刻如同瀑布一样，遮住了聂星的耳朵。一股清香味道被袁岳嗅到，虽然和空气中浓烈的酒气混淆在一起，但还是很容易被嗅觉识别、捕捉。分辨与寻找美好的感受，应该是人类五官的本能。

聂星端着酒杯，眼神已经有些缥缈。她开心地笑着，问袁岳："你是不是觉得我有病？从坟地回来这么开心？！我告诉你啊，我和丽雯儿认识十几年了，我是头一回看见她哭成这样。你不是也看见了吗？她那眼睛都哭成桃儿了。"

袁岳幽幽地问："你们俩是亲闺蜜吗？她哭你这么高兴。"

聂星又喝了一口，不过这回没干，只是抿了一口。她笑着说："你不懂！她哭成这样，才说明她走出来了。你是没见过、不知道，李楠出事的时候，丽雯儿一滴眼泪都没掉，跟她正常的时候就像换了一个人似的。她那个李楠，把她给宠的，衣来伸手、饭来张口，她说跟李楠吵架，那叫吵架吗，那就是撒娇，要我说就是被李楠惯的，作！我刚说完她'身在福中不知福'，李楠就没了，我真担心她也不活了。她要是哭得寻死觅活我还能理解，可她偏偏没有啊！一滴眼泪都不掉，活活把她妈给吓死了。我就觉得她肯定是憋大招呢，然后就被我说中，非要搞这个婚礼。我能说什么？劝、拦着，她就要去死，你说我怎么办？还好有你啊。你跟他们家李楠长得还真有点像。没想到你还真不是无良奸商，也没见钱眼开，你也算是把丽雯儿救了。她哭成那样才是解脱了。我了解她。从此以后就忘了李楠是不可能的，可她总归能回家过正常日子了。袁岳，你呢，虽然演技差，不过良心还有，之前小瞧你了。来，走一个吧！"

袁岳没有接聂星眯起眼睛递过来的这杯酒。在他看来，眼下的聂星聂总依然没有收敛对自己的俯视，那高高在上的姿态和调侃的语气让袁岳感到不爽。袁岳冷冰冰地表达着自己的态度："我这人是缺钱，但是我一直没缺过良心。聂总，你要是没什么事我先走了。我和您之间，没熟到可以一起喝酒聊天的地步。"

袁岳起身就走。聂星在背后重重把手里的酒杯墩在桌子上，吼他："你给我站住！"袁岳生气地转过头，很想和这个自大无礼的女人吵一架。可袁岳看见的是一张委屈巴巴的脸，是一双正在掉眼泪的、水汪汪的大眼睛，跟聂胜男的哭脸儿简直是一个模子里刻出来的。

袁岳这辈子最看不得女人哭。

聂星在很短的时间里喝了好几杯烈酒，酒精正在她的身体里发生化学变化。她的呼吸开始急促，心跳已经加快，思维出现混乱。她带着哭腔说："你……你怎么跟聂胜男一个德行？

说翻脸就翻脸。她……她比我小，我生的，我得让着她……你呢？你怎么就不知道让着我？你是男的我是女的，你凭什么不让着我……"

袁岳看出聂星明显是醉了。他要是走了，把一个喝的五迷三道的单身姑娘单独留在这个地方，他心里无论如何是过不去的。夜店里会发生什么，他没经历过，但是不难想象出最坏的结果。他只好坐回来，心里说："算我欠你的。"

聂星一手端着酒杯，一手指着袁岳，哭咧咧地指责他："你真讨厌！我今天本来这么高兴，你把我弄得这么不高兴！你说你错了，你给我道歉！"

袁岳强压怒火，说："我错了。我给你道歉。"

聂星咄咄逼人："你错哪儿了？"

袁岳都快骂人了，可还是忍着火气说："我不应该惹你不高兴。"

聂星还问："那你以后改不改？"

袁岳掐着自己的大腿，强迫自己拿出好态度说："我改。我再也不了。聂总你看我表现吧……"

聂星这才一笑，说："这还差不多。可是……可是我还是伤心！你真讨厌……怎么我认识你以后老哭啊……我停不下来……"然后，聂星就趴在袁岳的肩头，用他的衣服领子狠狠地擦着自己的鼻涕眼泪。袁岳想把她从自己身上拽下来，可根本没用，她两只胳膊紧紧钩住袁岳的脖子，手里的半杯酒全洒在了袁岳的脖领子里,袁岳从头到脚激灵了一下子。聂星开始哭,比聂胜男悬在窗户外面的时候哭得还凶狠。不依不饶,完全不能停止。仿佛就是在故意惩罚袁岳,像小孩子一样哭给他看,用哭声彻底扰乱他的心绪。

26

聂星手里的酒杯空了,不是喝掉了,是全都倒在了袁岳的衣领子里。袁岳清楚地感觉到,一行冰冷的液体,顺着脖颈子、后背、腰,一直流到屁股上。内裤顿时湿了一片。

袁岳这个气啊。桌子上除了没喝完的酒,还有一个小冰桶,里面有冰块。袁岳扒拉不开聂星的手,她双手交叉环绕在自己脖子上,整个人都瘫软了。袁岳探着上身,伸手从冰桶里拿出两粒冰块,直接贴在了聂星的耳朵和脖子之间。这样的恶作剧在大学宿舍里经常上演。袁岳自己喝多的时候,同宿舍的兄弟们就用冰碴子这么给他醒过酒。当然其他人喝多了袁岳也这么干。不过那个时候没有冰块,大家用的最多的是大学校园水房里因为漏水冻成的冰坨。

聂星一激灵,没防备地一昂头,头顶"铛"地一下撞到了袁岳的鼻头,袁岳当时眼泪就下来了,酸痛的感觉直冲脑门。袁岳手一抖,剩下的冰块全都掉落在了自己大腿上。透心凉。

袁岳的愤怒无法言表,他再也不想压制自己的脾气了。他使劲去拆解聂星环绕在自己脖子上的两只手,低声嘟囔着:"什么人啊？！遇见你就没好事……烦死了，你把手松开！"

聂星迷迷糊糊地把自己的额头贴在了袁岳的腮帮子上，低声说："对不起……"

袁岳不会因为这三个字就消气，他任性地说："对不起好使吗？说对不起就行了？你松手，你是谁啊跟我这么搂搂抱抱的！"

聂星仍然执着地说着："对不起……对不起……"

又有一股液体顺着袁岳的腮帮子往下流，不过这次是热的。聂星哭了。

袁岳觉得自己的心好像被揪了一下，嘴上还在说："你少来这套，对我哭也不好使，别讹上我啊。"但是双手却停下来，没有再去使劲掰聂星勾着自己脖子的手。

聂星流下眼泪，但是并没有像刚才那样号啕痛哭。按说她的情绪和刚才比已经稳定了很多，但是不知道为什么，袁岳看着她闭着眼睛默默流泪的样子更难受。聂星嘀咕着："对不起，我不应该跟你任性分手……我对不起你，也对不起男男。"

袁岳再傻也听得出来，这话和自己没关系，聂星是真喝多了，把自己认错了。

聂星嘀嘀咕咕、断断续续、自顾自地说着："你一直让着我的，你说，你为什么要这么做？我跟你发脾气，你说我啊！你就说，'聂星你不许无理取闹……'就好了呀！你看你又不说我，我发脾气你就哄着我，我当然就习惯啦。你哄我啊！我跟你吵架那不是因为我心情不好吗?我念书念累了,念的这么辛苦,我爸又天天让我回家……人家真的好烦的!你哄我一次,就要哄我第二次嘛!为什么、为什么我气到你你就要跑去登山?不对,好像你早就定了要去登山的哈……好吧好吧我原谅你,谁让你是我喜欢的科学家……你说你,科考就科考,登山就算了吧?你又不是运动员,你爬过山吗?你爬过珠穆朗玛峰吗?你说!"

聂星说着说着就用右手食指捅了捅袁岳脖子。袁岳被她没轻没重地捅了两下,咧着嘴说:"我没爬过,没爬过。我连珠峰长什么样都没见过。"

"对嘛!"聂星仰起头、嘟着嘴冲袁岳撒娇,"你说说你,一个没爬过山的人,非要去爬,还要带着任务爬……然后怎么样?出事了吧?你干嘛非要去?还非要那天去?前一天我生你的气、对你说了难听的话,还说要分手,你还去?你怎么想的呀!我知道自己不懂事,我错了,我怎么会知道你回不来了?你是生我气吗?一定是对不对。你烦我了,再也不想见我了,你就走了,一声不吭地再也不回来哄我了,你这个傻子!你以为我没你活不了啊?你就不会硬气点儿!你也跟我吵架、吵完把我甩了,你就走,头也不回地走。我肯定不缠着你,我告诉你啊,追我的人有的是,还有好几个老外呢!你不用使这么笨的办法吧,你不用死啊!"

袁岳身子顿时僵住了。聂星是寡妇吗?

聂星的眼泪流的少了一些，声音开始沙哑："你知道丽雯儿的哈。你知道我为什么要帮她是吧？她和她们家李楠，跟咱俩多像啊。我这帮闺蜜能都一个样，你那会怎么说我来着，'白富美'是不是？我还讥笑你，我就是比你白。可是我们真的不是就会花钱的富二代啊，我想做事情，想独立。丽雯儿也这么想，她有李楠我有你。可是你……你走的那么早，你连说都不说一声，那么突然，我有没有告诉你，聂胜男都七岁了。咱们的女儿都七岁了。你知道不知道我到现在都没告诉过别人她爸爸是谁。我只跟男男说，你死了，可是她怎么就不信呢？你走了，孤零零扔下我一个，你把聂胜男放在我肚子里，你居然没告诉我一声你就走了，你怎么那么不负责任？我没有你了，我怎么能再失去她？她是我们两个人的女儿啊。你看看她现在的样子，越来越像你，她跟你一样聪明，跟你一样爱运动，跟我一样任性不讲理。我拿她怎么办？你要在多好，只有你能管她，她淘气你就揍她，听到没有？我不心疼，她一天到晚吵着找爸爸，把我烦死了，我要怎么做才能让她相信她真的没有爸爸了……"

袁岳愣在原地。他一动不敢动，任凭聂星在他身上低低啜泣，胡言乱语。聂星说几句，哭几声，时不时还用手掐一下袁岳的脖子、胸肌，掐完了还自己嘟囔："怎么不一样了？你什么时候壮实了？我怎么掐不动了？我掐你疼不疼？"

袁岳含混着回答她："不疼。你随便掐。"

聂星也想不起抬头看看，只管嘟嘟囔囔。说着说着，聂星突然想起了什么，猛地从袁岳身上掉下来，趴在桌子上，把手伸向酒杯，说："酒呢酒呢？我还没喝够呢……"

袁岳眼疾手快按住了聂星的手，低声劝她："聂总，你不能再喝了。"

聂星迷离着眼睛，看着袁岳，愠怒道："你叫我什么？你才'总'呢？你全家都'总'！"

袁岳哭笑不得，只好说："是是是，我叫错了。你不能再喝了啊。听话。"

聂星突然换了一副表情，双眼迷离但是略带笑意，眉毛展开，狡黠地裂开嘴巴，说："听话？听你的话？你让我听你的话？咦，你是谁啊？你说，你凭什么让我听你的话？"

这几句话把袁岳给问的不知道该如何作答。袁岳没喝酒，反应也够快，他转念一想，轻轻把聂星正要去拿酒杯的手拉到自己胸前，反问她："你说我是谁啊？"

聂星咧开嘴笑了，说："哈哈哈！你喝多了吧？你连自己是谁都不知道了吧！我告诉你啊，你叫司马飞。司马懿那个司马。你不是说那是你祖宗吗？怎么连这个都忘了。"

袁岳拍着聂星的手，哄着她说："对，我是司马飞。我还是你老公啊，你是不是得听老公的话呀？"

聂星一皱眉毛，生气地说："你什么时候娶我了？你才不是我老公！你跟我求婚了吗？你啥都没说就跑了，我还得给你生孩子，我生下来也不让她姓司马，谁让你不管我们的……"

袁岳由衷地叹了一口气，说："对不起。我该死……不对，我不该死，我不应该一死了之不管你们母女。这么多年，难为你了。宝贝，我真不是故意的。"

这几句话，对于袁岳来说，多少带着几分"临场发挥"的味道。他动用了自己所学过的有限的表演知识和技能，他眼下在内心深处用短暂的时间梳理了一下聂星和司马飞的人物关系，凭借着聂星的酒后呓语，揣测着他俩之间有可能发生过的故事。他不知道他们相处时用过什么样的称呼，也不知道在司马飞出事、遇难前的时间里，两个人究竟发生了什么。但是不管怎么样，袁岳理解了聂星此时此地的失态，他也忽然明白了，在今天白天的墓园里，看到邓丽雯失态的哀恸，聂星脸上的那种凛冽又心碎的表情。袁岳擅自说出了"宝贝"这个词。他对乔珊之前都没有用过。对于那个自己曾经爱过的姑娘，袁岳习惯叫她"丫头"，习惯性地把她当做一个未成年、个性刁蛮的小丫头。她的可爱与她的年龄相匹配。他们的爱情也有着保鲜期。

现在，面对这个心碎、宿醉、有故事的女人，袁岳却喊出了"宝贝"。他认定自己是代入了司马飞，替他喊出了这个称呼。但是对于聂星来说，这两个字的意味太重了。她突然睁大了双眼，瞪着袁岳，问："你叫我什么？你再叫一次！"

27

聂星一觉醒来,发现自己躺在办公室的沙发上,身上盖着的居然是本应该放在地板上、被茶几压在下面的白色毛绒地毯,手机在一边响个不停。

聂星睡眼惺忪,但是举起手机,瞭了一眼时间后,当即坐了起来。她慌慌张张地扒拉掉毯子,下意识地摸摸身上……衣服是好的,没裂口也没解扣,牛仔裤完整无损地套在自己腿上,拉链拉得严严实实。只有鞋不在脚上,在沙发边角上放着,袜子还穿着。办公室的百叶窗被放下来,遮挡住了来自外面的阳光以及外面平台的灯光。早上十点,外面都是公司正在上班的下属。如果透过落地玻璃窗看见自己董事长横七竖八地睡倒在沙发上,身上盖着一块地毯,员工们会拍下来发网上吗?

聂星翻抽屉找镜子,想看看自己什么样。转念一想,办公室里哪来的镜子?自己从来不化妆,包里也没有这东西。包呢?聂星四处张望,把地毯用穿着袜子的脚拨拉好,继续光着脚、不穿鞋,找包。

包就在自己的老板椅上挂着。车钥匙在桌子上摆着,显眼处，没遮挡。聂星想了想，把手机打开自拍这项，对着镜头审视自己，头发乱糟糟的，辫子没解开，头上像是被鸟刚做了个窝。聂星放下手机，急急忙忙把棉线围绕的粗皮筋从头上拽下来，动作有点粗暴，又扯下了好几根头发，在皮筋上缠绕着。聂星顾不得那么多，把右手手掌张开，用岔开的五指当梳子，胡乱地整理了一下头发，迅速扎成了往日的马尾辫。做完这个动作，她跑过去打开新风，又赶紧找到自己的鞋子，把两只脚先后踩进去。她抄起桌上的电话，找静静。

静静进来的时候一点都不意外，她开口就问："聂总你醒了？"

聂星警惕地品味着这句话，追问她："你知道我睡在办公室了？"

静静说："对啊！我上班时看见你门口贴着条……"静静拿出一张纸，上面是手写的字："休息勿扰"。

聂星忍不住嘟囔："看不出不是我的字吗？"

静静没听清，问："您说什么？"

聂星掩饰着，说："没事。没什么。我昨天就是太累了。上午没有什么事吧？"

静静一脸惊讶地说："您说您今天上午有事，让我把日程都调整到明天了。您忘了？"

聂星一脸懵，迅速看了一下桌上的日历，在今天的日子上，用红笔画着一个圈。聂星大喊了一句："糟了！我忘了！帮我叫司机,快!去机场。"

静静迅速打电话叫司机,还不忘问聂星:"您要飞哪啊?我要不要陪你一起?"

聂星一脸颓丧:"聂胜男肯定恨死我了。她今天回上海,外公外婆接她走。说好了我一早去送她,我居然给忘了。快快快!"

静静撇了一下嘴角,说:"男男同意了?她不会大闹机场吧?你确定她是心甘情愿去的?"

聂星本来就没底,这一问,更含糊了。她慌慌张张地要下楼,但还不忘看着静静,求助地说:"要不,你跟我一起?万一她临时要赖,我还真怕弄不了她。"

静静嘴上说着"好",可下意识地往后退了半步。聂星也含糊,不知道该怎么办。静静手机响了,是司机打来的,表示车就在楼下门口,已经就位。

静静试探地问了一句:"要不,您叫上袁先生?我看男男就服他。"

一句话提醒了聂星,对呀,昨天晚上和自己在一起的人好像就是袁岳吧。聂星慌忙掏出手机,上面居然有一条来自袁岳的未读信息,意思是聂星喝多了,袁岳只能把她送回公司,在保安的帮助下,用她身上的门卡打开办公室,将她安顿好后离开。车停在地库车位,车钥匙、包各自都放在哪里……

聂星迅速浏览了一下,急急忙忙把电话回拨过去,袁岳的声音刚刚传来，聂星就迫不及待地喊："紧急任务，求助！你在哪？陪我去一趟机场，求你了……"

不要说袁岳在电话的那一头听得一头雾水，就连身在现场的静静也觉得聂总的行为一反常态。她快速地帮助聂星拿好包，站在门口。聂星放下电话就说了一个地址，静静快速导航，两个穿着平底鞋的姑娘风一样地从聂星办公室跑出来，钻进电梯。

袁岳在小区路口刚站定，聂星的黑色房车就急停在了他跟前。车门拉开，静静的脸露出来，不由分说："袁先生快上车！"

袁岳刚迈进车子，还没坐稳，车就启动了。袁岳的身体重重地陷进商务车的座椅里。袁岳看着副驾驶聂星的后脑勺，聂总没有回头的意思。袁岳只好对着后视镜里聂星出神的眼睛说："聂总，您别哪次见我都跟要绑架我似的行吗？我身价不高，绑我也没人赎。"

聂星抬头看着后视镜里的袁岳说："不好意思袁先生，我这次还得麻烦你。聂胜男今天飞上海，我忘了，现在赶去送她……麻烦你一会儿见到她，再帮我做做工作。"

袁岳探起上身、扒着聂星的座椅靠背，说："聂总，聂胜男同意去上海了吗？她是去玩玩，还是去常住？"

聂星咬了一下嘴唇，说："我希望能让她常住。"

袁岳追问："你和她说好了吗？她自己知道吗？"

聂星不说话了。

袁岳深吸一口气,坐回自己的座椅上。静静也不言声,司机当然更不说话。袁岳忍不住地埋怨聂星:"聂总,这是您的家事,按理说我不应该多嘴。可是,以我和聂胜男的相处,以我对她不全面的了解……"

聂星回头看着袁岳:"你想说什么?"

袁岳无视静静投射给他的明确的阻止眼神,接着说:"我想说,作为聂胜男的母亲,您应该比我更清楚这么做的后果。"

聂星的脸色沉得像水潭一样。一整夜没休息好,胃里空空如也,头晕脑涨,脸没洗、牙没刷,早上一口水都没喝,全身上下哪哪都是负能量。对于昨天夜晚发生的事情,她自己说过的话,袁岳说过的话,做过的事,聂星脑子里已经呈现了断片的状态。但是有一个情境,聂星记得很清楚。她确定自己哭过了,还应该是抱着袁岳的脖子哭的。她想男男的爸爸了,那个根本不知道男男存在的人,确切地说,是没来得及知道男男存在自己就已经离世的人。她曾经的爱人。

如果没有静静和司机,聂星会揪住袁岳的脖领子,仔细问问清楚,到底昨晚上自己都说了什么做了什么。如果自己失态……还真不好说,看着今天早上自己那个狼狈的样子,十有八九已经失态了。不过袁岳还算是本分人,以聂星的判断,袁岳对自己应该是秋毫无犯。别看人一般,行为处事还算是个君子。

聂星问不了昨夜发生的事,但是对即将发生的事,她在心底是认同袁岳的判断的。不知道,不知道聂胜男会做出什么出格的举动来。但是，自己这个失败的母亲，已经对女儿完全失控。她所畅想的朋友般的、闺蜜般的亲子关系根本行不通。什么平等、什么民主，这些教育专家都是站着说话不腰疼。养一个孩子试试？成长的每一分钟都是对家长极限的挑战。快乐当然有，温暖也有，可是这里面的心酸涩楚也只有自己知道。聂星觉得自己太累了。公司不能放下手，否则对不起股东股民；女儿更不能放手。谁不愿意看着她、陪着她长大？和她分享生命中的每一天？可是，聂星做不到啊。

聂星在做出这个选择，选择让聂胜男留在自己腹中的时候，聂家父母就已经做好了这个思想准备。别说聂胜男拧，那是遗传的聂星好吗！聂星做出的决定，谁都无法更改。聂家父母早早就放下话："你想好了就生吧，生下来我们养着。"

聂星那时候听着这句话内心是有多么不服啊！可是现在呢？生活的残酷让她几乎一夜白头。聂星不缺钱。可是，养孩子仅仅用钱就行吗？聂星这个时候理解了"父亲"存在的意义。哪怕就是个吉祥物呢，那也能起点作用。

聂星反问袁岳："换了你是我，有的选吗？你告诉我，我能怎么办？"

袁岳看看静静，欲言又止。他思考了一下，郑重地说："聂总，我考虑好了，接受你和聂胜男女士的工作邀请。我同意你提出的合同条件，从今天开始，我可以担任聂胜男女士的私人教师，可以在工作时接受聂胜男监护人的监督。"静静不能相信自己的耳朵,特别没有眼力见儿地提醒了一句:"是私人助理……"

聂星看了静静一眼,静静赶忙把头转向窗外。

聂星也不能相信自己的耳朵,她问袁岳:"你真的同意?为什么?"

袁岳叹了一口气,说:"不知道。可能就是和聂胜男有缘吧。不过我也有个条件,你得答应。"

聂星似乎已经没有什么可讨论的余地了,她看着袁岳:"你说吧。"

袁岳看着聂星的眼睛,说:"把你昨天讲给我的故事,原原本本地讲给聂胜男听。"

聂星刚要习惯性反驳,袁岳一伸手,用自己的手掌在空气中阻止了她即将脱口而出的"不行",很霸道地说:"我不是商量,是要求。您想好,到了机场给我答案。"

28

聂星的思绪翻江倒海。袁岳知道了什么？她告诉了他什么？难道，他知道了什么？还是所有都知道了？

车刚停稳，聂星怯怯地问正要下车的袁岳："我都和你说什么了？我，我忘了。"

袁岳看到静静很有眼色地先走了几步，已经走到了机场10号门口。车还停在原地。袁岳拉上车门，拽住聂星的胳膊快步从停车区走到人行区。站好。袁岳对聂星说："男男的爸爸，司马飞已经去世了，对吗？"

聂星用力抿咬着下嘴唇，看着袁岳。

袁岳看到静静在焦急地看腕表。

袁岳说："告诉男男，她有权利知道。"

聂星委屈地说："我之前说过的，她不相信。"

袁岳点点头，说："那是你说的方式有问题，还是她不想相信？或者，连你都不愿意相信……你让她看看爸爸的照片，告诉她你们很相爱，然后……爸爸的死是个意外……这个，怎么说你比我清楚。我没经历过这种刻骨铭心的感情，我只是不希望聂胜男再受伤害。她就是个孩子,她刚七岁。"

静静在向袁岳打着手势,对着自己手表比画,示意要来不及了。

袁岳拉着聂星的胳膊就往候机大厅里快步行走,一边走一边说:"这件事,聂胜男要面对,聂总你也要面对。"

聂星脑子里还如翻江倒海一般。袁岳拉着她快步走入大厅,静静已经他们先一步进来了。10号门进来,一条长长的坡道,在坡道的尽头是一排排的值机柜台。在人来人往的大厅里,聂星一眼就看见自己的女儿蹲在地上,旁边站着两个面色凝重的老人。

聂星突然失去了走上前的勇气。

袁岳和聂星并排走着。聂星停止不前,袁岳看着聂星,问:"聂总,你想好了吗?"

聂胜男蹲着蹲着,身边站着的老爷子也蹲了下去,看样子是在对她说着什么。聂胜男把头埋在了膝盖里,一副把耳朵关闭的状态。老爷子伸手抚摸着她的后背,聂胜男干脆坐在了地上。

袁岳看着聂星。聂星点点头,对袁岳说:"你说的对。她应该知道她的父母是什么样的人。我已经失去了她的爸爸,不能再失去她。"

聂星快步跑了过去,袁岳没有跑,而是放慢了脚步,跟在后面走着。聂星跑到聂胜男和两位老人面前,跟老太太说着什么。袁岳看见聂胜男把头从两腿之间拿出来，仰起头来看着她妈。聂星蹲下来抚摸她头发，聂胜男并没有回应聂星的动作，而是出其不意地站起来抱住了老爷子的腰，躲到了老人的身后。

聂星的手停止在了半空中。

袁岳走了过来，看着聂星问："怎么了？"

聂星求助他说："男男不跟我回家！"

聂胜男从老人身后伸出脑袋，看见了袁岳，气哼哼地对他说："你来干嘛？"

袁岳答非所问："你要去哪？"

聂胜男的眼睛下面分明还留着泪痕，鼻子底下也还有清鼻涕。她用手背抹了一下，大声说："我要去上海了，外公外婆对我最好，我走了。"

袁岳抬头望望天，又低头看看聂胜男，说："去上海呀？哎呀，那合同我都签了，你是要毁约吗？还有啊，你走了杨迪一估计就嚣张了，你们那学校啊，只有你能治得了他。我看老师都不好使。哎你说他怎么那么没礼貌呢？你走了他会不会特别得意，觉得你是因为怕他才走的？为了躲着他？"

聂胜男从老人背后冲出来嚷："你才怕他呢！"

袁岳笑呵呵地说："我这么大的人怕小孩干什么？"

聂胜男不言语了，低着头看着自己的鞋。

聂星追着聂胜男承认错误："男男，对不起。妈妈想了很久，觉得你说的对,你不能离开妈妈,妈妈也不能离开你。以前妈妈脾气太急了,做错了很多事,从现在开始,我多拿出时间来陪你。你不用去上海,你就在北京。我们两个人一起生活。外公外婆也可以来和我们住在一起,你不用离开你的学校、朋友,一切都不用变。好吗?"

听着聂星说话,聂胜男的表情很复杂,眼珠在眼睛里滴溜溜地转。两位老人——聂胜男的外公外婆,站在那里,也帮着聂星做外孙女的工作。外婆刚刚替聂星说了一句话,聂胜男就抗议:"外婆你偏心,你向着我妈!"

外婆笑着说:"对啊!你妈妈是我女儿,我当然要向着她。你也是你妈妈的女儿,她也向着你呀。"

聂胜男不好意思了,可还是嘴硬地说:"我妈一点儿都不向着我。"

袁岳走过来,装作若无其事的样子对聂星说:"我就说吧,你家聂胜男就是霸道惯了。你对她好还不如对她不好。你看看你这当妈当的,都低三下四了,可是呢,我看她跟你还真不怎么样。前几天她还跟我说,说不想离开妈妈,原来都是假的。我看咱们这合同啊就算了,不要签了,我愿意给她当助理有什么用啊?她不乐意啊!人家要去上海啊……"袁岳一边说,一边背对着聂胜男、脸对着聂星,使劲眨眼睛,冲着聂星使眼色。

聂星看到袁岳这个样子,也立马做出了一副恍然大悟的表情,配合着他说:"这样啊!那我又错了。算了算了,我还说让你签了合同再给男男道歉，我们就开开心心留在北京了。你也可以一周五天帮我陪着她。你说的真对，我家聂胜男就是小心眼儿，就这么一点儿事，还没完了！算了算了，咱们走吧，她喜欢去上海就去吧。上海呢什么都好，就是吃不着火锅喽……"

袁岳一拍大腿："你说火锅我想起来了，城东新开了一家新派火锅，哎呀，辣得过瘾，现在中午了，我们去吃吧？"

两个人一唱一和，像是演双簧。聂星的父母能看出来女儿这是在糊弄聂胜男，可是不知道袁岳是哪一位、干什么的，静静在旁边看着，见怪不怪的样子，就是站累了，腰有点塌。三个成年人看着他们俩表演，谁都不说话。聂胜男受不了了，大喊一声："谁小心眼儿呀？！妈你不是不让我吃火锅吗？你不说那是垃圾食品吗？"

聂星还没接话，袁岳抢着说："那是因为你妈没吃过好吃的火锅。我昨天还请她吃了一顿呢，你问她，好不好吃？"

聂胜男叉着腰、出着粗气抗议："你们俩吃火锅，不带我？"

袁岳一看表，不理聂胜男，而是直接对聂星说："聂总，今天中午该你请我了，去吃吧。那家火锅辣而不燥，真的很好。"

两个人真的转身就要走。聂星还真诚地跟两位老人道别："爸妈，男男就拜托你们了，我不往里送了，过一周我去上海看你们啊。"

聂胜男冲过来拦住要走的两个人，大声说："我也要去！"

聂星看看表,两手一摊,为难地说:"哎呀,你时间可来不及,飞机马上要飞了呀。你要赶紧和外公外婆去安检了。"

聂胜男一把抓住袁岳的胳膊,仰头对袁岳说:"你不是我助理吗?你为什么不陪我?"

袁岳使劲忍住笑,说:"你去上海就不需要助理了,咱俩之间合同就不生效了。你妈正不想出钱雇我呢,你算是帮她省钱了,所以她得请客。"

聂胜男从袁岳这边跑了两步到聂星身边,又一把抱住聂星的腰,说:"妈,我不去上海了。我要回家。"

聂星为难地说:"那……外公外婆……"

聂胜男回头找两个老人,言语哀求:"外公外婆你们先回上海好不好?我放假去上海看你们。"

聂家父母走上来圆场,聂胜男推着他们去安检,嘴里还说:"你们快点走啊……"

聂家妈妈悄悄在女儿耳朵边上问了一句:"这个先生是谁啊?"

聂星一皱眉,说:"微信上说。你们赶紧走吧。一会儿她又变卦了。"

静静懂事地去送两位老人,聂胜男更加懂事地拖着自己的行李箱。袁岳笑话她:"聂小姐,我是您助理,这种事让助理干吧!"

聂胜男心情好,脑子也好,她执意自己亲力亲为,还小跑着主动去拉聂星的手,对袁岳说:"我妈才不让你当我助理呢!我妈肯定请你是来管着我的,你是来当老师的,别以为我不知道。"

聂星觉得局面可控了,停下脚步,看着紧紧贴着自己的女儿,说:"留下是留下,不过呢,咱们得约法三章。"

聂胜男被聂星严肃的表情吓到了,抗议说:"刚才你还说你错了……"

聂星缓和脸色,说:"是,我的错我要改;你也不能再像以前那样任性。袁岳叔叔从现在开始当你的课外辅导老师,你不是喜欢体育吗?袁老师会给你做一个体能训练计划。你喜欢什么运动,让他来陪你练习。但是你也有学习任务,不能偷懒。你在学校里不能闯祸。那个什么杨迪一,你不许主动挑衅他,要听老师的话。"

聂胜男一转眼睛,指着袁岳问:"他的话我也要听吗?"

聂星肯定地说:"当然了!袁老师也是老师啊。你这么喜欢他,怎么能不听他的话?"

聂胜男不依不饶地问:"那……我爸爸呢?"

聂星做了一个深呼吸,说:"回到家我告诉你所有你爸爸的事。我保证我说的每一个字都是真的,你也要答应我,听到之后不许大哭大闹。"

聂胜男不再说话,她看看聂星,又看看袁岳。袁岳拍拍她的头,说:"走吧。"

三个人默默地往外走。身边人来人往，行色匆匆。几乎没有人注意到三个人的脸色、表情和步履。三个人，只有聂胜男这个小朋友自己拖着箱子。两个成年人都各怀心事。

一个微胖的姑娘从后面快步跟上三个人的脚步。她犹豫着跟在三人后面，迟疑着要不要超过去。三个人一条直线平行着走。聂胜男一只手在聂星手里，一只手拖着箱子，但是手在袁岳手里握着。在旁人看来，这是标准的一家三口。

微胖的姑娘终于没忍住，从袁岳身边小跑了两步，绕到了三个人前面，直接逼停了他们的步子。袁岳被迎面撞过来的这张脸吓了一跳，忍不住叫出了姑娘的名字："乔珊？！"

乔珊胖了，虽然微胖，但也是胖了。自从袁岳又一次不辞而别，乔珊觉得自己哭够了，不想再和这个狼心狗肺的男人有一丝一毫的牵扯。她和闺蜜们控诉袁岳。大家好心地劝她，这个男人应该是跑路了，欠了一屁股债，他不见你、不理你是为你好，你就把这个人忘了吧。

乔珊把手机通讯录里袁岳的名字改了，原来是"亲"，现在是"渣"。"人渣"的"渣"。

乔珊今天来机场接公司的一个客户，没想到人到了机场才接到那边航班取消的消息。航班改到明天，乔珊只好打道回府，回府前居然在机场遇到了袁岳"一家三口"。

乔珊忘记了袁岳已经和自己分手的事实。她指着聂星问袁岳："她是谁？"还有聂胜男，她也要问："这小孩是谁？你跑哪去了？你是跑路了还是被抓起来了？你为什么又跑？她俩跟你什么关系？"

聂星的表情顿时警惕起来。

袁岳赶紧放下聂胜男的手，拉着乔珊的胳膊往外走，说："我回头跟你解释。这是我的工作。我在上班。"

乔珊一把挣脱开袁岳的手，反问他："就是说你没跑路？你也没有危险？那你为什么不要我了？"

袁岳觉得之前喜欢上的乔珊的任性到了此时此刻都变成了令人沮丧和灰心的缺点。任性要分场合，要看对方的心情。现在显然二者都不合适。

袁岳不好直接说什么，只能低三下四地解释："对不起乔珊，我觉得我已经说的够清楚了。咱们两个不合适，必须分手。我做的说的都很明确了。我没有违法犯罪，只是不想连累你陪我受苦。后来在我一个人的时候我也真的想清楚了，即使没有眼前的困难，咱们两个人也不合适，分手是迟早的事。对不起，我还有工作要做。"

袁岳说完就疾步走到聂胜男和聂星跟前，对聂星说："抱歉了聂总，这是我的一点私事，回去再向您解释。"

聂星一脸"跟我无关，我不关心"的样子。

可是乔珊并不想就此罢手。她紧跟着跑过来，似乎要证实自己的猜测，追着袁岳问："你是为了她俩离开我的吗？她们到底是谁？"问完袁岳还不甘心，追问聂星："你到底是谁？袁岳是你什么人?"

聂星脸上的表情说明了自己对此情此景的厌恶。她皱眉，领着聂胜男就往外走，根本不打算处理眼前的状况。但是聂胜男突然有了反应。她放开聂星的手，跑回来重新拉起袁岳，要袁岳跟自己走。乔珊拦着袁岳和聂胜男，聂胜男大声回答乔珊："袁岳是我爸爸！"

一记响亮的光，来自乔珊，重重地打在了袁岳脸上。这是乔珊第一次打人，但是她打得一点都不胆怯，她眼泪飞奔而出，咬着牙对袁岳说："骗子！"

29

聂星可以不关心袁岳的私事，但是不能无视网上流言。

乔珊自己也没想到，那一耳光下去，自己并没有出口恶气，反而被围观的人拍摄下来、发布到了网上。在发布的视频中，袁岳、乔珊、聂星，还有聂胜男都出现在了镜头里。

聂星平时没时间在网上逛，聂胜男没有单独使用电脑的权力，袁岳是第一个看到的，他没有太多理会。他的逻辑思路很明确，自己不是什么名门显贵，不具备上热搜的能力。

袁岳低估了网络暴力。他可以不在意，但是在视频传播发酵的第三天，聂星就被董事会约谈了。聂星不得不努力澄清自己和袁岳之间的关系——确切地说，是根本没有关系。

董事会的态度很明确，不能因为一些莫须有的事件影响到公司董事长的形象，并导致股价波动。聂星在这个位置上，就要对公司和股东负责。

聂星已经很久都没有过当下的感觉了。那是一种无力感，对生活的不能掌握的失控感。这一次，聂星并没有愤怒，她忽然发现自己已经很疲惫了，疲惫到懒得去生气、懒得去争执、懒得去辩解。她很清楚自己要做出选择。她不怪袁岳，这本来就是这个男人的私事，跟自己无关，自己也没有介入的兴趣。但是袁岳给予了自己女儿快乐，这是眼下她这个妈妈给不了女儿的。

当董事长又怎么样？执掌着一家上市地产公司又怎么样？在岌岌可危的经济寒冬中，不是只有袁岳在经历创业失败的痛楚，聂星在寒冬到来之前敏锐地嗅到了一丝气息，在稳健的前行中低调地控制着企业的速度。她的做法一度被大股东们质疑，认为她和所有女性领导者一样，内心深处有着胆怯和不确定性。那个时候的聂星也懒于争辩。她用企业的报表回答了质疑的声音。聂星不胆怯，也不龟缩，只是在商场的拼争中带着一丝敬畏心。换句话说，聂星始终知道并了解自己和这家企业究竟有几斤几两。

聂星不断用企业的结果证明着自己的决断，董事会对聂星的信任日渐牢固，却在这个时候看到了这样一幕。

在和聂星谈话快结束的时候，几个岁数不小的大股东坐在长会议桌的对面，一个已经谢顶的中年男子拍了一下巴掌，几个工作人员推着一辆小餐车进到了会议室。餐车上只有一个点着蜡烛的蛋糕。正方形的蛋糕应该是来自著名的西餐厅，用纯奶油制成的花朵精致剔透，太过精美而让人忘记了这本该是入口的食物。一支蜡烛摇曳着烛光，忽闪忽闪、弱不禁风，远远一口气吹来肯定是能被吹灭的。

蜡烛只有一支，蛋糕上却用巧克力酱挤出了一个数字"40"。

看见它，聂星嘴角微微一笑，是啊，今年自己已经四十岁了。这个数字，除了聂星自己，旁人并不敏感。尤其在袁岳眼中，聂胜男她妈看不出岁数，脸上的表情像高原天气一样变幻莫测，任性、执拗、果断、狡黠……随意切换，没有征兆。但是在绝大多数时间里，聂星的脸上是没有表情的。没有喜怒哀乐的好处，就是能够掩饰住眼角细碎的皱纹。聂胜男她爸去世之后，就再也没有哪个男人能够近距离地观察聂星了。聂星的年龄仿佛就成了商业秘密。她读博士时才恋爱，才和聂胜男她爸确立关系，他们相处时间并不长，但是觉得足够托付彼此。聂星年少外出求学，孤独而敏感，自立又胆怯，感情外化的时间很慢。快三十岁才启蒙开窍，三十二岁才想过嫁人。那个时候的聂星，身心都很幼稚。她大脑的逻辑思维能力超群，但是情感上却如同孩童般弱化。在效率世界里，情感换不来价值。

男友离世、发现怀孕、决定生下孩子……这些生活中的重大变故与决策几乎是在一个月中就完成了。聂星也是在这一个月里完成了成长。司马在的时候，聂星的情感只有二十岁；司马走了，聂星迅速就变成了三十岁；生下聂胜男，聂星觉得自己已经是人到中年。

聂星知道股东们的意图。她已经掌握了克制自己情绪的技巧。她笑着对这些其实年纪和自己相差无几，但是身材与面貌都已经历经沧桑的男性股东们说："你们居然还记得我的生日。我自己都忘了。"

拍巴掌的股东意味深长地一笑:"你的一切都不是秘密。"

聂星脸上保持了礼貌的笑容,但心里明白,她必须要做出选择了。可是,她该怎么和聂胜男说?

短短几天,聂胜男像是换了一个人。每天放学回家的路上,她的手都在袁岳的手里握着。袁岳给她立的规矩,她一丝不苟地完成。袁岳教她进门先洗手,喝一杯牛奶,然后开始写作业。晚饭后袁岳陪她做运动。他们在广场上轮滑、跳绳,在院子门口等着聂星回家。聂胜男甚至还和袁岳学着做了一道蔬菜沙拉给聂星吃。按照要求,袁岳每天只需要陪伴她两个小时,但是在这几天里,袁岳几乎每天都要等到她入睡了才会离开。合同约定袁岳不能和聂胜男单独在她的卧室里呆着,袁岳就坐在客厅的沙发上陪着聂胜男一起看绘本,他们给对方读书、讲故事。聂胜男每次都在沙发上昏昏入睡,最后把头靠在袁岳的怀里。聂星会看着袁岳把聂胜男抱回房间,他每次离去,都是天色已晚。

袁岳的举动让聂星感动。他的自制力和举动,绝不是只为了钱。他身上有责任感,这一点聂星看得出来。他在聂星眼里是个大男孩,但是个成熟稳重的大男孩。

一想到袁岳小心翼翼地抱着聂胜男的样子,聂星心里就痛。她要怎么说,才能让聂胜男同意,袁岳从她们的生活中消失?

聂星想回家了。她突然有了翘班的念头。虽然她知道已经接近了正常下班时间,她只是没有像以往一样加班而已。

静静知道一切。她知道发生的事，也清楚地知道聂星的处境和难处。她陪着聂星回家，想为聂星和聂胜男做点什么。这个时候，聂胜男和袁岳应该在放学的路上了。

聂胜男果然回来了。她背着书包，显然还没有进门，袁岳陪着她坐在家门口的台阶上。袁岳脸上充满了不安，聂胜男的表情复杂，看不出是喜还是忧。

"怎么了？出了什么事？"聂星有些惊诧地看着他俩。

袁岳没想到聂星会这么早出现在家门口，也有些惊讶，看看聂胜男又看看聂星，他为难地说："聂总，我能请几天假吗？我知道这不太好，但是……我刚刚在和男男商量。"

聂星问："你？……"聂星想问的是自己关心的，但是女儿在场，她如何开口？

袁岳能猜到聂星想问什么。他并不知道面前的聂董事长刚刚受到了什么样的压力，他只知道，由于自己没有处理好和乔珊的事情，给聂星、聂胜男，包括给自己都带来了困扰。

袁岳真心实意地表达着歉意："对不起聂总，是我没处理好自己的事，网上的东西我看了，真的很抱歉，把您和男男都牵扯进来，是我的错。您解雇我、开除我都可以，我也可以退款。我明天就先不来上班了……"

聂胜男猛地站起来，嚷嚷道："你刚才不是这么说的！"

袁岳慌忙安抚聂胜男，说："是是是，我刚才说的也是真的。我的爸爸真的病了。这个，是我不好，我一直没和我爸爸妈妈说实话，我一直骗他们我去了国外。我猜是有人给他们看了网上的视频，不然，我爸身体一直都特好，不可能突然发病了。今天我朋友告诉我的，让我赶快回家。我爸突发脑血栓住院了，我担心是被我气病了。聂总，我们家就我一个孩子，我得回去照顾我爸。等我爸稳定了、出院了……"

聂胜男抱着袁岳的胳膊，仰着脸问他："网上的事？是那天在机场的事吗？"

聂星看着女儿，问她："你怎么知道的？"

聂胜男一脸不屑地说："杨迪一拿给我看的。他想让我生气，我偏不！我跟他说，我爸爸就是好男不跟女斗，要不，早给她打飞了！"

聂星咬着牙说："不是不让你上网吗？"

聂胜男噘着嘴说："我没上，他拿给我看的。他偷偷带手机上学，给我看这个，我告诉老师了，把他手机没收了。哼！我不信他妈不收拾他！"

袁岳担心聂星发作，聂胜男会吃亏，赶紧说："聂总！这一切都是我的错。我本来是想先和男男请假，没想到您今天提前回来了。我正式向您和男男道歉，也希望您能体谅我的难处。"

聂胜男转而央求起聂星来："妈，你就准假吧，让袁叔叔去看他爸爸吧。"

聂星有些讶异地看着女儿，以为自己听错了。聂胜男看着聂星没表态，还以为聂星不同意，赶紧继续央求她："妈！那天是我不对，我乱说话！袁叔叔爸爸病了，他给我看照片了，医院里躺着个老爷爷，跟外公一样，头发全是白的，你让袁叔叔回去吧。"

聂星问聂胜男："那你怎么办？"

聂胜男歪着头想了想，说："我保证会乖。"她又转向袁岳："爷爷好了你就回来行吗？我听你的话，好好复习，好好考试，不跟杨迪一打架。"

袁岳的鼻子一酸，他一转头，捂着嘴巴咳嗽了一声，掩饰住自己的情绪。聂星拉过女儿的手，对袁岳说："我不知道你之前发生了什么，我也没有兴趣打探。你父亲怎么样了？要不要我帮忙？"

袁岳摆摆手："我之前创业失败，一直没敢告诉他们，怕他们担心。其实是我没勇气，我可能一直都不想承认这个事实吧。我就想隐姓埋名挣钱还债，谁知道……哎，我和乔珊……我也是不想耽误她，不想让她跟我过这种日子。但是，我一直没处理好，才让她那么难受。聂总，对不住，我接了您好几个项目，哪个任务都没做好。我也要反思一下，得好好想想，未来的路要怎么走。"

聂星点点头，说："我准你的假。不过，我有要求。你父亲病好以后你还要回来，把我们的合约履行完……"

静静在后面轻轻拽了一下聂星的衣角，聂星明白，她笑着看看静静，说："放心吧，我没事。"

30

袁岳夹着睡袋，又到了医院。

父亲袁子明在毫无征兆的情况下，看到了街坊手机里放的视频。老实巴交一辈子的袁子明不明白为什么儿子会被一个漂亮姑娘打耳光，还被怒斥为是"骗子"！儿子身边的女人是谁？为什么他还领着一个小女孩？小女孩为什么要喊他爸爸？儿子不是被单位派到国外去了吗……

袁子明还没到正式退休的年纪，他出门的时候被街坊叫住，问他手机里的小伙子是不是袁岳。他含混着过去，尽管一肚子狐疑，但是谁愿意承认呢？视频拍摄得摇摇晃晃的，背景声音嘈杂混乱，那应该不是自己的儿子，凑巧长得像罢了。他上了公交车，一路上走走停停，怎么身边的年轻人也在看手机？手机里为什么也是一样的内容？年轻的观众并没有戴耳机，功放发出的声音很大。即使是在公交车轿厢内，即便耳边充斥着巨大的发动机轰鸣声，袁子明也确认了手机视频里正在辩解、和姑娘对话的青年男子的声音，的确是儿子袁岳的。

袁子明浑浑噩噩地下了车，走在熟悉的必经之路上，和逆行穿梭的快递小哥差点就撞上了。快递小哥开着三轮小货车，飞驰而来。老袁每天都能在固定的时间与他相遇，每次都能提前站在绿化带的边缘让他过去。他赶时间，不容易。每次擦肩而过时，小哥也能友善地喊一句："借过，谢谢啊！"

当天，袁子明却没有反应过来。他没意识到自己有些迟钝，他只是焦虑、担心、不解。他想着先到单位安排一下工作上的事情，然后给家里老伴儿打个电话，让她用微信联系儿子。他不能和老伴直接说自己看到了什么，他想着怎么和老伴说，又怎么让老伴和儿子说。

快递的三轮车本来习惯了袁子明提前避让，但是这次偏偏没有。小哥慌慌张张地喊着"借过"，袁子明却是一副充耳不闻的样子。小哥在距离袁子明还有几公分的地方急急地踩死了刹车。袁子明并没有被突如其来的三轮车吓到，但是小哥被吓到了。小哥定住神，缓和了一下自己的气息，才跟袁子明大声喊："大叔，您不看路啊！"说完小哥有点后悔，他立刻反应过来，自己才是理亏的那个。在人行道上骑三轮车，还逆行。袁子明没什么激烈的反应，确切地说，他都没说话。小哥一掰车把，赶快离开了。

袁子明到了单位，他换上工作服，背上工具包。他要去巡视配电箱。国企做房地产，自己做物业管理，他这个中专毕业的老电工从厂房转到了写字楼。对于袁子明来说，活还是一样的，但是工作环境好了，耳朵边上没有了厂房里机器的轰鸣，不用炙烤在发热的电机旁边，冬天都不用裹着棉袄棉裤了。他享受着写字楼的恒温恒湿，身上的工作服不会再像以前那样沾满了机油污渍。整个世界也安静了很多。在这里上班的白领们都像袁岳一样年轻，有朝气，他们的脸上是掩饰不住的野心。他们吃不惯写字楼里食堂的饭菜，每到中午，各种外卖、快递会包围整个写字楼的园区。早上他们走进电梯，不再是拿着包子煎饼，而是端着外面买的咖啡。袁岳也爱喝那玩意儿，你给他保温杯他也不要，高沫、花茶一律不喝。不知道那东西有什么好。

袁子明满意自己的工作，满意身处的环境。他享受着北京这座城市不断发展、进化的红利。他还信奉自己祖祖辈辈在这座古都生存的信条：一招鲜、吃遍天。他这么要求自己，也这么告诫自己的儿子。不管什么时候、什么地方，有门手艺就有饭碗。

袁岳说他有。他有什么呢？袁岳说他考下了健身教练的上岗证。那是干什么的？教人锻炼身体？那还用教吗？可是老伴说挺好的，现在教小孩子踢足球、打篮球都挺贵的，孩子的钱最好赚。可儿子又说不教孩子，教大人。行吧，反正是个手艺，怎么都行。

可是儿子怎么就被拍到网上了呢？他明明说自己在国外工作得挺好啊？袁子明百思不得其解。

他换上了自己的工作服，可是电工包拿错了。神思恍惚之间,他把别人的包挎在了自己左肩上。他刚要出门,后面发现拿错包的同事叫他:"老袁!"

他听见了,回头看。同事刚换好衣服,手里拿着自己的手机,从柜子里拎出了他的电工包,冲着他走过来。

怎么又是手机?同事的手机屏幕也亮着,发出着声音,同事也看到了吗?他要问什么?老袁脑子一下就乱了。他眼前的世界突然变得忽明忽暗,明明横平竖直的窗户也开始倾斜、弯曲,袁子明下意识地想扶住自己的额头,他觉得头有点重,眼有些花,腿有些软,脚不听使唤了。

同事的手机上正在上演着宫廷剧,穿着灰绿色服饰的女主角正在义正词严地指责自己的帝王丈夫是"大猪蹄子"。手机屏幕里上演着和谐的宫廷斗争,袁子明却把虚幻世界的嬉笑怒骂听成了是对儿子的指责和咒骂。

袁岳能在第一时间知道袁子明入院,还多亏了丽丽。袁子明被同事叫的120就近送到了丽丽所在的三甲医院,碰巧丽丽正在急诊上班。同事们手忙脚乱地把晕倒的袁子明推进CT检查室,丽丽核对病人的身份、姓名,看了一眼袁子明的脸。那张脸就是老了几十岁的袁岳啊!恰巧又姓袁!公司内部查找袁子明联系人的电话,打到了家里,同时也查到了有个儿子叫袁岳。丽丽赶紧给林毅报信儿,林毅赶紧通知了袁岳。

袁岳得知消息后一时竟不知道该怎么办。他应该马上去医院,可他又不能立刻马上出现。他至少应该等五六个小时之后出现才更合理。他人现在是在"国外"啊。

他拜托林毅先去看看,自己想想应该怎么出现,怎么和父母交代这些时间自己的行踪。在电话、微信里怎么含混都能糊弄过关,一旦面对面,一句话说不对就有可能漏出破绽。

林毅去了,看见了袁岳的母亲。袁岳老妈的岁数也就五十多,退休后正在旅游和广场舞中间找平衡。本来在无忧无虑的日子里享受晚年,最没想到的事情居然就发生了。袁子明的身体一向很好,每年按时参加单位体检,什么毛病都没有,怎么就"梗"了呢?

儿子不在,打电话不在服务区,微信留言没回……林毅的出现让袁岳妈妈心里踏实了一些。老伴在床上躺着,林毅安慰她,已经通知袁岳了,马上就回来。自己的媳妇丽丽就在这个医院,已经让她去问病情了。

袁岳背着睡袋出现在医院,林毅出来接袁岳。袁岳来过医院,知道该带些什么。他心里各种打鼓。他担心过钱,他和聂星说明情况,聂星提前支付了他两个月的薪水。他不知道该说什么,"感谢"说不出口,觉得心里欠了人家太多。拿了钱他还是怕,他知道医院看病是什么样子的,他不知道自己身家够不够给袁子明支付那张病床所需要的费用。他担心父亲的状况,林毅说不乐观,那是睡着还是醒着?睡着怎么办?老妈肯定慌神儿了,肯定得拉着他的手哭哭啼啼。醒着也麻烦,自己怎么说?

林毅看见袁岳步履沉重地走过来。袁岳看到林毅，第一反应是拿出一个信封。那是他这个月准备要还给林毅的钱。他把钱拿出来给林毅，说着"谢谢"，说这是要还的钱，林毅愣了一下，没接，而是照着袁岳的肩膀窝给了他一拳。这一拳不像是闹着玩，林毅捶打得挺狠，他骂袁岳："你这孙子都什么时候了还跟我来这个？你爹在里头躺着不用钱啊？你赶紧进去，住院费我给你交了。"

袁岳鼻子酸了，他摆摆手，把信封生生塞到林毅手里，说："多谢了兄弟！这个你必须拿着。我挣钱就是为了还债的。里面是我爹，不管他怎么样，我都得面对。我他妈再也不跑了！"

林毅第一次听到袁岳哽咽着说话。在他最艰难的时候，创业的健身房断掉了资金链，身上没有一张百元钞票，住在城乡接合部的筒子楼里，夹着铺盖卷步行了三个小时，深夜来投奔自己的时候，他都没犯过"怂"。袁岳能笑着离开乔珊，能笑着去当临时演员。他笑着挣钱，笑着还债。他面对了所有的困难，承担了所有的压力。在这个全球经济的寒冬中，有多少创业失败的年轻人一蹶不振，有多少欠了债务的企业主消失跑路……袁岳咬着牙活了下来。他坦承地面对债主，面对朋友，但是他却对自己最亲的人撒了谎。

林毅看着眼前的袁岳。短短一年啊，消瘦、苍老，那个在健身房里挥汗如雨的小鲜肉已经脱胎换骨，脸上的胶原蛋白已经变成了额头上的壑沟。林毅拿出手机，当着袁岳的面给丽丽打电话："媳妇儿，商量个事啊！袁岳来医院了，咱手里还有多少钱？先别换车了，你先给我留着用用行吗？明年咱们换新款……"

袁岳看着林毅，不解，不明白他在说什么。林毅挂了电话，自己和自己打着哈哈，说："瞧咱们这媳妇儿！就是懂事儿！那什么，你还差多少钱没还？我们家丽丽说了，先借给你，明年你挣了钱给我们换辆车。等你们家老爷子缓过来了，你踏踏实实找个地方上班去，还债的事不用想太多，还有我们两口子呢！"

袁岳的眼角已经湿润了，可还是笑着骂了一句："有你小子什么事?! 哪儿都有你！真把自己当高富帅啊！不说了，替我谢谢丽丽，我进去了。你怎么跟我妈说的？"

林毅并不想在医院里说服袁岳什么，他只是拍拍袁岳肩膀，语重心长地说："兄弟，你做临时演员，演了那么多人，你现在得演个好儿子了。"

31

袁子明的状态比袁岳预想的要好一些。他是被急诊收治入院的,原本没有床位,只好在急诊的大通道里躺着。老伴淑芳从拥挤的通道中小跑着进来,满眼看到的全是横躺坐卧在病床上下的病人和家属。医院里的人神色都不会太好,躺着的人要么是面无表情,要么就是一脸痛苦,还有的,干脆就发出刺耳闹心的呻吟。护士们快步来往穿梭,在每一张病床前都停留不了两分钟。需要她们处理的病人太多,年轻的护士们在厚重的大口罩外面露着的眼睛大都不难看。但是她们很少和家属对视,甚至是有意识地要逃避开家属们求助的眼睛。

对于躺在这里的人来说,生命和时间都是奢侈品。家属最想问的问题正是医护人员最难回答的问题。

淑芳费了一番周折才找到了老袁。他躺在病床上,闭着眼睛,挂着吊瓶,身边站着两个穿着和老袁一样工作服的同事。他们站在那里,成为了淑芳寻找老袁最醒目的标志。老袁闭着眼睛,脸色泛灰,淑芳叫他,他的眼皮里面在抖动,嘴角也微微抽搐。隔着他的身体,淑芳能理解老袁内心的焦急。他和淑芳一样，不明白为什么自己睁不开眼睛，做不出动作，他听得到老伴在叫他，可是无法像往常那样做出回应。

淑芳叫他，越叫，淑芳自己和老袁都越着急。喊到第三声"老袁"的时候，淑芳眼泪就下来了，她忍不住使劲掐着老袁的胳膊内侧，这是他们夫妻从年轻时就有的亲密动作。淑芳任性的时候、不开心的时候、老袁做错事、说错话的时候，淑芳都会用大拇指和食指尖用力地捻起老袁胳膊肘窝里的皮肤，老袁能通过淑芳捻掐自己的力道来判断出她的情绪：是真生气了，还是在撒娇。不管是哪一种，老袁都会做出配合的表情。其实并不疼，年轻时候的老袁很实在，不疼就是不疼，淑芳一边掐，他一边笑，还嘲笑过自己女人力气太小。淑芳就这样被气哭过几次。老袁后来就学乖了。就算淑芳力气够大，她也不舍得下狠手掐自己，那不过就是要老袁一个正确的反应罢了。什么反应是正确的？咧着嘴说"疼"，向媳妇讨饶，并且真心实意地说"我错了"。

袁岳并没有见过父母之间这个亲昵的动作。他也并不知道看似强势的母亲在他们夫妻的私人空间里还有这样的心态和表现。所以，当他在弥散着各种难闻味道的通道里看到母亲哈着腰、哭着、掐父亲的身体的时候，他第一反应是冲上前去阻止。

淑芳在最无助的时候看到了儿子。儿子瘦了，脸上的神态和出国前不一样了，但是他的脸和老袁的脸仍然是在一个模子里刻出来的。袁岳扔掉手里的睡袋，扶住了母亲的肩膀，一肚子的歉意、内疚与不安。但是他忍住了。这个时候，这个家，只有他能靠得住。之前他可以当孩子，现在他必须当男人了。

淑芳被儿子抓住肩膀，突然意识到那个从自己腹中诞生、在自己怀里长大的小男孩已经是大人了。她紧张的神经在看到儿子的瞬间有了些许放松，她不再克制和收敛，抱着儿子哭了起来。袁岳环抱着自己的母亲，拍着她的后背，就像小时候她拍打和抚摸自己一样。他抱着母亲说："妈，我回来了，别着急，我爸会好的。"

淑芳捶打着儿子的前胸："你怎么现在才回来……"

老袁的同事过来安慰淑芳："儿子回来就好了，老袁不会有事的，您放宽心吧，保重自己身体。"

袁岳向袁子明的同事道谢，淑芳趴在老袁耳朵边说："老袁，你听见了吗？儿子回来了。"袁岳看到父亲的眼皮抖动。他握住了袁子明正在输液的手。手很凉，输进去的液体是凉的，袁子明的手、小臂也是凉的。袁岳在扮演崔姨的小弟的时候，和护工学习过护理病人的方法。他把自己的双手反复摩擦，然后迅速握住袁子明的手。他还指挥母亲淑芳，去医院门口的小卖部买热水袋和尿垫，再回家去给父亲取几件换洗衣服。他清楚地看到了父亲紧闭着双眼、但是脸上仍然呈现出来的微表情。父子连心。袁岳在一瞬间就猜到了袁子明要表达什么意思。淑芳按照袁岳的要求去采购了，袁子明的同事也离开了。袁岳心里少了一些负担,他总是觉得,即便父子是在这样的环境里见面,父亲已经口不能言,但是父子之间仍然心意相通。有些事、有些话,注定是属于父子之间的秘密。

袁岳趴在袁子明耳朵边,轻声说:"爸,你别担心,我挺好的。你别信网上的东西,我没干坏事。那天在机场的事是个误会,你赶紧好起来,我告诉你是怎么回事。"

说完这几句话,袁岳看到袁子明的眼皮抖动得不那么厉害了。他握着袁子明的手,感觉到了父亲手指先松弛下来,不似之前那样僵硬,过了几秒钟,又再用力。他想握住儿子的手。

在淑芳回来之前,袁岳反复搓热自己的双手,去握住袁子明的双手、小臂和两颊。急诊室的通道连接着医院楼宇内外,方便救护车停靠,病人运输。袁子明的床头正对着大门口,病人和家属们进进出出,袁岳都能感受到一阵阵的凉风吹进来。他站在床头,把自己的后背对着门口,用身体替父亲遮挡住外面肆意进出的冷空气。其实寒冬已过,外面吹进来的风未必对人有那么大的伤害,但是袁岳就是觉得父亲会冷。冰凉的液体为父亲疏通着血管,也让寒气很快地布满了他的身体。让袁子明能暖和一点,是袁岳此时唯一能做的事了。

丽丽快步走过来,拍袁岳的肩膀叫他:"你来了?"

丽丽穿着护士服,没戴口罩,袁岳看见她,一路上想好的一肚子的感激的话,却突然间一句也说不出来了。他机械地对丽丽点头,只说了一句:"幸亏有你……"

丽丽看了看袁子明，安慰袁岳："片子已经出来了，我问了医生，说是堵得不严重，可以考虑保守治疗。我本来还担心，这个病严重的要开颅的，如果不用就按照医嘱治疗，不过你要做好思想准备，即使好了，也会有很长的恢复期，身边离不开人，走路啊、生活啊，都不能像以前一样了。"

袁岳拉着丽丽往外走了几步，不安地问："他现在是不是听得见，就是不能说话不能动？"

丽丽点点头，说："有可能以后走路也会有问题，恢复不好的可能要坐轮椅。"

袁岳自责地说："都怪我，这一年我不在他们身边，他们着急生气我都知道，我躲出去不见他们，他们也不敢问我。都是让我气的。"

丽丽已经和林毅领了结婚证，两个人在一起时间不短了，说话的语气、方式和表情，都有些相像了。丽丽安慰袁岳："也不能这么说。叔叔这个病肯定还是血管堵了在先。可能是因为堵的程度不重，体检的时候没看到。不良情绪的确能引发疾病，但是他这次发病，不能赖你，至少不能全赖你。"

袁岳苦笑着说："谢谢你安慰我。"

丽丽说："我现在下班了，先回去收拾收拾，你有事就给我打电话。已经给叔叔排上床了，你也别着急。最好去找个护工，病人太多，条件就这样，你这么日夜守着也吃不消。"

袁岳点点头，但还是拒绝了丽丽的好意。他说："我先守着，不行了再找护工。"

丽丽以为袁岳担心钱。她没少听林毅讲的袁岳"创业事故",她也知道袁岳经济拮据一直在挣钱还债,她更清楚他还欠着林毅的钱。

丽丽安慰他说:"林毅都和我说了,你不用着急还钱,先给叔叔看病要紧。要是手头紧,我去给你找护工。"

袁岳赶紧拦住丽丽的话头,他解释说:"不是不是,我不是因为这个。林毅的钱我该还多少就还多少。尤其现在不一样了,你们结婚过日子,哪哪都要用钱。你放心吧,我现在情况好多了,我马上回家住,连房租都省了。看病的钱有,还债的钱也有。"

丽丽理解男人的自尊心。林毅和袁岳在这点上是一样的,有着皇城根下老北京人的古道热肠和礼仪面子。丽丽不想在这个环境下谈论这个话题。她笑笑,对袁岳表示理解和信任。看她不再说"钱"了,袁岳松了一口气。

袁岳的手机响了,丽丽离开。袁岳看到是聂胜男发出的一个视频通话的邀请。袁岳不想在这么嘈杂的环境里和聂胜男说什么,他挂掉了电话。可是没想到,聂胜男不依不饶、坚持不懈地要和他通话。

袁岳看着手机在掌中震动,苦笑了一下,心说,自己早就应该料到是这个结果。这才是聂胜男的正常表现。

袁岳只得戴上耳机接听电话。聂胜男的脸在屏幕中露出来，她眼巴巴地盯着屏幕，看见袁岳的脸，她开心地笑了一下，大声问:"你爸爸好点了吗?"

袁岳微笑着说:"好点了,谢谢你。我在医院太乱了,回家再打给你好吗?"

聂胜男慌忙说:"别别!你别着急挂。你让我看看爷爷怎么样了行吗?"

袁岳只好用手机在袁子明的床前扫了一下。聂胜男担心地问:"爷爷在睡觉吗?"

袁岳解释说:"不是,是生病,一直没有醒。"

聂胜男安慰袁岳:"你别着急啊……"屏幕外面突然传进来聂星的声音:"聂胜男,你怎么答应我的?作业时间不许打电话!"

聂胜男冲着屏幕一吐舌头,说:"我妈发现了,我挂了。对了对了,我有春节时候攒的零花钱,想给爷爷买吃的,我让静静姐交给你啊!拜拜……"

屏幕黑了。袁岳的"不用!谢谢你!"已经到了嘴边上,聂胜男挂电话挂得太快,让他根本没机会说出口。

淑芳提了一兜子东西回来,看见儿子正在对着手机屏幕若有所思,眼角还有些泛红。淑芳慌忙问袁岳:"怎么了儿子?你爸怎么了?"

袁岳缓过神来安慰母亲:"没事没事,我刚接了一个电话。我爸挺好的。丽丽,就是林毅媳妇刚才也来过了,说尽快给我爸安排床位。她还说，我爸的症状不重，让咱们放心。"

淑芳悬着的心这才放下。

袁岳熟练地打开尿垫，用手在袁子明身下小心探索，在淑芳的配合下，把尿垫铺好。他把热水袋里倒满热水，用新的干毛巾包裹好，轻轻地放在袁子明输液的手腕下面。

淑芳看着袁岳的动作，忽然说："儿子，你混成什么样都不要紧，在我们身边我跟你爸才最踏实。"

32

袁子明转到了病房，六个人一间。袁岳终于有地方铺开自己的瑜伽垫和睡袋了。他从身上摸出信用卡，准备去交钱。淑芳一把拽住他，从包里拿出一个鼓鼓囊囊的信封，塞到他手里，说："家里有钱，拿这个交。"

袁岳在攥住了信封的那一瞬间，突然觉得自己好没用！但是自己几乎是身无分文啊。有点钱就存起来，或是直接还债，或是存起来凑个整数还债。袁岳已经很久没闻到过百元大钞的味道了。

袁岳攥着钱，从曲里拐弯的病房中走出来，上上下下地换乘了两部电梯，这才来到缴费处。他对医院不陌生，但是他没交过钱。袁岳排在缴费窗口前的队伍尾巴上，看到前面的每个人手里要么攥着银行卡，要么就和袁岳一样拿着一摞现金，袁岳他不由得打了个寒战。听到过太多一人生病、全家返贫的故事，如今这样的故事就要发生在自己身上了。越是紧张，袁岳就对自己越是充满了自责。毕业这么多年，自己的字典里始终就没有"承担"两个字。总觉得年轻就是最大的资本，青春就是用来放纵的。自己一直在忽视现实：父母年华已老，他已经无处可逃。

袁岳跟着队伍行进到窗口，他紧张地听着穿白大褂的收费人员报出的数字。还好还好，先交一个押金，几千元，然后交上社保卡。袁岳长出了一口气，从信封里掏出一叠人民币递过去，收好收据。袁岳得尽快回到病房，大夫说，这两天袁子明治疗的效果不错，应该快醒过来了。

袁岳没有再乘电梯。他小跑着穿过半个医院，跑上了位于八层楼的病房。他看见母亲坐在父亲的床边面对微笑。是老爸醒了？袁岳急忙跑进来，却猛然看见床边还站着一个姑娘。是乔珊。

网络视频的负面影响不仅仅让袁岳和聂星受伤，乔珊也成了受害者。她对于这个偶发的结果始料未及。乔珊自认为自己是善良的人，她从没想过要伤害谁，尤其是袁岳；她也接受不了自己被伤害。她的怒火正是来源于她认为自己受到了袁岳的伤害。袁岳又何尝不知呢？所以，袁岳一点都不恨乔珊，只是他很意外，乔珊为什么会出现在这里。

淑芳作为母亲，很自然敏感地认定这个来探望老袁的姑娘应该和袁岳有关系。两个人可能还没有挑明，但是很明显，两人有进一步发展的可能啊！乔珊长得不错，挺喜兴的，白白净净有礼貌，一看就是正经人家的姑娘。就是怎么没听儿子提起过？这小子，谈恋爱都不告诉家里！

乔珊是按照病床号找来的。病床号是和林毅打听出来的。乔珊哭哭啼啼地找到林毅,说自己被袁岳害惨了,不仅被他骗了,还莫名其妙地被拍到了网上,弄得现在自己都不敢出门,爹妈天天追问自己到底发生了什么。乔珊逼着林毅告诉自己袁岳的下落,她要跟他没完……

林毅忍无可忍,只好告诉眼前这个不依不饶的小姑奶奶,是你把袁岳坑惨了好吗?!林毅原原本本地给乔珊讲述了袁岳这一年过的日子,他将自己代入成袁岳,有些悲凉地告诉这个温室里长大的姑娘,换了是他,他也会做出和袁岳一样的选择。道理很简单,不能让一个无辜的、自己爱过的女人陪着自己受罪。

乔珊还是不明白袁岳为什么不辞而别,林毅觉得女人这种动物的思维逻辑就是搞不懂。他反问乔珊:"他不走能怎样?你是让他留下来,天天在你眼前晃,等着你同情他,像他妈一样养他吗?"林毅质问乔珊:"如果他这么做了,你受得了吗?"

乔珊当然受不了。她了解了整件事,也听懂了袁岳这一年在做什么。她也弄清楚了一个事实:袁岳身边的一大一小两个女人是他正在服务的客户,小女孩是他的雇主。小女孩喜欢叫他什么就叫他什么,叫爸爸、叫助理、叫老师……只要她开心,叫什么都行。

乔珊从林毅口中得知了她的行为后果,虽然那不怪她,但的确是因她而起。袁岳的父亲病倒,袁岳又一次失业,不得不去医院陪床照顾病人。袁岳身上还有未还完的债务。林毅担心这会让袁岳的家庭雪上加霜。

林毅的话带着自己的立场和情绪，但是乔珊还是被说服了。她小心翼翼地表达了自己的不知情，要来了袁子明住院的病房和床号。她急切地和林毅解释，自己不会再有任何出格、不妥的言行举动，她只是想去表达自己的歉意。虽然她还是挺伤心。袁岳离开后，乔珊仍然孤身一人，一直鼓不起勇气开始新的感情。

乔珊离开时，林毅有些后悔。他不确定自己告诉乔珊这么多是对的。袁岳肯定是不希望乔珊再出现在他的生活里的。林毅打电话给袁岳，但是袁岳此时在排队缴费，他把手机落在了病房。

袁岳看到乔珊，很紧张。乔珊看出了袁岳的紧张。她也紧张。在袁岳回来之前，乔珊已经有一搭无一搭地陪着淑芳聊了一会儿天。乔珊能听出淑芳对袁岳的事并不知晓，她的名字也从来未被袁岳在家里提起过。对于这一点，乔珊忍不住又有些生气。不管怎么说，两个人一度是确定了恋爱关系的呀。乔珊就原原本本地把袁岳介绍给了自己父母，虽然袁岳没有在他们面前出现过。

看见袁岳看自己的眼神，乔珊赶忙过来拉起他走出去。她和淑芳说，自己是袁岳以前的同事，听说叔叔病了，过来看看，也看看袁岳。

乔珊将袁岳拉出病房，在护士站旁边的角落里，乔珊仔细看着袁岳，半天，才憋出一句话："对不起……"

袁岳没有思想准备，他下意识地说："没关系。"说完就觉得不对，自己说错话了，又赶紧往回找补："不是，我是说，是我对不起。我要是早点和你说清楚，你就不会误会了。那个，在机场你见到的人，真的是我打工的客户，我应聘照顾那个小女孩，就是当个男保姆兼体育家教。小女孩任性惯了，我……"

"林毅都告诉我了。"乔珊忍不住说。本来还想着不出卖林毅的，可是乔珊就是这个样子，什么秘密都存不住。

袁岳一点都不意外。乔珊能找到这里，只能是通过林毅。他点点头。

乔珊说："你别怪他，是我逼问他的。"

袁岳摇摇头，说："林毅帮了我很大忙，我怎么可能怪他。再说，即使他不告诉你，我也要去找你的。我爸突然病倒，把我整个生活都打乱了。这几天我在医院里陪他，倒是能静下心来想很多事。我以前那么对你，真的是我不对。我一心只想着不要连累你，不能让你为难。我要面对自己失败的事实，不想让你跟我一起承担。但是我的做法有问题。我有勇气面对债主，可却没勇气面对你。我不应该逃跑，不应该一声不吭就走，我应该和你说清楚，你也有思考和选择的权利。"

乔珊眼圈红了，停不下来地摇头。

袁岳接着说："不过，珊珊，到现在我仍然觉得我不能和你在一起。我现在的生活一团糟,我是个失败者。我没有能力在这个时候维系一段感情。我仔细想过,我们两个人决定在一起的时候,什么都没经历过。我们眼里的生活和现实的生活根本不是一回事。我其实也没做好承担责任的准备。我要你做我女朋友,那句话说得太轻飘飘了,我根本就没意识到它对我意味着什么。我拿什么对你负责?对不起珊珊,你在错误的时间遇见了我,我什么都给不了你,还害得你伤心。

这一年,我演过很多角色。我给别的姑娘演过男朋友。我写词儿背词儿的时候就在想,当一个合格的男友、丈夫,得有多难啊!我们得有共同的生活理想,要能彼此包容,还要对世界有一致的认知。珊珊,你是个好姑娘,我不能骗你。咱们两个,不适合在一起生活。当初的我们,是因为彼此新鲜好奇,可能也因为我们的寂寞,但是我们都忽略了一件事,我们是成年人,感情是大事,容不得一点屈就。现在我更加清楚,我的世界和你的世界完全不同。我现在得回到我的世界里,去承担我逃脱不掉的责任。你也要回到你的世界,当好你的公主,等着合适的王子来找你。"

乔珊听着这些话,感受到了自己加快的心跳。她也很奇怪自己的反应,并没有不舍,也没有要挽回的执念。她在心里认同了袁岳说的话。在袁岳消失的日子里,她除去"不甘心"似乎并没有其他的情感。她也曾静下心来仔细回忆那段日子,她和袁岳好像在玩过家家。她开心过、任性过、也哭过、作过,但是，她似乎从未想过"未来"，两个人共同的"未来"是什么样子？又在哪里？袁岳没想过，她也没想过。没有未来的感情又能往哪里去呢？

乔珊点点头，一瞬间好像长大了几岁。她看着袁岳说："以后我们就当朋友吧。等叔叔病好了，你可以上班了，我还请你当我的健身教练。行吗？"

33

袁子明醒了。袁岳和淑芳都松了一口气。

袁子明看看母子俩,心里平静了很多。他张张嘴,想说什么,却不听使唤地发出一连串含混的声音。他有点着急,但是越是着急越说不清楚。他的肢体也有动作,他想坐起来,却发现自己好像只能指挥左边的半边,右边的胳膊腿好像不是自己的。他看着淑芳和袁岳,他们母子二人也和他一样焦虑。袁岳看出了他的窘态,扶着他费力举起的左小臂,语速有些快、但是并不敢提高声音地回应他:"爸,你想说什么?"

袁子明心里想说:"我没事,你们别担心"。但是很快,他就发现自己的判断是错误的,他第二句含含混混的话是想说:"我为什么不能动?"

淑芳猜到了老袁的意图,她按响了病床床头的呼叫铃。医生和护士进来后,看到袁子明的状态并不觉得有什么异常,医生还微笑着安抚他,告诉他苏醒了就好,再观察几天就可以出院了。

老袁听得懂医生的话,他头脑清楚,听力视力都没问题,这让他更容易地陷入了焦虑。医生将淑芳和袁岳叫出病房,详细地告诉他们未来的多种可能性。

站在楼道里,看着医生转身离去,母子二人都意识到,他们的生活要彻底改变了。袁子明的身体机能只恢复了一部分,没有生命危险,但是也失去了自理能力。昔日那个壮硕的电工师傅再也回不来了。想到这里,淑芳当然悲从心来。在老袁昏迷的时候,她内心设想了很多种可能性,她担心自己的丈夫会就此离开她;担心他会再也醒不过来、成为植物人;担心他从此失去自理能力,吃喝拉撒都无法自己解决……衰老是所有人都要面对的宿命,身体机能退化,各种病痛,这些都是生命中必须要承受的,每个人都无法逃避。淑芳做好了这些思想准备,她认定一点,老袁还不到六十岁,只要他还活着,他们的家就有主心骨。

医生告知了袁子明未来要面对的困难,实际上是淑芳和袁岳要面对的困难:将有一段漫长的恢复期等待着他们。如果康复得好,袁子明能慢慢恢复部分机能,可以在人的搀扶或是借助拐杖的情形下行走;右边身体在不受力的时候可以运转。但是一切都回不到健康的状态了。医生建议袁岳去寻找合适的康复中心,既要离家不远、方便经常往来,还要价格适中,家庭能承担。如果因为经济原因无法持续,老袁的身体就恢复无望。更糟糕的是,像袁子明这种突然发病的病人,在心理上很难接受这样的重创,心理疾患会伴随着身体病症一起蔓延,如果没有康复带去的曙光，他的生活会深不见底。

袁岳有些担心，他忽然有些心疼母亲。他看着淑芳，说："妈，你别想太多，我爸会好起来的。我这就去找康复医院，咱们就按照医生说的做。医生不是说，康复得好一年之内就能恢复得差不多吗……"

淑芳担心的倒是袁岳："妈没事，你找好医院咱们就买个轮椅，我推着你爸去康复就行。实在忙不开的时候，我就找个小时工，帮我们做做饭，收拾收拾屋子。你放心忙你的去吧。"

袁岳双手扶住淑芳的肩膀，像自己小时候老袁扶着自己的肩膀一样，略带责怪的语气对淑芳说："妈你说什么呢！我这次回家就不走了。过一段时间我重新找个工作，现在你就听我的，我爸的事我来办。你呀，就一条，哄着我爸开开心心的，就行了。"

袁岳夸下的海口很快就在现实的困境中败下阵来。出院之前，袁岳收拾袁子明的东西先回了一趟家，那个他将近一年都没回的家。家里的一切如常，都是他记忆中的样子。他进家之后也迅速在筹划如何安置袁子明，在锁门返回医院的那一刹那，袁岳突然停住了脚步。门外就是水泥的楼梯台阶。他家住四层，没有电梯的老式板楼，是单位分给袁子明的宿舍。袁岳上小学之后就一直住在这里。他忽略了一个最重要的问题：袁子明如何坐着轮椅上下楼？上楼的时候没想到，下楼的时候想到了，这是个天大的问题。

袁岳转身进门，把袁子明和淑芳的东西收拾了一些，又拎下楼了。他要将父母安置在自己租住的房子里。虽然房子不是自己的，但是签了长期租约，袁岳和在国外的房东小伙表明情况，也没征求淑芳同意，擅自就做了主。林毅被叫来帮忙，用一辆SUV将淑芳和刚能坐起来的袁子明接到了袁岳租住的小区。

袁岳的房子比淑芳和袁子明的老宿舍还大一些。原有的主卧室被袁岳收拾出来给袁子明和淑芳住，自己买了一张折叠床放在北向的书房里。房主原来的衣柜一直空着，袁岳总是习惯将自己的简单衣物放在行李箱里。即使住进来一段时间了，袁岳仍然没有稳定感，不知道下一个"工作"会让自己去往哪里；也不知道自己还有没有下一个工作。

淑芳看见袁岳小屋心情很复杂。好当然是好，房子条件好，小区环境好，最重要的是房子有电梯，袁子明可以坐轮椅出行，单元门口还有无障碍通道，对于老袁来说，环境和条件都很友好。但是，这一切的"好"都是需要买单的。袁岳租这个地方，每个月要花多少钱啊？袁岳不肯告诉淑芳这个数额，只说自己负担得起。但是淑芳却不能不替儿子想。她很清楚未来他们这个三口之家将要面对的艰辛。

袁岳还给淑芳带来了一个好消息。在距离小区不远的地方，就有一家康复中心。袁岳带着袁子明的病历去预约，已经预定了下周就开始第一次康复。淑芳问价格，袁岳仍然是笑笑，不肯说。

母子二人的交流并没有刻意回避袁子明。淑芳早就想好了，什么也不能隐瞒。老袁必须要面对这样的现状，淑芳了解自己的丈夫，这个坎儿，只能他自己迈。

到新家的第一天晚上，一家三口都失眠了。袁子明内心里在翻江倒海。从医院出来的每一个时刻，他都在刻意回避淑芳和袁岳的目光。他觉得自己一下子就变成了废人。他内心抗拒着来自妻子儿子的帮扶关照，但是身体却身不由己。这种对自己的失控感他从未有过，让他沮丧悲凉，甚至有一丝绝望。他在心里流泪，不知道自己活下去的意义在哪里。

淑芳的辗转反侧是源于对袁岳的歉疚。她从没想过，老袁和自己还没老，就要到了不得不依靠儿子的地步，"累赘"，淑芳不情不愿地想到这个词。老袁和自己是必定要相依为命的，不存在谁拖累了谁。如果病的那个是自己，淑芳相信，老袁只会比自己现在做得更好。他宠了自己一辈子，绝不会在这个时候丢下自己不管不顾。想到这儿，淑芳侧身看看躺在身边的老袁，伸手摸了摸他身下的纸尿垫。虽然老袁可以感知到自己的生理需求，但是没有经验的淑芳和袁岳，还是在晚上帮他垫上了。

老袁知道淑芳的担心，他闭着眼，用自己的左手好像不经意一样搭在了妻子的手上。淑芳知道，老袁也没睡。

袁岳自然也睡不着。他用手机上的计算器算着各种费用。

聂星给他提前支付的工资够他交两个月的康复费。然后呢？袁岳想了想，给林毅写了一条信息：你那还招卖车的人吗？这行字在袁岳手机的发送栏里停留了好几分钟，袁岳想了又想，还是一个字一个字地删掉了。他核计着自己的时间、袁子明的康复预后、家里的经济状况，最后，还是把短信发给了聂星：聂总，我近期可以去上班了。

在同一个城市，不同的房子里，聂星也没有睡。她甚至还不能躺在自己的床上。网络上的负面影响已经消退，但是聂星面临着另一个、更加棘手的问题，对于企业的发展，她意识到自己的想法和董事会的意图已经发生了分歧，无法回到同一轨道上，自己似乎是到了必须做出选择的十字路口。

聂星在书房里开着灯，看着公司下一个项目的企划书，就是不想签上自己的名字。她拿起手机看时间，却看到了袁岳的短信。袁岳请假后，她一直没有和他联系过。她知道他还会回来上班，可能是为了钱，但聂星更愿意相信是他和聂胜男之间的某种物理关系。

聂星拿着手机，一时也没有想到立刻就回复，而是攥着它，来到客厅，走到开放式的餐台前。她从一个陶罐里舀了两大勺咖啡粉，倒进咖啡机的滤斗里，灌进大半玻璃壶的纯净水，按下了加热开关。红色的咖啡壶启动了，达到了温度的沸水和咖啡迅速交融，聂星熟悉的那股香气冒了出来。玻璃壶里的水从透明变成了深褐色，咕嘟咕嘟地翻滚着。聂星喜欢听这个声音,也喜欢和这个声音伴随在一起的热滚滚的气息。

聂胜男不知道什么时候从自己的房间里走了出来。她穿着睡衣裤,光着脚,悄无声音地出现在客厅里。她揉着眼睛,不满地向聂星抗议:"你又在晚上喝咖啡!"

聂星吓了一跳,回头看见聂胜男光着脚踩在大理石地面上,忍不住怼她:"你又不穿鞋就出来乱走!"

聂胜男不服气地说:"我这就给外婆打电话,告诉他们你夜里不睡觉、喝咖啡,看他们说你还是说我。"

聂星按掉了咖啡壶的加热键,呼噜呼噜的声音戛然而止。聂星冲着女儿服软卖萌:"好好好,我不喝了,我现在就去睡觉,你也赶快回房间去。明天还得上学呢。"

聂胜男有点不依不饶,说:"我被你吵醒了,睡不着了。"

聂星从冰箱里拿出一盒牛奶,给聂星倒了半杯,说:"把牛奶喝了,然后刷牙睡觉,别跟我讲条件。"

聂胜男还算听话,光着脚走过来,聂星上前去双手环抱把她抱起来,费力地扔在沙发上,再给她端过牛奶。聂胜男一口气喝完,用手背抹抹嘴巴,撒娇地张开双手,聂星又抱起她,有些吃力地把她送进房间。

聂胜男钻进被子,抓着聂星的手,突然问:"妈,你是不是想我爸了?"

聂星一愣。自从自己听了袁岳的意见,严肃认真地告诉了聂胜男关于她爸爸的一些事之后,她们母女之间就再也没有谈及过司马飞。聂胜男故意回避了这个话题。聂星也故意不想深究。在这个很多人都睡不着的夜晚，聂胜男却忽然问出了这个问题。

聂星想了想，说："不是。我在想工作上的事。"

聂胜男追问："那你会想他吗？"

聂星诚实地回答："有时候会。"

聂胜男还问："什么时候呢？你想我爸的时候会哭吗？"

聂星躺在聂胜男的床上，用胳膊搂着女儿，说："我会在你淘气不听话的时候想他，也会在你让我特别开心、骄傲的时候想他。你爸爸是我除去你和外公外婆以外，最重要的人。我的难过和开心，都希望和他分享。但是他已经不在了。我是个成年人，我必须接受他再也不能出现我身边的这件事。所以，每次不管因为什么想起他，我都不会再哭了，我只会遗憾，他要是还在，该多好。"

34

聂星回到家里的时候,家中空气的味道都是甜的。

袁岳身上系着围裙,在聂胜男的指导下,用打蛋器在大沙拉碗里"嗡嗡"地搅拌着。袁岳穿着深灰色的短袖T恤,露出的双臂有清晰的肌肉线条,肩膀和胳膊构建了一个漂亮的造型。聂胜男站在板凳上,指挥着袁岳干这干那。厨房里的烤箱亮着灯,红彤彤的,能看到里面的托盘上摆了几排酥皮,黄澄澄的,带着甜香的温暖味道就是从这里发出的。

保姆走过来接过了聂星的包,告诉聂星,聂胜男从一回家就开始忙活。是袁岳去学校接她回来的。

聂胜男和袁岳的专注力都在手里的活计上。聂星提高了声音叫女儿,聂胜男回头看到她,脸上的表情有些阴晴不定的,最后停留在了"遗憾"上。她捅了袁岳一下,噘着嘴说:"我妈提前回来了,没劲。"

袁岳回头看到聂星,笑着打招呼:"聂总回来啦。"

聂胜男从板凳上跳下来,跑着过来抱住聂星的腰,撒娇地说:"你怎么这么早就回来了?不是得天黑嘛……"

聂星逗她说:"嫌我回家早了?那我走了,明天见吧。"

聂胜男抱住她不撒手,提高了声音说:"不是啊!是我们还没做好呢,妈你先回屋待会儿,我一会儿叫你啊。阿姨洗水果了,你先吃水果吧。对了对了,你去喝咖啡吧……"

聂星被聂胜男不由分说地推进了书房,聂胜男还嘱咐袁岳:"到时间叫我啊!"袁岳一挥手:"放心吧!"

聂胜男在厨房和客厅之间跑进跑出,一会儿喊袁岳:"再放点黄油!"一会儿喊阿姨:"阿姨帮我倒点纯净水……"聂星忍不住笑笑,喝着咖啡,打开电脑处理自己的事。

烤箱的定时器响了,聂星忍住了没动,听到厨房、客厅里一阵叮当乱响,听见袁岳说:"我来吧,小心烫着",又听到自己女儿喊:"我能行我能行!"

随后,聂星听到了很正式的敲门声,聂星故意没理,聂胜男的声音就爆发了:"妈!妈!你出来啊!"

聂星这才慢慢悠悠地起身,端着咖啡杯走出来。餐厅的桌子上,有保姆阿姨做好的饭菜,但是在最中间,是一盘长相不太好看,但是黄澄澄、油汪汪的蛋挞,散发着香气,引诱着食欲。

聂星看着聂胜男,问:"蛋挞是你做的?"

聂胜男得意地笑着点头。聂星逗她:"袁叔叔和阿姨都没有帮忙吗?再给你一次机会,好好想想?"

聂胜男撇了一眼袁岳,迟疑地说:"帮……帮了一点儿……"

袁岳补充聂胜男的话:"对,我就是帮着干了一点体力活。聂胜男女士做的都是有技术含量的劳动。"

聂星笑着捏起一个蛋挞放进嘴巴,软糯,带着蛋香,还没有那么甜。聂星由衷地说:"真好吃。你怎么学会做这个的?"

聂胜男再次得意地说:"今天劳动课教的!我表现好,老师就把课上剩下的面粉和蛋挞杯给我了,袁叔叔说可以做给你吃。我可是为了不浪费啊!"

聂胜男期待着表扬,保姆阿姨忍不住嘀咕了一句:"面粉是没浪费,跟我要了十个鸡蛋呢。"

聂星忍住笑,夸奖女儿:"我闺女真棒!我们吃饭吧,你还要做功课。"

饭后,趁着聂胜男回房间写作业,袁岳得着空隙向聂星表达谢意。聂星询问了老袁的病情,袁岳略带愁容地说:"现在最大的问题是找康复医院。我现在住的地方附近倒是有一家,我每天上午带着我爸去做康复。人家也很专业,不仅康复身体,对病人心理也有疏导。但就是贵。我报了一个培训班,跟着老师在学。争取以后在家里我能给他做,这样也不用跑来跑去了。"

聂星想了想,问:"这个技术很难吗?"

袁岳回答她:"只要掌握一定的医学常识,理解起来并不难。学习技术也不困难。但是像我爸这种情况,康复起来是需要有器械辅助的。不仅要有人员看护帮助,还要有专门的器材。所以即使我学会了，也只能是减少一些去康复中心的次数，关键的问题还是要那里去解决。"

聂星想了想，说："如果，我把健身房改造一下呢？"

袁岳没听懂，疑问道："您说什么？"

聂星若有所思地说："我在想，我们新楼盘这个健身房，因为入住率还没到50%，健身房的利用率也不高。现在健身房的设计是两边开门，我要是把向小区外开的门隔出来，用一个舞蹈房，或者两个，来改造成一个小型康复中心。你觉得怎么样？"

袁岳没想过聂星的思维如此跳脱，他一时语塞，不知道该怎么接。聂星沉浸在自己的想法里，突然又问袁岳："能不能帮我一个忙？"

袁岳说："好啊……只要我能帮上。"

聂星迅速从茶几的便签上撕了一张纸，用笔"刷刷刷"写了几行字。她把便签交给袁岳，说："你只要在去医院的时候帮我问一下你父亲的病友们，大概在做什么级别的康复，每个月要多少支出。还有，能不能帮我问问医院和康复中心，像你父亲这样的病例在这附近有多少？我想先做一个感性的调查。你放心，这几个问题不涉及隐私，我也会找专门的人员去做更精准的市场调查。但是那个慢一些，我想你能在去做康复的时候顺便帮我先问一问。"

袁岳看着手上这几个问题，点头答应了聂星的要求，但是他搞不懂，聂总问这些干什么？

聂星看出袁岳的疑惑，对他说："我这个月之内就会离职。"

袁岳吃了一惊，忙问聂星："为什么？是您公司有什么事吗？"

聂星抿了一口咖啡，说："并没有。宏观解释呢，是现在的国内外经济形势都不好，传统地产遇到了发展瓶颈，这个问题我和董事会都有共识。微观解释呢，是在同一问题上没有达成同一个意见。我的想法董事会没有接受。所以，我准备退出，辞职信今天交给董事会了，流程走完，我就可以下岗了。"

袁岳和聂星的地位不同，心境也不同。他由衷地替聂星担心，在他听来，这对聂星可真不是什么好消息。他突然有点惊恐，想起了什么，问聂星："不是我给您添了麻烦吧？前一段时间，在网上……"

聂星笑着摇头打断了他，说："这是我个人的职业选择，和你无关。不过，网上的事情的确是一个引线，它让我更加清晰地看到了我与几个大股东之间的差异。我们的诉求和价值观始终都不在一个标准上，所以，如果说你那件事对我造成了影响，那也不是坏的影响。我对于离职这件事，已经想了一段时间，恰巧在这个节点上，我想清楚了。所以，我就做出了选择。就这样！"

袁岳还是不安心，关心地问："那您下一步想好做什么了吗？"

聂星有些调皮地一乐，说："创业呗！"

听到这两个字，袁岳忍不住深吸了一口气，说道："聂总，按道理我真没有资格发表什么意见，但是，我还是得劝您一句，创业有风险，选择需谨慎啊！"

聂星笑笑，起身去厨房，打开柜子，忙活了一下，一转身，端过来两杯红酒。聂星递给袁岳一杯，说："我平常很少喝酒，这还是我爸放在这里的。今天谢谢你，能提前回来上班，帮我陪聂胜男。我能看出来，她今天特别高兴。"说罢，聂星和袁岳轻轻碰了一下酒杯，自己抿了一口。

袁岳把酒杯拿在手里，不敢喝，而是看着聂星。聂星笑着说："你放心吧。我今天不会喝多的。再说了，我在自己家里，喝多了就睡，不劳你再送我。"

袁岳有点尴尬地笑笑，也抿了一口。

聂星接着说："还要谢谢你，对我真诚地提醒。现在想听真话可不容易。不过呢，我已经想好了，现在和我当年不一样，我有勇气可以从头来过，反正，我没什么怕的。其实，我一直在观察养老市场。我知道现在养老产业很难挣钱，我也知道资本在养老领域里的玩法，但是我还是想试试。我四十了，女人在这个岁数上也会有中年危机的。除了收入、利润，我还想试试情怀。这俩字不值钱，也换不来钱，但是我就是想试试。你父亲病了，你会觉得生活在一夜之间就发生了变化，我相信，你父亲自己更难接受现在的状况。失去了健康，才意识到自己老了。被动地接受这个现实,他心里得多难过啊。我父母也老了,我们自己也会老。你看现在这个社会,对老人多不友好啊。他们要逼迫自己跟上时代,那么大岁数了还得天天学习,不然就会被时代抛弃。他们得重新学存钱取钱,重新学跟儿孙交流,重新学说现在的话……那么多老人,他们不需要关照吗?"

袁岳一下子想起了家里没有电梯的老楼房,想着父亲老袁住在自己租住房屋里的沉默样子。所有的一切都不是他习惯的,无论好与不好,他都不喜欢。但是他隐忍着,因为他知道,那个熟悉的家,现在竟成了遥不可及的所在。他回不去。

袁岳问聂星:"那您接下来有什么打算?"

聂星摊开手,说:"我想做的和我能做的还有遥远的距离,这中间隔着的东西叫'资本'。现在热钱少,养老市场本来就是冷门,头几年肯定是要赔钱的,我也不知道我行不行。不过,不去试一试,就永远不行了。我都这个年纪了,总要拼一把。要不要赌一把?一百块!"

袁岳笑笑,说:"我当然希望你赢,你也不想赌自己输吧。"

聂星笑着喝一口红酒,说:"那我就去贩卖一把情怀,看看有没有投资人能被我忽悠来。"

袁岳摇头,说:"怎么能说贩卖呢?聂总,您要用自己的情怀去感染更多的人。不过,您能不能不提'赔钱'啊?您把这俩字挂嘴边上,什么有情怀的投资人也得被吓跑了吧。"

35

袁岳拿着聂星给的门卡和钥匙,打开了健身房舞蹈室的大门。淑芳推着轮椅,轮椅里坐着袁子明。舞蹈室宽敞亮堂,恒温恒湿,三个人从外面进来,感受到了室内空气对自己的友好。袁岳观察了一下墙上的各种开关面板,看到了中央空调和新风系统。

尽管大教室内空空如也,除了把杆和落地镜,没有其他的物件。但是袁岳还是深深地感激聂星。开过健身房的袁岳非常清楚,这间舞蹈室每个小时可以带来多少收入。聂星把它就这么交给了自己,连磕巴都没打。

袁岳不想揣测聂星有多少钱。在和这对母女的交往中,袁岳能感受到的是人际间的温度。他们彼此嬉笑怒骂,熟悉了之后互怼、自嘲,他们像是建立了一种"类亲情"。这里面充满了爱,但又不是男女情爱。聂胜男叫烦了袁岳"袁叔叔",但是,她也再没赌气地喊过他"爸爸"。她当着聂星地面问过袁岳:"喊你'老袁'行吗?"聂星都觉得好笑,袁岳也答应了。他回敬聂胜男,喊她"小聂"。

一切都是自然而然地发生着。谁也不知道这三个人会在以后的日子里产生什么样的化学反应，但是他们都很享受当下。

聂星很自然地把舞蹈室交给袁岳，袁岳的感激之词还没说出口，聂星已经丑话在前："给你是给你，里面可是空的。我可没钱给你安置设备。我现在是一穷二白的创业狗，你懂的。"

袁岳当然懂。他自己就是这么"一条狗"，差一点儿就无家可归。袁岳看着空空荡荡的大教室，跟淑芳商量："妈，我每周带我爸来这里试几次，我那康复师上岗证马上就考下来了。我先贷点款，买一两个简单器械……"

淑芳还没说话，袁子明嘴里已经焦急又囫囵地吐出两个字"不行！"

袁岳蹲下来问袁子明："爸，你觉得哪里不行？你是觉得这里简陋是吗？还是觉得我不行？我正在学呢，老师说我掌握得很好。"

袁子明还是皱着眉毛大声说："不……行……"

淑芳懂了，她问丈夫："你是觉得贷款不行，对吗？"

老袁的眉头舒展了一些，口齿不清地说着："借钱，不行。"

淑芳看看袁岳，说："家里还有钱，我明天去取。你爸不让你贷款，就听你爸的。"

袁岳不好再说什么。淑芳的手机响了，在空旷的教室里很大声地唱起了凤凰传奇的歌。淑芳接听了，连声道歉，又向对方说着感谢的话，还汇报着袁子明的近况。淑芳没有回避丈夫和儿子，随后，还把电话交给袁岳，说："是你爸的同事李叔，他们非要来看你爸，你告诉人家地址。"

袁岳接过电话才明白，人家已经找到家里去了。可是一家人都不在，打袁子明的电话又不通。老袁在生病之后，就再也没碰过手机。他刻意地阻断了自己和外界的联系。李叔几个人找出了淑芳的电话，这才打进来。得知人家拎着水果点心，袁岳只好告诉了他们自己一家人现在的位置。没多久，几个五十多岁的老叔们就拎着东西进来了。

几个人都是袁子明几十年的同事。袁子明不想他们见到自己这副样子，但是，他们的声音一响起来，整个舞蹈室都热闹了，袁子明的脸上竟然出现了一丝久违的笑容。他抽搐着嘴角，但是眼角和眉毛上扬，脸上带着喜色。这让淑芳看在眼里，心下也跟着开心起来。

几个叔叔拉着袁岳问这问那，袁岳只好细说原委。说到要改造这件舞蹈室，要去采购康复器材，老哥儿几个异口同声地打断了袁岳："那还用花钱买？"袁岳没懂几位叔叔的意思，剃着光头的李叔跟袁岳拍胸脯："孩子，你带我们几个去看看那些器材，我们这几个，你爸最清楚，车钳铆电焊，没有不行的。我们单位有废旧料，回去我们就找领导，支援点废品，有铁有木头，你那些东西我们就能做。你们现在得把钱用在刀刃儿上，这些事你找我们就行。我们就是你叔，都是你爸的老哥们，这会儿不帮忙啥时候帮啊！"

聂星带着投资人来健身房参观的时候,正赶上乱哄哄的卸车现场。袁子明单位派了车,派了工人小伙子,把之前袁岳带着几个老叔参观、研究过的康复器材全拉来了。

投资人问聂星:"这就是你说的,改造成康复室?"

聂星看着小伙子、老工人们忙得热火朝天,说:"是啊,就是这儿。我先做一个试点,这个康复室可以满足方圆五公里之内的患者使用。方圆五公里之内,我们从医院调查得来的病患数字,在报告里有,提交给您了。"

投资人——一个穿着普通、留着寸头的四十多岁男人,鼻梁上架着金属框的轻薄眼镜,穿着黑色的长袖T恤,背着一个户外品牌的双肩背包,跟聂星一样,走在大街上,就是芸芸众生的一个,看客们不会将他和他的身家联系起来。

他上前摸了摸从车上卸下来的器材,还用脚碰了碰。李叔不乐意了,粗着嗓子制止他:"您别上脚啊!这是用手扶的玩意儿。"

投资人抱歉地拱拱手,笑着说:"这些东西多少钱?"

李叔一听这句,来精神了,有些得意地说:"您看呢?您给个价儿。"

投资人故作谦虚地说:"我外行,真不知道。"

李叔乐着说:"我估摸着,这些东西全拿下来得有个十来万吧?"

聂星正在给袁岳发信息,告诉自己到门口了。她听见这个报价，偷偷乐了一下。她看看李叔，觉得这个小老头挺有趣。

投资人继续逗李叔说话，问他："那您这一车是十几万呀？"

李叔终于等来了话题的小高潮，嘴角一扬，说："一个子儿没花！"

投资人看不明白了，转过头去问聂星："这不是买的？公益捐赠？"

聂星也并不知道这一车器材的来路。她只是觉得李叔好笑，这么多器材，哪是十几万能够采买的？她也知道投资人为什么要逗这个老头说话，这些器材长得……实在是不够精美，像是二手货，有些粗笨，有些地方的漆也不匀，看着不上档次。投资人不过是想探探虚实。钱在自己兜里，要拿出去，那可是要思忖再三的。

袁岳接到聂星的信息，从健身房里跑了出来。他一头汗，穿着运动服，正在帮着摆放安装设备。聂星指着眼前的快搬完的器材问他："你借钱买的？是二手的吗？"

袁岳还没说话，李叔听见了，一脸不高兴地走过来，高声说："您打哪看出是二手的。这明明是噶新的。"

聂星差点儿做出鬼脸儿来。袁岳赶紧介绍："聂总，这是我李叔，是我爸同事。这些器材多亏了李叔他们，是他们亲手做的。"

"做的？"不仅聂星惊讶，连一直在研究这些器材的投资人也着实吃惊不已。李叔很配合袁岳的介绍，脸上的立刻洋溢出了自豪的神情。

袁岳说："是啊。我们把北京最好的康复中心参观了好几趟，我要了这些器材生产厂家的图册说明书，李叔他们就照着样子给做出来了。"

李叔得意地对袁岳说："我们在单位都做负重试验了，你让老袁踏踏实实用，我们这几个人旁的本事没有，手艺上的事那绝对不输给谁。我们领导说了，老袁为单位尽心尽力一辈子，我们能帮多少帮多少。这些器材，后期维护保养你就跟叔说，我们全都包了。让你爸好好康复，回头还找他下棋呢。"

李叔说完，就跟着最后一件器材进舞蹈室了。

袁岳笑着跟聂星解释："特别认真的老头，就不爱听人家说他们手艺不好。这些器材不好看，都是从废旧料上拆下来的零部件做的，可是真结实，我刚才在里面试了试，很好用。这几位都是我爸的老哥们，他们算是帮了我大忙了。"

投资人看着李叔进去的背影，忽然笑了一下，对聂星说："这也算是你说的'情怀'吧？"

聂星想想，说："是其中的一种。"

袁岳把聂星和投资人送走，又把李叔他们送走。天快擦黑了，原本空荡荡的舞蹈教室已经被各种康复器材有序地占据了。袁岳拿着抹布，认真地擦拭着器材的每一个角落，直到一尘不染。之后，他又拿来吸尘器，开到最大，将地面上的灰尘、木屑全部清理干净。他要在明天给老袁一个全新的康复室,而他,要做父亲的专职康复师。

做完手里的活计,袁岳意识到自己身上已经湿了。他没开空调,他刻意想省点电。他知道经营一家健身房日常的开销有多大,仅仅是水电就是一笔不菲的费用。舞蹈教室无偿供他使用,他无以为报,只能在细节上为聂星做一点力所能及的事了。

袁岳用手机把康复室的各个细节都拍了照片,他发给了淑芳,让她拿给袁子明看。他还把李叔的话用语音转达给老袁:"你要好好康复,李叔他们还要来找你下棋呢。"

36

　　袁岳拿到了康复师的资格证,他持证上岗了。他的康复对象只有一个,父亲袁子明。

　　老袁依然不爱说话,他沉默着,但是他配合着淑芳和袁岳的安排。淑芳带他去医院复检,他会听大夫的话,按时吃药、吃饭、活动、休息。袁岳带他来做康复,他也很听儿子的话,按照袁岳的指令,一点一点地唤醒自己的身体。袁岳告诉他别着急,他一定会恢复行走的能力。虽然没有明确的时间节点,但是,儿子说了,就要听,就像小时候儿子要听自己的话一样。

　　聂星每隔一两天就会过来,她来了什么也不说,就坐在角落的地板上,静静地看着袁岳辅导袁子明做康复。袁岳虽然考下了上岗证,可是并没有那么自信,一招一式可以看得出他脸上的紧张。他目不转睛地盯着袁子明,双手紧张地扶着他。袁子明要把双臂架在两条横杆上,借助外力,努力地去寻找到双腿的感知。袁子明右边身体使不上力气,袁岳心知肚明。他的双手就环绕在袁子明的腰上,他扶着父亲的腰,手指暗暗发力,他必须让父亲确切地感受到自己的存在。他壮硕的小臂上有紧绷着的肌肉，坐在角落里的聂星都看得清清楚楚。

袁岳绷着力道，恨不得把自己所有的力气都用来帮扶父亲，护着他来行走。可是他又不能把力气全都使出来，他还要鼓励袁子明："爸，我在呢，你慢慢走，你放心，不会让你摔倒……"

袁子明能够感受到儿子的手指、小臂，也能很清楚地听到儿子说的每一句话。他的身体不能站直，倾斜着，架在像双杠一样的木杆上。聂星看到这一幕，想起了聂胜男小时候蹒跚学步的样子。聂星喜欢把正在学走路的聂胜男放在桌子边，自己跑到距离她几米开外的地方，叫她、用玩具逗她，鼓励她放开抱着桌腿的小手，张开双臂向自己跑来……

袁岳下午侍候完父亲，就会用轮椅把袁子明送回家。聂星有的时候也会跟着。她每次走到袁岳的楼下都不上去，而是看着袁岳和袁子明进了电梯就走。只有一次，聂星提出想看看袁岳真正的家。袁岳带着聂星穿过小半个城区，去满足聂星的好奇心。老小区并不像聂星想象的那么破败，一切都井井有条。社区里居住的多是老人和孩子。他们在下午时分来到小区的时候，正是很多好人刚刚接了孩子回家的时候。

袁岳带着聂星进入小区，聂星一路的耳朵都没有闲着。老人们热情又自然地和袁岳打着招呼，有的是问袁子明的身体，有的在关心袁岳——怎么好久都没回家住了？

袁岳有些尴尬地一一解释着，还要应对着这些长辈们时不时对聂星投来的好奇的目光。聂星看到了，笑笑，并不说话，任凭袁岳有点紧张地解释她是谁、她从哪里来……

聂星进入到袁子明家的老宅，这里干净整洁，所有物品都摆放在恰当的位置。桌子上、地板上也没有灰尘，袁岳解释说，自己母亲每隔一周就要回来擦拭一番。她要做好袁子明时刻康复、搬回家里的准备。

聂星询问袁岳，袁子明康复的时间表，他心里是否有数，袁岳无法给出准确的答案。也许是半年，也许是一年，或许更长。即使袁子明能够顺利康复，可以借助工具行走，这么多级台阶也是横亘在他们一家面前的一座高山。无法想象袁子明要花上多少时间上下楼，他目前的肌肉是否能支撑他做这个动作？一切都是未知。袁岳已经做好了长期租房的准备。

袁岳向聂星提出，自己不再要工资了。聂星免费将舞蹈教室让给袁岳，由着他改造成康复室，无偿提供给袁子明用，袁岳已经感恩不尽。他唯一能做的就是不要钱，免费去陪伴聂胜男，直到聂胜男觉得不再需要他为止。

对于这个提议，聂星未置可否。袁岳觉得这段时间以来，聂星的话少了很多。她更多的时候是在沉思，在家里，聂星经常会把自己关在书房里，聂胜男在袁岳的陪伴下，懂事了很多。袁岳会在户外陪她玩滑板，给聂星腾出一个安静的空间。有时静静会来找她。袁岳在聂星家里见到静静的时候，脸上还露出过惊讶的神色。静静一改之前的严肃脸，笑着和袁岳调侃："怎么？许你来不许我来？"

袁岳当然不是这个意思。只是，他了解一些聂星现在的境况。她孤身一人从公司离职，能够让她支配的资产非常有限，其中就有那家一直没能盈利的健身房。袁岳已经打定主意不再要聂星付自己薪水。静静呢？难道也离职了？还是聂星把她安插在了公司当卧底？

静静看得出袁岳的疑惑，直截了当地告诉他："我习惯了跟聂总。事儿少不磨叽。换别的老板，我不适应。"

袁岳笑着附和她："对，我也是，换了新老板不适应。"聂胜男听到了他们的对话，忙不迭地跑过来，问袁岳："你是说我吗？"

袁岳笑着说："是，是说你呢聂老板。老板你作业做完了吗？在我下班之前要是做不完，就不能滑滑板了。"

聂胜男一吐舌头，迅速跑回房间做数学题去了。静静还调皮地追着她喊："小心别做错题啊，错了也不能出去。"

聂星从书房里出来，静静把一个文件袋递给她。聂星一边打开一边问："没问题了吧？"

静静说："都办完了。就是，注册地址是在富华大厦，现在那里还在出租中，你要在哪里办公？我尽快找写字楼，做员工招聘方案。"

聂星指着自己身后的书房和客厅，说："就在这儿办公吧。"

静静看看，笑着说："那你打算招几个员工啊？"

聂星指着静静，说："咱俩。"

静静看着聂星："不开玩笑？"

聂星坐在沙发上，说："我想把第一笔风投的钱用在项目上。房租省一省，工资……"

静静赶紧说："我可是要养家的！"聂星说："瞧把你急的！我说不给了吗？工资嘛，我已经和投资人说过了，第一年我不拿薪水，只给你们俩发就行了。"

袁岳回头看看，房间里没人了呀！难道是给聂胜男？

静静一看袁岳左顾右盼，对聂星说："你没告诉他？"

袁岳抢着问："告诉我什么？什么事？又是关于我的？我又是最后一个知道的？聂总，拜托不要这样好不好！我都说了，您帮我找到了地方无偿给我使用，我无以为报。我又帮不了您什么忙，平常接送一下男男，陪她写作业、运动一下，这不叫事，真不用给我钱了。您给我也不要。"

聂星看着他，似笑非笑地说："钱不要，股份要不要？"

袁岳更懵了："您说什么？"

静静把另一个信封给袁岳，说："你以为聂总那么好心，无偿给你健身房用啊！你说改成康复中心就改成康复中心，你知道那地方物业费用、水电费用得多少钱吗？聂总这是放长线钓大鱼，自己看吧。"

袁岳有些紧张，不知道静静递过来的白纸黑字里做了什么关于自己的安排。这是一份项目规划书，他快速浏览前面关于项目主体的部分，迅速了解了聂星目前和接下来要做的事情。这是一个从无到有、平地抠饼的项目，名字叫做"暖居"。聂星在这个项目上的野心够大，可落在规划书里又是"小而美"。她要在全市人群密集居住的小区做"温暖居住"项目，要建居家养老服务点、建残疾人老人康复室、建"最后一小时"托管站——托管放了学可家长还没下班的小学生……

看到这儿，袁岳脱口而出："你要做家政？"

聂星想了想，说："不是家政服务。确切地说，我出资、找地方，按照社区需求进行规划，然后招商，找专业的人来做专业的服务。我负责集群管理。"

静静解释，说："聂总的意思是，我们来找合适的地方，和社区对接，规划合适的项目，我们出房租，招到运营商，他们提供服务。我们可以找家政、找社区医院，也可以找餐馆、找厨师，只要他们有资质，可以提供服务就行。"

袁岳瞪大了眼睛："这是要搞慈善吗？靠什么盈利？"

聂星一笑，说："投资人啊！"

袁岳把项目规划书扔在桌子山，大声说："别逗了！风投烧完了怎么办？这根本不是长远之计。"

静静笑着看袁岳，说："你听不出她在逗你嘛……"

袁岳苦笑了一下，说："我真是……聂总，你和聂胜男真的别老逗我行不行，我知道自己傻。"

聂星忍俊不禁，静静对袁岳说："我们和提供服务的企业有分成协议，比如说，给病人进行康复训练一小时一百元，我们拿七十，他们得三十。"袁岳打断她："企业为什么会这么签呢？他自己找房子不行吗？"

静静接着解释，说："前期投入都由我们来进行，房租水电包括专业设备。提供具体服务的企业只需要人力成本。聂总要做这个产业的两端，前端是硬件，后端是客源，也就是说，康复的病人、老人、需要接管的孩子，这些都由我们来找。"

袁岳还是不看好，说："到哪里去找这些生意？就你们两个人。我当年在街上发传单、拉人办卡还有十几个朋友帮忙呢。"

聂星端着咖啡慢悠悠地说："你为什么要在街上发传单呢？因为你没有目标消费人群。我们选择在哪里开什么样的服务项目，不是靠拍脑门决定的。第一要靠市场调研，到底有多少消费者，愿意为这个项目买单；第二要靠和社区的合作。这件事不是纯公益行为，需要你情我愿。如果社区不支持、不配合，我肯定不做。你以为这段时间我在做什么？以前公司做地产，是想方设法拿新地、赌未来。现在，我要换个思路，到现有的社区里去捡漏。每个社区的主要人口不一样，他们的需求也不一样。解决供需矛盾就是我现在要做的功课。供大于求当然赚不到钱；求大于供呢？"

袁岳摊开双手，说："好吧。我没做过生意，我相信聂总的判断总比我专业。不过，我还是不明白，这里有我什么事？"

静静把企划书翻到后面几页，递给他说"你看看这几页，愿意不愿意当聂总的第一个项目合伙人？"

袁岳又一次瞪大了眼睛。

聂星瞅着他又乐了，对静静说："他是一朝被蛇咬、十年怕井绳。你别怕，既不让你出资也不让你背书，人力技术合作，干不干？"

袁岳低头看这几页纸。几张 A4 纸拿在手里，距离他的胸口太近了。袁岳看到这几张纸在自己心脏前的抖动，自己的心率明显快了很多。

项目规划里建议用康复室作为试水项目，聂星已经提供了场地，她还将提供消费人群；袁岳负责提供服务，以及后续的专业服务人员的招聘。盈利后双方按比例分成。

袁岳仔细看了几遍，确定自己理解无误后，不放心地问聂星："你凭什么信任我？"

聂星一摊手，说："我有的选吗？只有你现在不会追着我要工资。"

静静补刀说："没错。我可得要钱。袁岳你最好赶紧答应，我还指着你挣了钱给我发薪呢。"

袁岳突然语塞，不知道自己应该说点什么。

聂星说："没关系啊，这只是建议，你可以考虑，一周之内答复我就行。不过呢，你说好了不要工资的哦，这个我可是记住了。下周开始，就会有新的病人来康复室，静静会给你他们的详细情况,你要做出康复计划,要和家属沟通,我们会为病人购买康复期间的保险,你自己看你能不能忙得过来。你如果要招人,静静会负责帮你招,但是要做计划,几个人、聘期多久、多少钱。我们还要进行资质审查和面试。"

袁岳低下头,笑着摇摇头,说:"每次都是这样,没得选。"说罢,袁岳伸出手,对聂星说:"聂总,我希望能与你合作。"

聂星笑着对静静说:"我们三个碰一杯吧,三个穷人创业,希望咱们合作愉快!"

37
尾声

　　一年过去了，聂胜男的个子长高了不少。她爱上了滑板，顺道也爱上了家务劳动——她最喜欢被聂星使唤，去小区门口的小超市买东西。她踩着滑板穿楼而过，袁岳习惯喊她："风一样的女子！"聂星笑着说："对，简称'疯子'。"

　　袁子明在一年里的变化很缓慢，他经过了几个月的康复才重新认识了自己的身体。他内心的焦躁时不时地会表露在脸上。他身边陆陆续续出现了很多和自己情况类似的病友。大家都像幼儿一样，重新在学习走路、说话、用餐具吃饭。大家都是几十岁的人，心里都充满了对自己的失望和焦虑。直到有一天，他发现自己可以行走了，虽然速度有些慢，但是自己的腿脚回来了，不会摔倒，也没有歪斜，就那么走了几步。袁岳在他对面几米外的地方看着他，冲他笑。袁子明身体抖动着，哭了出来。

　　袁子明哭过之后，变得更加固执。他固执地不再碰轮椅，哪怕走几步就要靠在淑芳身上歇一歇。他还固执地想回家。袁岳这里再好，始终不是自己的窝。

聂星开着车把他们一家三口送到小区门口。袁子明在淑芳和袁岳的搀扶下，一步一步挪到自家楼下的时候，单元门口的新电梯间还没有撕掉防护材料。银色的保护层在正午的太阳照射下，发着光。

淑芳惊喜地看着袁岳，问儿子："这么快就装好了？"袁岳笑笑，点点头。

袁子明不知道他们在交流什么，但是他对这个电梯间充满了热情。他甚至加快了步伐，吃力地向前摆动着双腿。淑芳赶忙扶着他，埋怨他："别走那么快，你小心一点。着什么急呢？！"

袁子明咧开嘴，笑得有些吃力。这是他生病后，第一次笑。袁岳曾经以为他恢复行走能力后能笑一笑，但是，那个时候老袁哭了，像个孩子一样，发出了"呜呜"的声音。他的哭声里充满了委屈，仿佛自己并没有战胜什么，而是刚刚犯了一个错误、被大人发现了一样。

但是这一次，袁子明笑了。他突然觉得，生活并不是那么地无情，自己晦暗了一年多的日子，总算被阳光照射到了，而且，真的给自己带来了温暖。一部外挂电梯，让自己回家的路不再障碍重重。

聂星停好车走过来，看着淑芳扶着袁子明走向电梯。淑芳手里攥着那张崭新的电梯卡。聂星环顾了四周，看着那些无处安放的私家车，问袁岳："你说，我们要是再建一个'老旧社区立体停车项目',给小区解决一下停车难,怎么样?"

袁岳无奈地看着她,说:"聂总,咱们的步子别迈得太大了吧。你一口气把康复室开了五家,你知道我管理压力有多大吗?那么多康复师、那么多病患,一点儿问题都不能出,出了就是大事。还有你那个养老服务中心,能不能先只做配餐送餐,别的业务先别增加,一口吃不了胖子。"

聂星看着他,说:"外挂电梯项目你开始也不赞成来着。"

袁岳坚持意见,说:"对呀!我现在也不赞成。难度太大了。你为做我家这一个小区,去了多少政府部门?找居委会商量了多少次?开了多少回居民会议?推翻了多少稿收费方案?你都忘了?聂总,我爸真是托了你的福才能用上电梯,才能踏踏实实回家住。我作为老袁家的儿子,我当然感谢你。可是作为合伙人,咱们就得冷静是不是?不能总是情怀至上,咱们得务实,一步一步开展业务吧。投资人的钱投给咱们,人家也是要回报的,我求求你……"

聂星瞪了一眼袁岳,厉声问:"干还是不干?"

袁岳的滔滔不绝一下子给憋回来,说:"干……"

聂星忍住笑,说:"难怪聂胜男喜欢欺负你,一个大男人,叽叽歪歪,以前没听你说过那么多话,怎么创业以后倒成话痨了!"

袁岳苦笑着说:"我一创业就焦虑,一焦虑就话多。聂总你多担待吧。"

聂星看着淑芳扶着袁子明走进电梯。透明的外挂观光电梯从一层一直升到顶楼。聂星指着他们走出电梯的身影对袁岳说："你看，我怎么觉得，你爸妈的背影都在笑。"

聂星指着袁子明和淑芳的背影笑。袁岳看着聂星的脸，也在笑。聂星看看袁岳，说："我这人就这样，你也多担待。"

袁岳不解地问："担待你什么？"

聂星笑笑，说："担待我那不能当饭吃的'情怀'。"

袁子明家的窗子打开了，淑芳从里面探出头来，伸出胳膊招呼袁岳："儿子！赶紧上来啊，电梯特别稳，回家啊！"

聂星拽起袁岳的胳膊，说："走吧，回家。"

图书在版编目（CIP）数据

演员的诞生/宗昊著.-上海：上海文艺出版社.2020
ISBN 978-7-5321-7370-9
Ⅰ.①演… Ⅱ.①宗… Ⅲ.①长篇小说－中国－当代
Ⅳ.①I247.5
中国版本图书馆CIP数据核字(2020)第060540号

发 行 人：陈　徵
责任编辑：林潍克
内文设计：钱　祯
封面设计：王　媚

书　　名：演员的诞生
作　　者：宗　昊
出　　版：上海世纪出版集团　上海文艺出版社
地　　址：上海绍兴路7号 200020
发　　行：上海文艺出版社发行中心发行
　　　　　上海市绍兴路50号 200020 www.ewen.co
印　　刷：常熟市华顺印刷有限公司
开　　本：889×1194 1/32
印　　张：9.375
插　　页：2
字　　数：178,000
印　　次：2020年5月第1版 2020年5月第1次印刷
ＩＳＢＮ：978-7-5321-7370-9/I·5858
定　　价：39.00元
告读者：如发现本书有质量问题请与印刷厂质量科联系　T:0512-52605406